在日本，我忍不住又笑了

萨苏带你看日本

萨苏 著

湖南文艺出版社
HUNAN LITERATURE AND ART PUBLISHING HOUSE
博集天卷
CS-BOOKY

目录
CONTENTS

第一章
熟悉而陌生的东方神韵
日本·妻

假如你是个中国男性，你是否有娶一个日本妻子的愿望呢？唐风唐韵的东方古典之美，让你倍感自我的高大；而日本女性登峰造极的柔弱、纤细、感伤，是否会让有大国风范的你为之抓狂？

第二章 日本会越远还是越近

日本·女

你是否知道你所见到的日本人，如何成为现在的样子？近距离观察一个孩子的成长，或许你会明白，一出生就落入日本的“圈套”思维，他们迥异于中国的特性是怎么培养的。日本的教育理念，是否会对我们有所启发？

第三章 会心之处 中日一家

日本·家

作为旅日工程师，尽管有着三代仇日情绪，但，家依然是心灵休憩的港湾。不一样的是，这个“家”一如他们的插花、茶道、美食，在细腻中见深情，在风雅中悟禅机，也扫荡了纠结，涤除了恨恶。

第四章
日本原来在西方的西方
日本·文化

一衣带水、隔海相望，都不足以形容中日之间的距离。日本，就像一个底部盛满红红铁水的大熔炉，让所有舶来品都铸上浓浓的民族特色，甚至包括文化、理念、风俗……唯有日本，会将菊花与刀奇妙地统于一身。

第五章 用日本的镜子照照中国

日本·社会

其实，对东邻所有的纠结都来自于一种阿Q情结——“我们先前——比你阔得多啦，你算是什么东西。”然而，我们是否有敢于正视现实的勇气，正如日本战后迅速投向美国的怀抱一样，雷厉风行地改进我们的弊端？

代序
蹬车出嫁 浪迹全球

作为在日本工作的中国工程师和写作人，萨日前接受一位记者的采访，谈谈自己的中学时代。采访中，特别谈起了一段难忘的经历。在高中的时候，我们班组织了一次话剧演出，选择的剧目是《威尼斯商人》。当时，萨突发奇想，提出可以去找一家剧团借些真的演出服来。记得那一次借到服装以后，全班女生的眼睛都变成了蓝色，在极短时间内抢劫了所有的服装（让我们很多男生第一次认识到了女生的另一面……）。于是，有了一次在当时颇算“辉煌”的演出。

◎《威尼斯商人》演出后剧组合影，除了后排正中的老师，全体演职员都是我们班同学。

记者让我提供当时的照片，老萨于是打开了自己的旧相册。然而，发现的老照片远不仅仅这些。最终，我的目光在两张照片上停了下来，想了好久，终于决定还是将它们放在这里。

这是萨苏和小魔女在结婚之前的照片，应该说，照得

◎ 老萨在清理厨房

都非常狼狈——那是我们在北京的胡同里，自己修建小厨房时的情景。必须说，看到这两张照片的时候，心灵最柔软的地方，仿佛被什么轻轻触动。

还记得即将成为人妻的妻子，如何快乐地蹬着自行车，一边一个大包来到我们的小家，穿上一件旧衣就开始和我一起刷墙。其实，当时的萨除了一份还说得过去的工作，没有房子，没有车，也没有多少存款，几乎欠缺给一个女孩子快乐的所有物质条件。可是她就是这样快快乐乐地来了。这份自己修房子的经历，今天的日本女孩子大约没有几个人有，中国的女孩子也不会很多吧。

这张照片中的妻并不美，却可以让我重温起我们认识以来所有的快乐。所谓相濡以沫，大概就是如此。

曾经在我的一本书中写过："我的婚姻很幸福，到今

天我也很快乐。说起来，所谓‘我愿随你浪迹天涯’，很多女孩子都可以说，而到了实际上女孩子多喜稳定，漂泊万里，其中甘苦有几个女孩子能够承受呢？萨的情形，大学毕业以后换了七家公司，北京、新加坡、圣何塞、奥马哈、东京、大阪，一路如风吹落叶，雨打浮萍，萨苏始终感激小魔女和我风雨同舟，乐乐在一起，苦苦在一起，从无怨言，始终如一。

做男人的，还求什么呢？”

这段文字，写在六年以前，而今天，萨在十六年前的照片前，依然还愿意如是再写一遍。

这是心中对妻子的感激，也是给所有那些能和一无所有的男孩子们共甘苦的女孩子的感谢。

◎ 小魔女在粉刷墙壁

注：

萨：萨苏，本名弓云。国籍：中国，作家兼美国通用电气公司驻日项目经理。北京人，小魔女的丈夫，小小魔女的老爹。

小魔女：桑原由美。国籍：日本，兵库县某市国际课公务员。大阪人，萨的妻子，小小魔女的妈妈。

小小魔女：弓爱佳。国籍：中国，日本某小学一年级学生，萨和小魔女的女儿。

第一章 熟悉而陌生的东方神韵

日本·妻

假如你是个中国男性，你是否有娶一个日本妻子的愿望呢？唐风唐韵的东方古典之美，让你倍感自我的高大；而日本女性登峰造极的柔弱、纤细、感伤，是否会让有大国风范的你为之抓狂？

笨妻学织

◎ 打毛衣这种在中国连男人都可以玩得出神入化的东东，却几乎让一个日本淑女想到切腹自杀这类可怕的词句。

曾经逼迫小魔女学习给老公打围脖，也知道她的手比较笨。日本女孩子更没有学过织毛线，够难为她的，因此说说罢了，根本不敢抱什么希望。

有一日，忽然发现家中某壁橱里藏了几根毛衣针。不久，围脖的毛茸茸的一头开始露出来。心中暗暗欢喜，却在老婆面前故作矜持状。等啊，等啊。

冬天来了，那围脖却长得像宋人的菜苗，就是不挪窝。

等啊等，有一天，听见老婆跟朋友鬼鬼祟祟地打电话，请教技术问题，说道："……新年的时候……总要织好……"于是就等着新年。

新年快来了，看老婆却越来越是一副欲哭无泪的面孔，围脖可是不见长。

新年到了，我只能叹口气吧。

还好，不久又发现旁边放了一张情人节的卡片，于是就等着 2 月 14 号吧。好歹戴个冬天的尾巴也行。

眼看着时间进了 2 月，围脖的长度还是没有超过一尺，老婆却再次越来越显示出欲哭无泪的征兆。只好再叹口气。

有一天和老婆吃饭的时候，就随口说："你们医院那位沈大姐打毛活真厉害，上次地铁里碰上，30分钟一只袜子就打出来了。太有意思了。”

老婆当时唔唔地漫应，仿佛也没注意听。第二天，围脖就不见了。

结果呢，2月14日那天，我就戴上了自己老婆打的围脖，嘿，破天荒啊，我是高兴得不得了，老婆也得意得不得了，又厚又长，暖和得很，也气派得很。

就是……就是围脖尾巴上，有一尺左右的长度，别别扭扭的，怎么戴，怎么不是那个感觉，总是活像甩着个小尾巴。

不过这条围脖到今天还是我最喜欢的，因为老婆再也没有给我打过第二条。

后记

家父工作于科学院，这里笨夫比笨妻多得多了。某位老大，炖肉，取一汤匙尝之，觉淡，锅中加盐；就汤匙再尝，依然淡，复加盐不止；至匙内汤尝尽方悟，已成咸肉也。萨爹导师陆启铿教授说，此事古人也曾干过。越明年，此老大得子，为儿煮奶粉，不知浓度配比，大锅烧开，用小匙加一匙奶粉，撒入，良久，见颜色几无变化，复一匙。如是徐徐增加，三个小时奶未煮好，夫人已作河东狮也。

朋友评论

呵呵，你讲这故事倒让我想起另一个故事。

那是我刚结婚那会儿，一门心思地想给我们那位织毛衣，就开始织。织一截在自己身上比画一下，织一截在自己身上比画一下，最后毛衣真织起来了，我们那口子穿身上一试，胳膊胳膊短，身子身子短。我穿着，倒是正合适。

后来，新毛衣只好袖子接一截，身子接一截，算是凑合穿了。

之后一次，又心血来潮，再织，干脆几年就只织了一个前片，到现在，那前片十几年过去，还在那儿扔着，连拆都懒得拆了。

整个医院都狂笑

有些朋友知道我那口子是一女鬼子，但不知道她还是一聪明的女鬼子。

一般的鬼子和中国人都用汉字，就算说不明白总能写明白，所以总是轻视到中国留学的困难程度。聪明的女鬼子明白这里面大不一样，比如说看病吧，感冒，你就得写“感冒”，你要是照着日文写成“风邪”，没准儿人家把你送黄大仙那儿去了。

所以这女鬼子非常热心学习，什么“学而时习之”啦，“火车”啦，“大便不通”啦，“王麻子切菜刀”啦，都能够招架一番。这个汉学水平，要搁几十年前，闹不好让天皇陛下弄去当间谍培养。虽然我知道她说梦话，不适合当间谍，她那个胆儿也干不了间谍，让八路的瞪一眼大概就全招啦！

但是鬼子毕竟是鬼子，对汉语比较深刻的部分，理解就难免出问题。

话说这一天，我们家女鬼子的室友突发急病（当然也是一女鬼子了），鬼使神差地还是休息日，找不到值班的老师，我们家女鬼子比较泼辣，架起来病鬼子就给送校医院了。

问题是校医院机构相当精干，算上副院长才十来个，翻译更是没编制，急诊室的小大夫还倍儿轴，怎么也说不明白病情。我们家女鬼子一着急，就写吧。

什么病呢？嗨，外国人到中国能得什么病？中华料理称为中国两大法宝之一，鬼子见了能不两眼发光吗？但是他们怎么知道咱放多少地沟油，用什么河里的水，还用哪些过期材料不是？鬼子的肠胃哪见过这个？十个有九个是泻肚。

◎ 叔叔，你走得这么快，也是要大便不停吗？

问题是日本汉字里没有“泻肚”这个词啊！

我们家鬼子灵机一动就写了四个大字，递了上去。

那大夫看了，脸上表情十分怪异；旁边护士看了，捂着肚子就跑门外头去了。那大夫强撑着开了黄连素，给病鬼子打上吊瓶，然后忍不住地狂笑。

我那鬼子莫名其妙，十分惊讶。后来她把写的条子给汉语老师看，那老师也是一边笑，一边佩服得不行。

原来我们家鬼子真正是“造句高手”。

她对“腹泻”、“泻肚”这些词语一窍不通，但是想起来曾经学过，便秘叫做“大便不通”。于是，灵机一动，既然便秘是“大便不通”，那么，泻肚当然就是——“大便不停”了啊！

倒也逻辑清楚。

可怜的大夫，恐怕一边干活，一边还要“大笑不停”了。

朋友评论

这思维……好像也挺有道理哈。不过照此说来，头痛是脑袋疼，风痛和痛风是……

穿越《水浒》

小魔女喜欢看中国文学读物，常常对《小说 X 报》作泣不成声状。夜半娓娓道来，宛若读后感。萨取原文读之，觉得不至于感动如此，久而久之，渐渐明白，原来这人思维和我们不一样的。我们一眼看去胡编滥造、很荒唐的事情，她能很“忠实”地跟着作者走进荒唐世界，看得认认真真，感受得认认真真，同时为主人公从小保姆到女上司十七八个情人的命运忧心忡忡。

我问她，你也在北京住过好几年的，你相信在隆福大厦门口见着一女大学生，聊上 10 分钟就爱得天焚地轰，回家上床这种事情吗？

魔女的回答是：“隆福大厦应该不会，王府井就没准儿，我上次看一个小说，就说的是有个男的在王府井……”

这就是绝症，没治的。

后来看日本的小说，发现其不合逻辑，荒唐劲儿也差不多。日本人的拗性天生大约不适合写小说，所以日本小说多半犹如自说自话，全不注意情节的合理性。

日本的女性读者很多，看书是很多日本女性的第一大爱好。就上面提到的作品，经常有日本女性看得不能自拔，欲生欲死。你说她单纯也不是，就是见了那种风花雪月、缠绵故事，仿佛猫见了鱼，立即失去理智，这不能不说是某种民族性格作用其中了。朝鲜间谍金贤姬讲她们在接受假扮日本人的训练时，特别强调要学会爱哭，容易感动云云，看来是抓到精髓处了。

题外话，这种民族性在日本肯定男女有别。在我看来，日本男性在感情上神经大条，和日本女性的细腻天壤之别，简直不像一个民族。也许，他们把细致一面都放在工作和处理上下级关系上面去了。

看得多了也不能不佩服日本作家，书中经常有些你觉得日本人都没法相信的生硬情节怎么办呢？人家处理的方法几乎是统一的——把主角设计成曾在外国生活过就可以了，日本人看到此处，几乎都会毫无阻碍地恍然大悟——这人在外国待过吗，难怪啊难怪。

在一些日本人的眼里，外国人是异星类人生物，做出什么出格的事情都正常。

不过我是不支持小魔女沉溺其中的，老看她这样“感动”法，会掉鸡皮疙瘩的。当然也不能强行压制对吧，咱引导嘛。

于是，引导小魔女了解中国文化。那《小说X报》不过是当代小说，我们最优秀的作品，那叫“四大名著”，看那个，才叫真“汉学”呢。

别说，这番说教很是管用，而且发现一个奇怪的现象，那就是魔女看古文版的《西游》、《水浒》比白话版的理解更顺畅，这件事让我很困惑。及至看日本历史看到西乡隆盛的信件干脆是全部汉字的古体文章，方才释然。中国文化对日本影响最强盛的时代，白话文还没诞生呢。

“典雅。”魔女评价中国的古文说。

魔女看四大名著很是津津有味，时而还能和老萨说说牛魔王的故事，这可比每天听她讲北京某无业青年的爱情故事好多了。

但这种学习也会引发某种意外……

那次魔女的妈妈发了胆结石，医生诊断需要动手术，于是全家一阵忙乱，安排医院病房，等等，魔女孝顺，天天早早地赶去陪伴。到了手术那天，恰好我父母也在日本旅游，于是三人一起去看望，不料去的路上堵车，等到了病房，床上已经空了，只剩小魔女在那儿神色紧张地转来转去。

“怎么样？开始手术了吗？”萨赶紧问。

“嗯，已经送进去半个小时了，”魔女看到我父母，很恭敬地行个礼，道：“请不要担心，这种手术没什么危险，现在应该已经……已经麻翻了。”

“麻翻？”萨一时没反应过来。

◎ 日本对中国的四大名著颇为热衷，特别是横山光辉的《三国志》漫画，更几乎达到了家喻户晓的级别。

◎ 日本书店里偶尔也有这样高深的玩意儿，但对我家太太来说，不在她的兴趣范围之内。

“是啊，我妈妈应该已经被医生那厮麻翻，很快可以手术啦。”魔女咬着舌头一本正经地说。

在严格要求肃静的医院里，岳母住院手术的痛苦时刻，实在不是一个应该笑的场合。可是那天我们都没能忍住，害得魔女莫名其妙，以为老萨一家都生了毛病。

内子从哪儿学来这等古雅词句，是“智取生辰纲”，还是“打店十字坡”，兄弟可就不知道了。

朋友评论

1. 我看得哈哈大笑，丈母娘以奇怪的眼光看着我：“这傻女婿今天……”

2. 萨大幸好还没让魔女大姐看《西游记》，不然就要小心家里上演大闹天宫了，哈哈~_~

宝姐姐的肘子

有朋友向老萨约稿，写一篇关于《红楼梦》的文字，刚要提笔，忽然哑然失笑，想起了当年给我家小魔女讲《红楼梦》的旧事。

那还是刚结婚不久的时候。那天，回家一看，竟是一片狼藉，小魔不负责任地抱着个枕头在看电视。原来她正在收拾屋子，重放1987年版《红楼梦》连续剧的时间到了，小魔马上丢了手上的活计去看电视，家里就成了这个土匪来过的样子。

原来是敬仰我大唐文化，可以谅解。这种事情萨总是很大度，干脆坐下来和魔女一起看。两人一边看，一边还品评几句。小魔女的中文几可乱真，我也就经常弄错，完全把她当国人来看，两人谈《红楼梦》，倒也是你来我往，各抒己见。

说到中间，小魔女提出她的看法，认为宝玉喜欢黛玉，最主要的原因还是相貌和气质，这两点上黛玉明显特别出众。

萨不以为然，心说你看的那不是林黛玉，那是陈晓旭的相貌和气质。萨拿出原版《红楼梦》来，告诉小魔这个看法不正确，钗黛都不是《红楼梦》里最美的，比如薛宝琴，就比她们俩都漂亮，宝玉见了，也没有兽性大发，可见这个家伙还不是仅仅看相貌的。

钗黛，外貌来说应该是各擅胜场。小魔女半信半疑，《红楼梦》的文字对她来说，还是太深了点儿。

于是萨给她举了一个简单些的例子，你看这段描写，不是说明薛宝钗也有比林黛玉美的地方吗？

我给她看的是第二十八回，里面有这样一段："宝玉笑问道：'宝姐姐，我瞧瞧你的红麝串子？'可巧宝钗左腕上笼着一串，见宝玉问他，少不得褪了下来。宝钗生的肌肤丰泽，容易褪不下来，宝玉在旁看着雪白一段酥臂，不觉动了羡慕之心，暗暗想道：'这个膀子要长在林妹妹身上，或者还得摸一摸，偏生长在他身上。'"

这样一段话，说明薛宝钗皮肤丰腴白皙，胜过林黛玉，曹雪芹写得十分白话，当年老萨第一次看的时候甚是想入非非，印象深刻，所以随手就翻给小魔看，觉得以她的中文水平，读这段话应该没有问题。

不料小魔看了，却有点儿迟疑，半晌，指着其中一字问我："这是什么意思？"

萨一看，原来是那个"膀子"的"膀"字。日本倒是有这个汉字，不过很是生僻，只作"膀胱"的简称，难怪小魔看不懂了。萨连忙解释，明白了意思的小魔顿时对曹雪芹佩服得五体投地，说你看难怪叫做四大名著，只这两行字，薛宝钗的好处，就清清楚楚地表现出来了。

说完了还不干，小魔当时兼修中国古典文学，正准备写论文，每见到典故妙语，立刻抓过本子记下来，那份认真比老萨上学时候可强多了。这次也不例外，找了本子就在那边记起来，记完了，还要拿给我这免费的老师批改。

老萨不看则已，看过之后，立刻开始冲着笔记本笑，然后是冲着小魔笑，最后是冲着墙笑。

这下把小魔笑毛了，说我没弄错吧，你干吗这样笑啊？

老萨已经快说不出话来了，勉强支撑着道：“你没错，你没错，你自己念念……”

小魔女拿过本子，左右看了两遍，并不觉得有问题，于是大声地朗读起来：“……宝玉在旁看着雪白一段酥臂，不觉动了羡慕之心，暗暗想道：‘这个肘子要长在林妹妹身上，或者还得摸一摸……’”

哦，一个馒头可以引发一起血案，一个肘子……

看来，娶个日本媳妇，有时候生活会变得丰富多彩许多。

朋友评论

膀子：指胳膊，有时尤指肩膀。如唐山话的膀子，折弯处唐山话叫胳膊肘。

将新版《红楼梦》50集通看了，觉得原汁原味，对话中有大量的唐山方言，列举一二翻译：

嗔着：埋怨的意思。

魔怔：执迷于某事上而每天不想别的，半精神病状态。

可怜见的：怪可怜的。

真：千真万确。

家雀：麻雀。

腌臜：脏。

忒：太。

白蚁骗子斗魔女

那还是两年前的时候，我从公司回来，已经快到了吃晚饭的时间，走到离家门口不远的地方，就看见邻居张二嫂在那儿探头探脑地张望。

张二嫂是天津人，跟着老公来日本做生意，虽然住在日本，骨子里依然是中国北方人那种热情、博爱、好管闲事的性子。今天，我家有什么事儿值得张二嫂这样好奇呢？萨走过去拍拍张二嫂的肩膀，问了声好。

张二嫂回过头来，看看我，很紧张地说："萨，你家魔女不会有事吧？下午来了个推销的，进你家已经好几个钟头了，还没出来呢。"

"嗯？"萨不禁眉头一皱，"推销员？男的还是女的？"

"女的，比我还大一点儿……"

松口气，"女的，女的我操什么心？您看我家小魔面前哪个推销员讨过好去？兴许就是俩人聊对了头呢。"有句话我没说，小魔何许人也？在北京一脚把手机大盗从公共汽车上踹下去的主儿，要真是个小贼还不定谁收拾谁呢。

看我一副大大咧咧的样子，张二嫂不高兴了："萨你还是年轻啊，你忘啦，小魔可是怀着呢。"

"怀孕，怀孕和推销有关系吗？莫非……"萨不禁有点儿紧张，小魔女当时正怀着小小魔女，黄蓉这个时候还玩不过霍都呢，我是不是有点儿托大了？说起来，伊丹这地方治安可算没得说，民风淳朴，几十年没有过入室抢劫的案件了，我在这儿住了四五年，唯一见到的一个案子是某"大手"企业的经理因为偷盗女性内裤被活捉，从概率来说，我们家不会这样倒霉吧？但事关老婆孩儿，这可不是玩的！

张二嫂一看就知道我担心什么，一把拉住我说："萨，你别急啊，我看那人倒不像小偷小摸的，刚才外边都能听见她们俩聊得热闹呢，我就担心……我就担心那是个骗子。"

"骗子？"萨一愣。

"对啊，去你家之前，她到我这儿来过，让我给轰出去了。"张二嫂比画了一个轰老母鸡的动作，绘声绘色地描述起这事儿的经过来，萨一听，哎，别说，这人十有八九恐怕还真是个骗子！

原来，这个推销员和一般卖佛经、吸尘器之类的全不相同，做的是大买卖，是帮助人家抓白蚁的。

您说一个抓蚂蚁的能算大买卖吗？嘿嘿，这就是不了解日本的国情了。日本这地方是地震大国，三天两头的穷晃悠，此处的房子，为了防震，只能向两个方向发展，一个是重若坦克，一个是韧如狗窝（狗窝？何出此言？！且听后面分解）。所谓重若坦克，就是钢筋混凝土变态加固，照"陈明仁防线"的修法，硬扛地震的横波纵波。日本的大部分公用住宅、大型公寓，都是按照这个标准修建的，抗震性能极佳。但是，一般人家要想自己修个宅子啥的，用这个修法成本就太高了，于是干脆反其道而行之，照着狗窝修起来。

什么样的狗窝呢？《猫和老鼠》的动画片里面大狗的窝看过没有？米老鼠、唐老鸭里面，普路托的窝看过没有？

对了，就是这种全用木头钉成的房子。

日本是个森林资源丰富的国家，而且大量地从国外进口木材，所以，传统的日本住宅都是用木头木板钉起来的。如果在日本人建新房子的工地转悠，就会发现这些房子干脆就是大型的普路托之家（没有讽刺日本人的意思，萨也住在这种"窝"里），木柱钉成框架，木板钉成主墙，再包上护板和墙皮。这样做的结果是房子的重量极轻，而结构浑然一体，你可以把它震得翻跟头，却绝无可能把它震塌，有效地保护了住宅里的人。

当然，这样做不好的一面也是有的，那就是一旦起火，危险性很大，而且因为结构单薄，保暖性能不佳。

不过，日本的火灾保险事业发达，而日本全境除了北海道以外，大都气候温暖，所以这两个缺点倒也不算什么大事。

只是，从20世纪70年代开始，一个新的敌人出现了，那就是白蚁。按照日本人的说法，当地本来并无白蚁，是从南美某地跑到日本来的。怎么跑来的？这个，可就不太清楚了，日本在巴西、秘鲁移民很多，也许是他们当宠物带回来的？总之是跑来了，而且迅速地肆虐于日本的木制房屋，造成极大危害。为用户消除白蚁的行业就应运而生，作为建筑业的一个重要分支，称为大买卖也不为过。

不过，称其为大买卖，更主要的原因是日本有专门利用这个行业行骗的。他们登门入户，无论多新的房子都能给你抓出白蚁来，然后花言巧语地哄骗主人接受他们的服务。更可怕的是，随后他们还会利用你接受服务的机会，进一步指出你的房子有什么潜在问题，比如木头朽了、有雨水渗漏等，巧舌如簧，让你觉得不请他修房很快就要房倒屋塌，同时用带有伪装条款的借款协议诱使一些无知主妇或反应减慢的老人借高利贷，从十万而百万，百万而千万，一步一步地迫使你陷入欲罢不能的境地。电视里已经有系列报道，说好几家人家都因此被白蚁骗子骗得家破人亡了。

张二嫂是看过这条新闻的，中国人的免疫力又比较强，所以这个杀白蚁的一上门，不等她开讲就给大扫帚撵了出去。

听到这儿，萨倒有了一点儿疑惑。按说小魔女的智力也不会比张二嫂低多少，另外，她平时应付起这类场面来堪称游刃有余，在北京多少条卖仙妮蕾德的下线都断在小魔女手里了，不会上这样明显的圈套吧？

张二嫂上下打量了老萨一下，鄙夷道："多聪明的女人，要是上来一根筋啊，都有让笨贼骗了的时候……哎，我不是说你啊。"看老萨要竖眉毛，张二嫂赶紧打岔，"那什么，我不是跟你说了吗，小魔女这不是怀着呢吗？要说平时的小魔女应该不至于让她给骗了，可这女人怀孕的时候啊，想法和平时不一样，多少有点儿怪怪的，你没觉出来？这个时候啊，可就……"

算了，不和张二嫂磨嘴皮子了，赶紧回家救驾是真的。告别了张二嫂，赶紧回家。一进门，迎面就是一张遇见救星一样的面孔。心里不由得咯噔一下。

要说这种表情，萨也不算陌生，小魔女学了拔罐子找不着人试手，让小小魔女折腾得非老萨做的锅塌子吃不下饭……种种时候，也算是熟悉了这种目光。不过，今天这表情出现在一个陌生人脸上，就让老萨大有想看看太阳从哪边出来的感觉。

带这个表情的是一个中年妇女，服装整洁，面相干练，就是两眼满是疲惫，我进屋的时候，这位太太正背对着大门笔直地跪在地毯上，站起来的时候明显一个趔趄。小魔女和她相对，舒舒服服地靠在沙发上，别误会这姿势，以为俺们小魔女有啥虐人的癖好。日本的规矩，别管是不是骗子，推销员到人家家里都是背对大门席地而坐，以示对主人的尊重，小魔女怀着小东西，当然坐在沙发上喽。两人中间的一壶茶已经沏得快没了颜色。

不用说，这位就是那著名的“白蚁骗子集团”中的一位了。你怎么断定人家就是骗子呢？日本的木头房子从20世纪90年代中期就使用防白蚁药物处理过的材料了，我们这个房子是2000年以后盖的，还在我们这儿滴溜乱转地找白蚁，这女的要不是骗子，那就是缺心眼儿……

不过，日本女人的跪功极佳，通常两个小时之内不动地方泰然自若。看这位转身施礼的动作，好像半身不遂，看来是腿已经全麻了，估计这几个钟头没动地方。小魔女介绍一下这个是自己的“主人”——就是日语中“丈夫”的意思。那女白蚁专家连忙90度地鞠下躬去，嘴里十二分地客气起来。抬头看，小魔女挤挤眼，眼神中分明带了一点儿俏皮。

这丫头，前些日子不太开心。毕业以后就怀上了，错过了找工作的时间，只好在家待着（小魔女可是对日本女性结婚就当全职太太嗤之以鼻，一说就是“你爸爸妈妈都工作，经常一起探讨问题，我很羡慕。”咱还能说啥？），加上我这些天也忙，没工夫陪她，难得这样开心的神色。

“这位太太是XX房屋白蚁驱除公司的，”小魔女大模大样地介绍道，“劳驾您再把我们这儿的危险给我家夫君讲一遍吧。”

没办法，看来是要我配合演戏了。

那位太太眼中顿时出现一抹喜色，刚要开口，却现出一种怪异的表情。好歹打过几年球，萨明白，这是抽筋了。这位一咬牙，尴尬道："对不起，借用一下您家的洗手间可以吗？"

当然可以。

以为抽了筋总得扶着墙才能走路吧，这位愣一顿一顿地自己走到洗手间那边去了，仪态端整，就是有点儿像木偶。这位祖上大概是武士道出身的，有毅力！萨暗想。

转回头来就奔了小魔女，用汉语问她："怎么回事儿？"

"是个女骗子，就是你上次说的那种，说有白蚁呢，要咱们买她们的服务。"

"那……"

"我告诉她非常非常得担心，不过得你回来才能做主，留她聊了三个钟头。这人对哪儿有好东西卖可熟悉了。对了，她还有三个女儿，对养孩子也很有心得的……"

目光一扫茶几，只见上面不是美容美发的广告，就是附近商场打折的通知，还有一本厚厚的《姿村千代育儿大全》，500多页已经翻到了后一半，前面的页码里夹满了密密麻麻的纸条。

"你真大胆儿，知道是骗子还和她侃好几个钟头，不怕出事儿吗？"

"她是骗子，不是强盗，怕什么？你又不肯和我研究这些的，一个人在家，闷……"

得，说到这儿，当男人的再追究就太没风度了。

"现在怎么办？"

"交给你了，反正你能忽悠……"

"我?！……"

不等我们交换完方案，那位太太已经回来，看得出来，腿利落多了，还补了补妆，精神也好多了，满怀期望地走了过来。

萨只好当傻瓜了，做出一副洗耳恭听的样子来。那位太太道个打扰后，便做出极诚恳的样子来，对我解释说本地发现了白蚁，甚至已经在你家的厨房里抓了标本出来，已经开始啃咬你家房子的墙柱了，如果不处理的话，基本上三五年就要塌房……

说着还从桌上一堆广告下面找出若干资料来，讲述白蚁的可怕，还有她们公司的服务。

“你和我太太讲过这件事儿吗？”萨问，顺便看看那两个张牙舞爪的白蚁标本，这种立竿见影在日本倒是罕见，快赶上国内从眼皮里头挑出小白虫的水平了，有进步。

“当然，”女白蚁专家略带恳求地看一眼小魔女，“太太也认为这的确是很重要的事情，只是还要听您的意见。”

“所以，人家才等了这样久啊。”小魔女点头做天真状。

“不是不是，我们非常投缘，所以才谈起了这些事情，不知不觉，就忘掉了时间……”女白蚁专家谦恭地笑着说。看来这位时间可能没有忘掉，疲劳好像倒是忘掉了。不容易，要是我和小魔女侃一下午美发买东西，没三天恢复不过来的，这有事业的人啊，入了戏就是不一样。

“噢，收费多少呢？”萨装模作样地说道。

“不多，您这个房子，驱除白蚁的话50万日元足够了，我们还可以帮你们做加固，用防白蚁的木料重新构架，那也不过是增加150万日元而已。”

“不多啊。”小魔女诚恳地说，顺口问道，“你刚才说，到小松屋买婴儿用品，可以有机会享受20%的优惠，是这样吗？”女白蚁专家感激地看看这位好心没脑子的太太（小魔￥#？？？！~~），道：“是啊，只要你每个月第二个星期天去，就有这个优惠的。”

“嗯，”萨点点头，不能再玩了，再玩就太伤害人家的心灵了，“这个，的确不贵啊，我们会和房东讲一下的……”

“啊？”女白蚁专家的脸像黄瓜忽然入了秋，颤声道，“怎么，这房子不是你们自己的？”

“当然，我是外国人，住不长的，不过，您的意见很有价值，我们一定会提醒房东，他是一个本地有名的建筑师，想来一定会尽快和您联系的。”萨礼

◎ 小魔外表天真烂漫，但如果那骗子知道我家太太每次结账都精算到日元小数点后一位，估计早就退避三舍了。

貌地说。

一瞬间，仿佛什么东西被打破了，我分明看见这位女白蚁专家或者说女骗子的眼睛变得朦胧模糊……

一下午的辛苦啊。听说日本的公司对推销员都有分配销售任务的，一下午白扔了去陪人讨论购物和美容，不知道该怎么交代。

这位女太太走的时候，依然礼貌得很，只是眼圈红红，颇有些楚楚可怜的感觉。

萨到底还是中国人，真有点儿看不得这个，哎，态度好点儿吧。温声提醒人家：“您那两个白蚁，别忘了带走啊。”

“哎。”女白蚁专家下意识地回答了一声，忽然，就不只眼圈红红了，连脸颊都红了，接了那两个已经半死的白蚁，飞也似的跑了。

小魔女？早躲得没影了。这丫头平时没这样话痨啊，看来张二嫂说得对，女人啊，怀孕的时候，情绪性格都会反常哦。

以后，张二嫂家还来过几次推销杀白蚁服务的，萨这儿再也没有来过，莫非，骗子也有连锁通报的?

还真有点儿怀念呢，小魔女私下里一直说这真是一个有信誉的骗子呢，我也同意，至今，我家小小魔女的尿布都是小松屋店里买来的，每次都有20%的优惠呢。

朋友评论

不知为什么忽然觉得这白蚁骗子也很可怜，不知道有“被忽悠险”这个附加险没有……

以日本治日本——笨妻解难题

在我们所住的这个日本关西小城，有个中文教室，萨那口子——小魔女是这个教室的主任教师。

虽然Zh、Ch、Sh与Z、C、S分不太清楚，的、地、得老混着用，毕竟在中国待过那么多年，作为在北京小到砍价、大到报案都能应付的主儿，小魔女老师在中文教室的威望还是蛮高的。

事实上，比萨这个正宗的中国人还高，因为我的日文不灵，有时候真应付不来。甚至还有别的问题。比如，有一次我帮她代课，学生问课本上“招商”是什么意思。萨翻了半天字典，终于没敢回答。回来小魔女很奇怪，说“劝诱投资”嘛，字典上这么明确，有什么好犹豫的?

萨闷闷一气，字典上的确是这么说的，可我觉得照原样翻译怎么看怎么像是诈骗犯起诉书上的词儿啊。

这就是潜意识造成的问题了，其实，在日语里面“劝诱”是个中性词，跟经济犯罪的嫌疑没什么关系。

诸如此类的问题尚属小菜一碟儿。中文教室的日本学生多是经常去中国的旅行家或者退休商人，他们用日本人那种特别细致的眼光看中国，回来后经常问出一些相当有深度的问题来，有时候这种讨论也是挺有趣的，得出的结论更让你匪夷所思。有位从“教育委员”职位上退休下来的政府官员吉川先生，根据某次讨论的结果写了篇文章，发表在日本的民俗学学术杂志上，题目翻译过来应该是《从北京人的咒骂语言看古代中国妻妾地位差异》。这篇论文的关键词竟然是“你丫”，其思索深度让我这中国人都汗颜啊!

今天又是小魔女去上课，却不料下起雨来，于是我把小小魔女托付给邻居张二嫂，开了车去接老婆。早到了一会儿，买了听可乐，边喝边在门外一听，里面很热闹。原来，又是那个吉川问了个怪问题，挑起了一场讨论。

吉川这个问题是这样的，他说我到中国看到这样的贬义形容词，比如二愣子、二流子、二傻子、二杆子，连某种器官都用“老二”代称，是不是中国人对排行第二的人有什么偏见呢？

学生们到过中国的不少，这下子引发了激烈的争论，其中有位宝地先生很简单地批驳了吉川的观点，认为这只是巧合。他举了一个例子，中国人的确会说某人“像二傻子一样”，但也会说某人“像大傻子一样”，意思完全相同，都是形容其智力存在问题，可见并不是专门歧视排行第二的。

◎ 在小魔的课堂上，学生们经常就中文的理解发生激烈而理性的争论，其思维之发散，令我这个中国人都不时觉得佩服。

宝地的说法很有说服力，然而，吉川秉着日本人过头的认真劲儿又问了一个引申的问题，既然如此，那么为什么只说“大傻子”、“二傻子”，却没听说过“三傻子”、“四傻子”的说法呢？莫非是中国人对老大、老二都有偏见？

这话问得真够绝，连我这个中国人在门外都脑筋一滞，庆幸没早点儿进去，您知道咱们中国人为什么不说“三傻子”吗？反正萨是不知道。

◎ 我们这个中文教室，来的很多都是这样有闲但是特别轴的老头老太太。

学生们纷纷发言，然而，都找不到充足的理由来驳斥，唯一证实的是的确没人在中国听到“三傻子”的说法。

整个讨论过程中，小魔女就像个“五四”时代的青年女教师一样，把书抱在胸前，站在讲台旁边静静地听学生们讨论，一副大智若愚、胸有成竹的样子。

终于，找不到答案的学生，把目光逐渐集中到了老师的身上。

小魔女意识到该自己作总结了，于是伸手向下压了压，让大家停止了讨论。然后走上讲台，表扬大家讨论的态度，话锋一转，就谈到了刚才争论的话题。

“大家应该动脑筋想一想，这不是个复杂的问题。中文里面没有‘三傻子’这样的表达方式，其实是非常符合逻辑的，与偏见没有关系。”魔女认真地说，“这事情很简单，如果一个当妈妈的连生了两个孩子都是傻子，她还能有勇气去生第三个吗？”

……

谋杀亲夫啊！

被可乐呛得半死的老萨缓醒过来，第一个念头就是这个。

朋友评论

1. 小魔女太有才了！应该请上央视的《百家讲坛》开讲！题目就叫《中国人口头禅里的社会心理学》。

2. 以我的理解，第一、第二，老大、老二，意思都是排得上数的，有个词叫“数一数二”。因此，第一强第二强都是极强的，金牌银牌都是令人艳羡的，至于铜牌，那就心里很安慰很实惠很有潜力。不是连考试都说吗，第三名最不容易引起妒嫉，可见数到三就是接近人群的了，不再是近乎神圣的或不同寻常的第一第二了。以中国的语言习惯，三还往往有一个泛指的含义，所以更加具有群众性，不典型了。

由此可见，不管好赖，登峰造极、排得上数都可以冠之以一二吧，总之大概就是这么个意思了吧？！

哈哈哈哈哈，佩服自己胡说了这么些。

白衣天使恐惧症

把东洋魔女娶进门那几年，虽然说起来鬼子鬼子的，但这魔女一直住在家里，谨守妇德，傻吃闷睡，倒也称得上是个好媳妇，和公婆相处也堪称典范。不过，我们去国离乡的时候，兄弟还是觉得萨爹悄悄地吁了一口气，仿佛放下了千斤一担。

全是吃药闹的……

谁都不免生病，萨爹是个小心谨慎的家伙，有个头疼脑热的，守着一个学医学药的魔女，您还指望去医院享受公费医疗吗？门儿也没有！

按说老人家要是身子不好的时候，有儿媳妇给侍奉汤药，本来是一种福气，当儿子的也颇可自豪。可……萨那口子她是个魔女啊！魔女的脾气总是和普通人不一样，她是太热情、太认真了啊，以至于每天检查全家人的脸色，就盼着有一个两个能让她表现一下的。

家里有这么一位，不免有些白色恐怖——白衣天使恐怖啊！

于是，我们几个只要被魔女看出了症状，比如打喷嚏、皱眉头什么的，就会招来嘘寒问暖，然后颠三倒四地给我们讲一通注意事项，丢下若干药片胶囊乐颠颠地走人。

您以为这就完了？刚开始呢！晚上魔女回来就要检查药片少了多少，看看用药效果，就差抽血检查血药浓度了，再根据状况修改药量。

平心而论，魔女的手艺不坏。证据？您看哪个名医没治死过一个俩的，小魔女至今还没有这种记录呢。也是，她的病人只有萨爹、萨娘、萨弟、老萨，弄死哪个她还想活吗？

◎ 刚刚嫁到北京，一心想做个好媳妇。在某种程度上，小魔完全不知道自己在公婆眼里类似恐怖分子。

不过治疗效果总是不尽如人意，鬼子的药量太小，对国内有抗药效果的萨氏一门来说，多少有点儿茉莉花喂牛的感觉。

萨还好，一般不出毛病，萨爹就不灵了，他总是会有些疑神疑鬼、不轻不重的毛病，那就很容易落入魔女手中。偏巧魔女还按照日本的习惯——给药先去标签。在日本的朋友大概注意过这个现象，到日本医院吃药，几乎是看不出自己吃的是什么，只能逆来顺受。萨爹本来就小心，对这种“不明身份”的玩意儿当然紧张。而且，他有点儿道家养生的习惯，有病尽量不吃药。但是……但是，人家当媳妇的热心肠地给端来，又有盖着大章的药师证书，您好意思不吃吗？萨爹还特别不愿意坏人家面子……

看到萨爹表面感激万分，骨子里胆战心惊地吃着不知道是什么东西的药片，萨至今回想起来还不免好笑。

当然，过后要是见到亲戚朋友还不免夸她两句。

魔女心眼实，便不免变本加厉。

于是就不夸。

魔女又觉得自己做得还不够，更加努力。

事情发展到后来，魔女对自己的能力提出了挑战。她说日本那边治病都是吃药，很少打针，既然要治萨爹萨娘，就要学习打针！

全家人矫舌之下，魔女告诉我们，她们单位有个大姐人特别好，已经答应教她，今天可以实习实习，以后我们家谁要打针她就给包了。

魔女出门以后，家里炸了窝，萨爹说这怎么能行，她买茄子还能买回白薯来呢，这样的小马虎让她打针不是太危险了吗？萨娘说小萨这个事你可要出面解决，以她那个热心劲儿还不得天天追着我们打针？我晕针……

萨问了一句话，都不说了。

萨问：那你们当长辈的不说一句话就完了？干吗非我出面不可呢？

……

合着都不好意思伤小鬼子的面子啊，让我当坏人！哎，算了，还是我当坏人吧，谁叫咱是儿子呢？行，晚上我和她说。

不等说，魔女哭丧着脸回来了。

咦，今天下班早啊。

唉，丢人啊，赶紧回来了。

发错药了？

没有，学着给人打针来着……

这……（萨开始头疼，斟酌词句）打上了吗？

打了。

成功吗？

成功。

人家疼吗？

不疼……

（萨的头开始疼，要是一切顺利的话，这个思想工作可就难了）

不疼是不疼，把针头留在人家肌肉里拔不出来了啊！这个活儿我干不了了。呜呜……

哦……

阿弥陀佛——萨长长地松了一口气。

谁说家里有个学医学药的特别好来着？

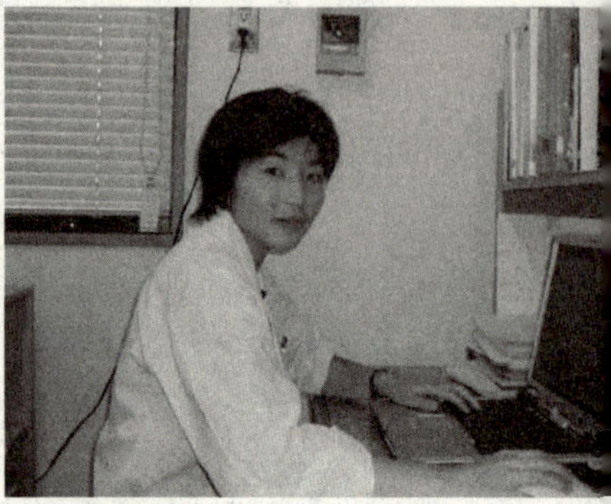

◎ 药剂师时代的小魔女，一副白衣天使的假象。

后记

人家“不疼”纯粹是安慰小魔女，只有疼痛，肌肉痉挛，针头才拔不出来，有经验的护士在旁边的肌肉上拍两下，刺激刺激，说几句笑话，就拔出来了，小魔女没经验，硬拔，结果手里就剩下一个针管。

顺便说一下，因为小魔女没有打针的培训，人家大姐也没敢让她拿一般病人练手，是本院的一个职工，生病作肌肉注射，大姐说我们有个MM想练练，行吗？

人家挺豪爽，说成！

这次回去还见着，北京人说话爱夸张，人家一指小魔女：“喏，这个就是拿我屁股练飞镖那位……”

朋友评论

萨大哥该去给葛优当御用编剧，冷面笑星加爆笑剧本绝对票房飙红！只是日式搓板跪起来估计也难受——敢拿老娘当素材？呵呵，嫂子要是多看会儿，估计会磨刀霍霍了：)

大阪风味煎饼果子

周末，魔女居然自请下厨，不禁感到有些惊讶。当年魔女兴致勃勃地进了厨房，结果被萨给了如下评价：

你擅长配药这是本行没问题，可炒菜也跟配药一样就很吓人了。这东西咸啊淡的感觉第一，精确到毫克完全没有必要。切菜不是越细越好，木耳都切成粉丝一样，这个这个是很反传统的……

从那以后，魔女对厨房就有点儿怯场，除非无可奈何是不进这个地方了。好在萨好吃，把做饭当成一种乐趣，所以在这个问题上双方并没有什么分歧。而且惯出来一个好吃中餐的外国人，萨还挺自豪。

那么，今天是怎么回事儿呢？

原来是几个妈妈凑在一起聊天，只有我家小小魔女最惨，只能靠爸爸糊口，几乎没吃过妈妈的大菜。魔女这人总算还有良心，觉得不为老公，也得为闺女努力一把，就这样找了本书好好学习一番，又从碗橱底层搬出日式餐具，庄严地宣布今天给大家改善伙食，吃大阪的风味菜啦。

◎ お好み焼き

什么风味菜呢？叫做什么“お好み焼き”，听了这名儿萨忍不住问：“是不是那个号称日本煎饼果子的……”看看魔女脸色赶紧打住，煎饼果子就煎饼果子呗，好歹是个日本风味小吃，别处还吃不到呢，打击人家积极性这种事情，不是大丈夫所为。

其实，“お好み焼き”虽然样子像煎饼果子，其实，在日本是一种普通的家常菜，就像北方人家摊煎饼卷大葱一样。

于是，就有了下面这些美味。当然，东西都下肚了，只是可以让大家看看日本人的家常饭大概是怎样的，也算是对魔女下厨的一个难得纪念。

一、餐前小吃：萝卜条

味道还不错，带一点儿食用色素染成黄色，看起来比较好看。岳父那边拿来的，魔女只是练个刀工，这种类似劈劈柴的活儿没有多大技术含量。

二、预先拌好的豆子，算是另一道小吃。

可以叫做日本式“沙拉”？

三、寿司，这个是超市买来的，作为主食。

四、对了，还有这个鱼，烤的，加一点儿酱汁。

魔女做鱼还可以，在东京一个饭店学过人家的法式烤鱼，算是看家的本事，这次是日式的，牛刀小试而已。LP加油！进入正餐的准备。

◎ 翻个以后的“日本煎饼”

这煎锅里面的，就是所谓的“お好み焼き”，用面粉、鸡蛋、盐、味精打成糊，加入细丝米粉、火腿、洋白菜，还有煮好的牛筋配成。放牛筋是魔女独特的配料，据说日本各家做这个菜，放的东西都不一样，类似地雷战“各村有各村的高招”。

做了三个，问起来，说是一人一个，难道小小魔女也能吃一个？后来才明白小小魔女的配额是二分之一，我的配额是一又二分之一，只有魔女是正常人。

用铲子翻个，这就差不多了。

盛到盘子里，先加上调料汁，再放上沙拉酱，用勺子抹匀。撒上鱼胶熬的辅料，再撒上海藻碎末，Ready! 可以吃了。

准备发表评论……

魔女忽然送上红豆和年糕熬成的尾食，好黏，忽然醒悟到灶王爷上天的感觉了。

这又何必呢？粘俺的嘴，你怎么知道俺一定是要说坏话呢？

其实，萨是想说："小魔，这回做得……还真是挺有风味的。"

朋友评论

醉翁之意不在酒，在乎山水之间也；萨家做饭不在吃，在乎家庭温馨也。夫妻恩爱，不仅是双方之福，更是孩子之福啊。

美味醒酒汤

因为明天有个会，晚上在公司准备材料，一直就到这时候了。

回到家，开门，听到小魔女迷迷糊糊地应了一声，接着又是一声惊呼。走上楼，看看孩子，睡得香甜，小魔女却背靠着沙发，扭扭捏捏的表情很不自然。

狐狸，总是有尾巴的。于是，老萨就开始转着圈找狐狸的尾巴。

狐狸，则绕着背后的某个东西打转，就是不给我看。

越发好奇。

最终，狐狸不堪旋转，倒。萨过去一看，原来是一只空锅子。

这回轮到萨做狐狸了，疑惑地看看，里面确实是空的。不明白这家伙为了一只空锅子作这么大的运动量干什么。

小魔女的脸色红了青，青了黄，终于咬咬牙，大度地放下锅子，老实交代了。原来，看我晚上没回来，魔女以为我有应酬（昨天确实有位前辈作家约我今日去喝酒，却被公司的事情搅了局）。魔女想这位前辈作家是个卖鱼出身的，二锅头放倒船老大的主儿，萨恐怕会喝成对倒三六条。男人嘛，总是没理智的家伙。魔女这点倒是蛮豁达的。这丫头学过西医也会点儿中医，于是切了一个苹果，加入冰糖，一种她们老家特产的菊花，还有枸杞和莲子，算是中西合璧的醒酒汤，准备等老萨回来捏着鼻子灌将下去，以免某人出现冰箱、厕所分不清的问题。

老萨写报告居然写到半夜。

小小魔女已经睡着。没了牵挂，小魔女评价这是“一天中最美好的时刻来到了”。于是一手抱了醒酒汤，一手拿本小说，就坐在沙发上边看边等。

小说很吸引人，通常这种时候，小魔女会进入一种半原始化状态，失去对世界80%的五感能力。

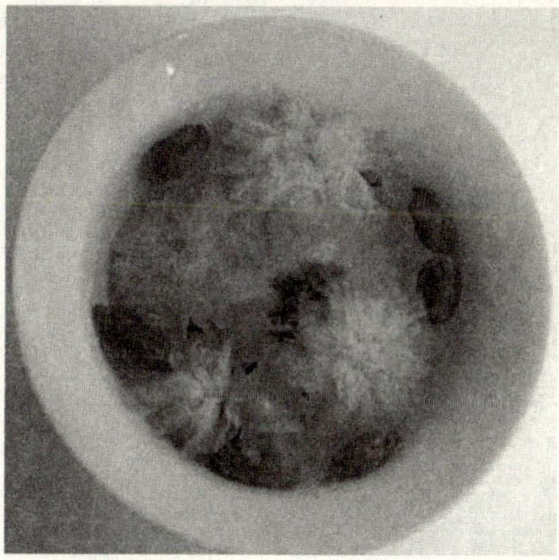

◎ 醒酒汤被小魔误食。

这种醒酒汤，放凉以后会发出很香的味道，魔女觉得有点儿馋，于是拿了个勺子，一边看，一边尝尝。

糟糕的是这种酸酸甜甜、带点儿花香味道的东西，对女孩子通常都有极大的吸引力，尤其是小说后面的部分更加精彩，已经进入半原始化的魔女就这样看一段，吃一勺……

看一段啊，吃一勺；

看一段啊，吃一勺……

等老萨敲门的时候，跳起来要下楼来迎的小魔女骤然发现了一个可怕的事实——她居然把一锅的醒酒汤通通喝掉了！

看着魔女的表情，萨想起一张《读者》上的漫画：某猫蹲坐在一只空鱼缸前，两只眼睛是两条鱼，而主人在后面恶狠狠地问道："难道你真的丧失了理智吗？"

我能说什么呢？只好实实在在地说吧："好吧，这没什么的，我今儿没去找毛丹青，用不着这个的。"

魔女拍拍胸口，想说什么却打了个饱嗝儿，只好吐吐舌头去刷锅和勺，同时小声地抱怨减肥计划将受到挫折。

忽然感到一点儿好笑，等一会儿问问小魔女吧，伊索先生家的狐狸，笨得有葡萄都吃不到，日本的狐狸倒应该是更进化的，不然怎么连苹果也会偷？

朋友评论

1. 萨家还有如此可爱的狐狸，但愿某一天俺也能有如此好福气，有个可人狐狸为俺做醒酒汤，幸福滋味啊。

2. 萨夫人相当天然啊，哈哈……

左脑淑女 右脑魔女

周末的时候家里来了两个网友，小魔女给布了菜，倒好酒，用纯正京片子说一句：“你们哥儿几个慢慢聊啊。”就抱着小小魔女上楼去了。几杯美酒下肚没了拘束，有一位夹了一筷子五香酱猪耳朵，瞅瞅门口，道：“老萨，嫂子人不错嘛，怎么叫人家小魔女呢？这是淑女嘛……”

夸自己老婆的话自然愿意听，萨便也跟着哼哼呀呀一番，心里暗道：有……有这样的淑女吗？你知道这家伙拿同事的屁股练打针，差点儿把人家练成中箭虎吗？你知道这家伙在大巴上让人抢了手机，居然把贼一脚从车门踹下去吗？你知道这家伙看《僵尸王》这种变态的东西也能津津有味吗？

嘿嘿，要不当领导的都喜欢搞什么面子工程呢，表面功夫真是害死人哦。

当年见面的时候，萨也和这兄弟感觉是一样的。那天一干男男女女在南翔吃小笼包子，个个满嘴流油，大呼过瘾，却见个秀气的女孩儿偏溜到了一边，细看时，竟是不知何时买了草莓，向服务员要了小碟子，正一个个地洗净去了蒂，按人头分了，端给大伙儿呢。

于是印象极好，一下子便记住了这个穿件素素净净连衣裙的小淑女。

在外人看来，魔女的确很合淑女的风范，见人低声细气，不笑不说话，和来客、长辈谈起天来永远是合格的听众（虽然有时候根本不知所云），和老公走在一起还不时地有点儿小鸟依人，啊，不，小猫依人的劲头，其实，那 80% 是装的！东邻对女孩子要求严格，从小有种种规矩模式，不容得表面上出错，自然训练出无数笑容可掬的“面子工程”来。其实，天下的女子内心都差不多，又哪里是表面功夫能够束缚得住的？

女性内心世界究竟是怎样的？这个话题萨是无能探讨，但下围棋的都有一点常识，那就是女棋手多好杀，棋风凶悍，芮乃伟、孔祥明、伊藤友蕙，个个都是天煞星。要不怎么说魔女是小猫依人而不是小鸟呢？那猫，表面温顺，实际上可是老虎的亲戚，正儿八经的肉食动物……（其实鸟又有什么好？根据现代科学考证，那鸟可都是恐龙的后代！）

◎ 淑女小魔，日本某市公务员，最大的爱好是收拾屋子，最大的头痛是常常需要比小小魔女更多的睡眠。

不过，小魔女最初的确是没有暴露出其本性来，以至于在下昏昏然地以为捡到了大红包，然而，是金子总要发光的，终于……

有一天，魔女要加班，萨便早早地过去准备晚上一起吃饭。周末，她那个部门只有她一个人，边干活边聊天，不知不觉，话题就转到了魔女的工作上面。

魔女的工作说起来还算体面，她那儿是个药物检验中心，兼有制剂之类的功能。医药医药，实际上医和药是分开的。我的一个女同学做了外科大夫，经常给我讲她们那里某位老大花几个钟头切了某人的肝或肠子，拿袖子一抹嘴巴就吃面包的故事。做药物这一行的，让人从心理上感觉比我那同学“文”一点儿。

隔行如隔山，钱锺书先生说过夫妻俩不做同行可以更有神秘感，这一点萨是有体会的。不用看电脑，在魔女的试验室里转来转去，瞅瞅那些整齐的抽屉盒子，瓶瓶罐罐的感到新奇有趣（这是当时的感觉，现在家里什么东西都被魔女用盒子、罐子装起来，用时打开一层又一层，就只有头痛，而没有新奇了），忍不住不停地问。才知道这个是水杨酸，杀菌消毒的；那个是硅霜，护肤效果非常好。魔女要是不说，我打死也想不到这帮道貌岸然的“白衣天使”居然会偷用医院的设备自制化妆品！据说她们自己做的东西比资生堂的还可靠。不过萨至今搞不懂的是，尽管理智上很明白那些化妆品的成分，但小魔女依然每个月都要鼓捣回七八瓶高丝或者别的什么牌子的面霜防晒油来，然后一边鼓着嘴巴看账单，一边继续在广告上踅摸。

您不是专业人士吗，怎么还跟着上当呢？不明白啊……

冷不丁就看到一个盒子放的花生，忍不住拈起一粒。正琢磨着是生的还是熟的，小魔女过来一把夺去，道：“这个可不能吃，是XX食品厂送来化验黄曲霉的。”

黄曲霉？高致癌物啊。萨赶紧放下，一问才知道，原来是某人吃了这厂子的花生，觉得味道不对，查资料以后认为有黄曲霉，于是又买来十袋，把厂商告上法庭，厂商不服，人家就把花生封存送来检验了。

原来如此。

魔女接着补充，说我们这检验分高级、普通两档，普通的一天就好，高级的要一个月，这个官司，双方为了检验可靠，要求做高级的，所以呢，结果还要好久才能出来。当然，收费也是大大不一样的……

哦，高级和普通有什么区别？什么检验要一个月啊？萨心里奇怪，就问了出来。

魔女耐心解释：“这普通嘛，就是显微镜镜检了，三个样品抽查，一会儿就可以做完。高级嘛，就要做生物试验了。”

生物试验？感觉是很神秘高深的东西。看到萨更加好奇，魔女就拉了萨走到另一间，这里可比那边热闹多了，只见一箱一箱的大白鼠在笼中奔跑蹿跳，门口一个大笼子里还有几头肥胖的兔子在吃白菜。一时，脑子里就忽然想起《我的阴阳两界》里小孙大夫领试验兔子去清炖的古怪情节来。

小魔女领着萨到两个笼子前面，道：“你看这两个笼子里各有十只大老鼠（小魔女把白鼠叫做“大老鼠”，算是一个语言特色），左边这一组每天喂送来检验的花生，右边这一组是对照的，吃上一个月呢，解剖了，看是不是这一组有癌变倾向，就是高级的检验了。”

“就……就这样就是生物试验？”萨一时张口结舌，没想到这“高级检验”居然如此没有技术含量。这癌症可不是拉痢疾，能这样快就看出来吗？这不是糊弄……“你们这样的检验有多高准确率呢？”

魔女道：“这个，准不准的不好说，不过大老鼠和人的生命周期不一样……站住！别动！”

叫我吗？前言不搭后语中，魔女蹿上前来，一脚踩住一只出逃大白鼠的尾巴，随手提起来扔进笼中，潇洒地拍拍手，继续讲老鼠的生命周期。

半天，看萨好像还在发愣（萨此时心里有一种上当的感觉，这丫头看垃圾电视连续剧哭得一集换三回手绢，抓活蹦乱跳的老鼠怎么如此泼辣？莫非……），魔女大概觉得自己的话题太无趣了，略带歉意道：“这个实验的确没什么意思，一会儿我还要做一个兴奋剂检验呢，你要有兴趣，就来看吧。”

一句话勾起了萨的兴趣，没想到这丫头的工作还和奥林匹克有关系，说不定这儿还有些什么关于约翰逊吃药的内幕新闻可挖呢。

等魔女介绍完了，才明白根本驴唇不对马嘴。魔女她们是受一个药厂的委托，检验一种新的兴奋神经型药物，是用于抢救的，和约翰逊吃的那玩意儿没关系。

魔女一边从不同的笼子里抓了两个“大老鼠”放进笼子里，一边跟我解释：“这检验主要是对药效的确认，也就是说看老鼠吃完了会不会比较兴奋。”

这怎么看呢？难道问问老鼠的感受？正在疑惑，已经看到小魔女手举一把后面连着电线的大钳子窈窈窕窕地走过来，钳子的两个尖端偶尔一触，就发出点点的蓝火花。

“你拿这个干什么？”萨看着这个奇怪的兵器，想起了中美合作所和许云峰、徐远举。

魔女状似天真地解释道：“让大老鼠打架啊，你看，这个稍小的脑袋上有个红点的大老鼠，就是吃了药的，那个没红点的，是对照的……”说着，举起钳子闪电般地伸进笼子里，准确地夹了一下那个红点白鼠的尾巴。

红点白鼠正用爪子洗脸，冷不丁受到如此刺激，一个蹦高就蹿了起来，这时小魔女已经放了它，转过头来又去电另一只老鼠的尾巴，那个老鼠也是向前一冲，撞到了笼子上。诧异间两只老鼠已经扭打起来，爪子牙齿齐上斗成一团。萨忽然明白，这老鼠都说聪明聪明的，它到底不如人聪明，笼子里就俩耗子，突然吃到苦头，肯定以为是旁边这个咬自己尾巴，再想不到有个魔女在挑拨离间。

转眼间，那头上有红点的白鼠已经获胜，又撕又咬一嘴毛，打得另一只老鼠绕着笼子转圈。魔女认真地拿出记录本，在上面画上一杠，告诉萨："看来药效不错，你看那个没吃药的反应就迟钝得多。"

这个实验要做十组，于是这小小的实验室里，就反复上演起和平—挑拨—格斗的三部曲来。有一只白鼠拒绝作战，逃到了笼子顶上倒挂着，小魔女电钳一转，还是拧住了它的尾巴，只听"吱"一声惨叫，这只老鼠掉了下来，正落入下面虎视眈眈的同伴爪中……"大老鼠啊，尾巴上的神经丰富，电起来最有效果……"小魔女得意扬扬地说。萨抬头看去，只见这"淑女"手持电刑具，看着老鼠打架两眼放光，跃跃欲试，整个一副唯恐天下不乱的样子！

小魔女看到萨的目光，似乎忽然悟到暴露了自己的本来面目，连忙伸手捂住嘴巴住了音，干咳两声放下钳子，心虚地左右看看，捉过一杯茶来喝了一口，又恢复了"淑女"的一贯形象……

萨娘是当老师出身的，小魔女是个极适合当好听众的，所以两人十分相得。萨娘自然也就对其"淑女"形象的背后一直缺乏警惕。只是偶尔会流露出一点儿担心，怕这"文静"的儿媳妇太老实受人欺负。

这个担心在魔女过门的时候消失殆尽。

那天，魔女退了宿舍，骑了辆自行车，带了全部家当，兴致勃勃地蹬十几公里回家来。听到门外车铃响，萨娘开门一看，只见这丫头笑眯眯的，车子两边各带一个比人还高的大箱子英姿飒爽地推过来，当时就发了呆。

帮小魔女放好行李，半晌，萨去看开门的萨娘为何还不回来，只见俺那大田

◎ 小小魔女（中）和小朋友合影，旁边那个两眼放金光的，就是倒霉的大狗“真由美”。

里开过拖拉机，机械厂里打过铁，跟铁道兵翻过车的老娘，还站在门边，看着萨嘿嘿一笑，道：“这丫头，平时看着很淑女的，现在看来比我当年还……”

正写到这里，忽然听到邻居家的狗儿“真由美”狂吠起来，夹杂着小魔女和女邻居的惊呼。连忙开门出去，只见女邻居正用力拉着“真由美”的脖圈，和小魔女在点头哈腰互致问候，听那意思是小魔女在给人家道歉，“真由美”一边往后躲一边发出恐怖尖利的叫声。小魔女揪着小小魔女的领子，见到萨，很不好意思地说：“哎呀，我就松了一下手，你看，你看……”

萨低头看去，只见俺家那小小魔女绽开天真无邪的笑脸，一边嘴里含糊不清地发出“汪汪，汪汪”的声音，一边用手指着大狗“真由美”。

哦，小东西学得好快啊，昨天教她认动物，见到鸽子就知道叫“咕咕”，见到狗儿就知道叫“汪汪”啦，萨忍不住微笑起来。

等等，那是什么？忽然看到小小魔女的手里抓着什么东西，定睛一看，天！一大把黄澄澄的狗毛！

啊，我家的小淑女啊，不……

朋友评论

1. “小魔女把白鼠叫做‘大老鼠’，算是一个语言特色——摇手指……”

萨老大这就外行了。尊夫人看来是搞药理的，这么叫没什么错啦。白鼠分大鼠和小鼠两种，根据具体试验要求的不同选择应用。

大老鼠就是大老鼠，不是萨家小魔女发明的叫法。人家就叫大鼠，就是家里串来串去的老鼠的近亲交配配出来的白化病老鼠。还有小鼠，那才真是小老鼠，小鼻子小眼大耳朵。

说实话，真不是萨家魔女魔，学药的都这样，杀老鼠不眨眼。在下跟萨家魔女是同行，不才手里也是有几百条鼠命的，其实动物试验拢共也就干了半个月。至于拔毛，那也是基本功，制备没毛的鼠皮那是监测贴剂透皮吸收速率必需的步骤。

扒了一只大鼠的皮，先择肉，连筋带肉一点一点地往下撕。把肉择干净，就该拔毛了。把皮翻过来，四角用摁钉儿摁上，就拿透明胶带粘毛，粘上就往下撕，一直粘到没毛才算。知道那个“披麻拷”不？就那样。

这倒真不是我们酷虐，实在是这么粘对皮肤的损害小，测出来的数据比刮毛的准。这小小魔女一把就能抓下狗毛来，看来长大了真能接她妈妈的班咧！

萨回家问问魔女，她上学的时候吃没吃过实验室的老鼠？十个学药的有七个干过这事儿。

做完试验的老鼠、兔子，养个把礼拜，体内的药物就代谢得差不多了，然后就炖。

那大老鼠啊，都是蒜瓣肉，炖出来可香了……

2. 四下看看，这里还算安全，那就说个小的包袱。

和太太首次 date（约会）晚餐那日，其谈吐温文尔雅珠玉圆润，似入芝兰之肆芬芳怡人……窃喜不曾走眼，果然是淑女一只。

未几，一盘葱爆羊肉端上，正是老萨最爱，于是运筷如飞。不曾想我的快手，居然还跟不上太太的节奏？！？！我持箸她飞箸，我停箸她还要多夹三筷子……当时就大跌眼镜。那餐饭吃得真是百感交集。

婚后再问，太太答曰：“平时扮扮淑女尚可，抢肉吃的时候再装，岂不吃亏？”

这是小包袱，也就打住吧……

李琦碰上了俩“二百五”

李琦是谁?

可能有人记得，也可能有人不记得。

李琦演过梅花奖的话剧、金鸡奖的电影，小品上过春晚，但是平心而论，他的知名度不如侯耀华或者冯巩那样高。这不是因为他的水平不够，而是因为他的形象太独特了，身高一米八零，体重二百四十斤，锃亮的大脑袋，浓黑络腮胡子，观众一看就记住了这个花和尚般的相貌，便顾不上记他的名字了，李琦的“知形度”太高，妨碍了他的知名度。

萨一直纳闷儿，老谋子拍电影最善于用形象说话的（故事就多少有点儿稀里糊涂），李琦如此“鲜明”的形象，侏罗纪都难找，应该比章子怡、巩俐更容易让张导眼前一亮啊，怎么没请他去拍《十面埋伏》呢？他要替刘德华，这片子大概还能多上座三成……

据说李琦在演艺界是个怪杰，他的自我介绍如下：“腰围三尺八寸，爱香烟、喜名酒，打呼噜，性格暴躁……头脑简单，四肢发达……酷爱烹调且技艺不凡，兴奋时手必舞、足必蹈……”

他夫人的说法就不一样了，写了篇文章叫《李琦，我的“二百五”老公》，其实无非也就是说李琦做事比较感性，还好出新鲜的而已，性情中人啊。

但是和李琦碰面的那次，“二百五”的却不是他。

那天是 1997 年或者 1998 年的秋天，天气挺好的，萨和魔女有个不良习惯，就是好吃懒做。好在北京的小吃物美价廉，这倒也不是什么大毛病，这一天我们去的是东四北大街上的永和豆浆，小魔女喜欢那儿的冰豆浆，萨喜欢那儿一尺长吱吱叫的大油条，所以常去。这豆浆店 1999 年好像换了个主东，自此油条

◎ 李琦老师估计很头疼。

就小了一号，连服务员的工作服也油滋滋的了，让人好不遗憾。

永和豆浆坐东朝西，我们去的时候没几个顾客，就旁边一个小桌坐下，点了豆浆、油条等着。

这时候萨就觉得今天这豆浆店有点儿不对——光线暗了。抬头一看，才发现临窗对着外边坐着一个大个子，也在吃豆浆、油条。

谁？

李琦！

就一个人，吃得有滋有味的。

萨怀疑认错了人，赶紧告诉魔女："喂，那边是个有名的人。"谁？魔女眼神儿不好，站起来张望。

这一下，李琦就发觉了，低着头，悄悄地往后瞧了一眼，正好和萨来个眼对眼。

萨赶紧把目光移开了。这有俩理由，第一，萨觉得李琦这样的主儿应酬多，人家肯定好不容易才躲了个清静，不好意思打搅；第二，谁面对这样一条西北大汉，也得掂量掂量不是？

可还是忍不住又瞅他，谁叫李琦形象太可爱了呢？

巧了，李琦也又回头看，再一对眼神儿，李先生嘿嘿一乐，冲我招招手，拍了拍旁边的椅子。

后来才知道李琦的一大特点就是好交朋友，豪爽有古秦人之风，不过当时我的感觉就是动物园里看老虎，老虎突然冲你一笑，招呼你过去坐坐一样。

兄弟就和魔女过去，在李琦旁边坐下了。

李琦问："嘿，认出我来啦？"

萨点点头，说："是，李老师，一眼就认出来了。"

李琦一摸油亮的光头，叹口气："没办法，这玩意儿太明显了。"

这样，气氛一下就融洽起来了。我们聊了一阵儿，都把声音压低了，跟做地下工作似的，我们能理解李琦是不想让大伙儿都注意到他。聊的内容记不清了，李琦主要是问问我们喜欢他的什么节目。我说我喜欢他的小品，可惜那次见着早了，如果是现在，我大概会说喜欢《没事偷着乐》，那是我觉得中国电影中的绝品。后来我想起电视里播过他拍戏受伤的事，问他还有没有影响，李琦抡抡膀子，半真半假地说："没事，咱会气功。"还说他老丈人是大夫，不怕。

看看豆浆吃得差不多了，李琦就问小魔女："你怎么不说话呢？"魔女今天一直装哑巴呢，她是一到公共场合就发呆装淑女，一回家就威风八面做孙二娘，这习惯李琦如何知道？萨就告诉李琦："她是外国人，中国话说得不好。""哦，老外啊？"李琦脱口而出，赶紧又夸张地捂上嘴，看看我，问："她也认得我啊？"

魔女就在一边笑眯眯地哈伊哈伊。

大概因为有了"国际影响"，李琦挺得意，这人一得意就容易忘形，接着就对魔女问了一句多余的话："你知道我是做什么的啊？"

这下可坏了。李琦不知道日本人这个习惯的，她们那个笑眯眯的哈伊哈伊就是随声附和的意思，真的假的只有天知道。这种暧昧的文化习惯在中国北方绝对让人误解，兄弟到日本就上过这样的当。其实上当的不只是兄弟，美国鬼子也是一根肠子，也碰上过这样的事情，就是著名的"大平正芳翻脸事件"。

大平正芳在 1978 年 ~1980 年曾担任日本首相，他当选后不久，美国人派贸易代表团谈判要日本开放市场，谈判之前，先给大平拿来一份草案，条件相当苛刻。大平正芳一看，觉得这东西没法谈。要是陈毅碰上这种事，当场就给他扔回去说："这东西没法谈！"也就完了。但是日本人他的文化是暧昧啊，按照日本习惯，拒绝都不当面说的，大平就哈伊两声，微微一笑，交给了秘书。

美国人回去一研究，大平笑了，大平还说哈伊，他屈服了！他害怕了！

整个一满拧。第二天，美国人就递给了大平一个更加苛刻的条款。大平一看，啊！我当时什么话都不说不就是表示这东西没法谈吗？怎么还变本加厉啊！大平是个急脾气，抄过文件来刷刷刷撕成了碎片。

美国人直眼了，这人怎么说急就急啊，神经分裂吗？

所以李琦一问这话，小魔女就乱套了，她实际上对李琦是干什么的全无概念。这不怪她，要知道她那二把刀的中国话，听歌可以，想理解小品的幽默还是有距离的。可是她又不好意思说不认识，又仔细研究了李琦一阵子之后，在餐巾纸上写了两个字递过去。

大家都知道李琦那形象，俩大眼一瞪跟铜铃似的，这次李先生瞪着那俩字，大眼珠子都快掉下来了。

那俩字是“相扑”！

我要是李琦也得这样。其实我挺能理解魔女的思路的，日本的相扑手大胖子我们看着粗笨，但在日本极有人气，如果在电车上进来一个相扑的，您就看周围一帮小姑娘含情脉脉地看着吧。魔女大概觉得李琦的形象作为歌手或者演员都有点儿……但是这体形似曾相识，所以只好推测他是练相扑的了。

萨见势不妙，赶紧圆场，对魔女说：“你弄错了啊，李老师是春节联欢晚会的名演员啊。”

李琦挺随和，放下餐巾纸说：“没关系，没关系。”还冲萨悄悄一挤眼：“老外啊……”

萨跟着一笑，乘机递过去本子：“李丁老师，您给签个名行吗？”

李琦一乐，接过本子，正要找笔，忽然转过头来：“你叫我啥？李丁？我不叫李丁，我叫李琦啊！”

李丁是老演员，拍钙中钙广告的那个，和李琦的形象差了十万八千里！早说了，这家伙知形度比知名度高，萨一忽悠就犯错误啦。

这下子尴尬极了，萨赶紧语无伦次地解释：“哎呀，您……这都姓李，这个，一不留神就混了……这个……”

也就是李琦啊，脾气真好，笑笑还是签了名，说：“我知道你的意思，是我还要向李丁老师学习……”

我们俩走出去的时候，从玻璃窗望进去，李琦还抬手致意，脸上给了一个招牌式的那种笑容。心里怎么想的就不知道了。

将心比心，我要是李琦，肯定这样想：这油条吃的，好容易有点儿空，怎么碰上这俩……这俩比我还“二百五”的……

朋友评论

我也是过了很久才把他和姓名对上。问题在于，他这个长相，名字还这么秀气。

小魔女给藤原纪香做马仔

星期四那天，整整一晚上小魔女都有坐立不安的倾向，在屋里转来转去，宛如动物园里关着的狐狸。最初，我想这可能是国庆节的影响，后来一想，不对啊，国庆节已经过了，今儿是 10 月 2 日啊。

一问，才知道原来是日本影星藤原纪香要来我所在的这个小城作演讲，作为市役所的工作人员，小魔女被市长点名做藤原纪香的随员。我家这口子属于马路上撞汽车都能好奇半晌的主儿，而且有轻度明星崇拜综合征，这下子，可不就坐立不安了？

我说嘛，我国国庆，日本又不放假，她怎么比我还激动？

藤原纪香我只是略知一二，知道她是日本有名的电影演员，据说身材极好，让很多日本人想犯罪。当年小泉进行“改革”，其中之一就是议员选举，目的是增加投票率。结果小泉的招数果然厉害，竟然是让藤原纪香来开票，果然吸引很多年轻人来投票，大大增加了票源。

说来日本的政治改革，有些招数还真是……

不过，此人也已经红了好多年，论年龄和老萨差不了一两岁，用过去咱们老北京的标准——也向

◎ 藤原纪香关爱儿童

中年妇女进发了，是否还有这样大的吸引力？听小魔女讲，藤原在日本依然魅力十足。尤其是像伊丹这种小城市，大多数本地人没见过什么世面，一听有这样的明星到来激动不已，1000日元一张的票一抢而空，日本黄牛党都抓了好几个。不知道要是赵本山大叔来，又会怎样。

这种随员，说白了不过是在人家身后当摆设的，所谓随时候命，帮助沟通，比花瓶还不如……老萨想啊，藤原纪香一个大美女，本身就是一个大花瓶，花瓶旁边还放花瓶，是不是安全上面隐患很大呢？

激动什么？不就是当个马仔吗？萨一句实话把狐狸变成了豹子："你胡说什么啊！那是藤原纪香啊，我跟藤原纪香要站一块儿，那我不也……"

三国白马坡，河北道行军大都督颜良军前挑战，连张辽、徐晃这等名将都不敢轻撄其锋，二流的宋宪、魏续却大大咧咧地冲出去，结果没几分钟就做了颜良的刀下之鬼。

说书的老先生总结是这两位原来是吕布手下旧将，看惯了吕布厉害，自信心爆棚了，所以……嗯，看着目光略带亢奋的小魔女，兄弟对宋宪、魏续两位的思维多了几分理解。

知道不能再说了，再说豹子要变狮子。

于是就去吧。第二天出发之前嘱咐，多看看有什么花絮，回来给我说说。

果然，感受很多。

藤原纪香在伊丹共有两个活动，一个是演讲，一个是揭幕她的摄影展，主题是为和平而祈祷。在两个活动的场地都是人山人海，街上路过的人纷纷打听是什么事儿如此轰动。索要签名的人挤得保安都站不住。想和藤原纪香合个影是不可能的，连"市委领导"和她合影都只能在规定的时间里进行。伊丹市的市长叫做藤原保幸，追着藤原纪香一个劲儿地套近乎，最后却只能悻悻地表示："仔细交流过了，八代以内我们俩没有血缘关系……"给藤原纪香开车的是议长，为了防止有人冲入后台，安排了个人把门，是工商会长。这几位都已经白发苍苍，开车把门都是自愿，看来伊丹市不乏老顽童。

小魔女最津津乐道的是，藤原纪香的影展是在七层楼上，当她们试图下楼

◎ 藤原纪香在伊丹市演讲的海报

的时候，保安人员说你们可不能走平常的电梯了，楼下狂热的粉丝已经堵在了电梯口，如果就这样下去，谁也不能保证会不会出乱子。

那么，怎么办呢？走楼梯？藤原纪香那样大的明星，怎能让人家走楼梯呢？

结果，是用了楼后面一个平时运送装修器材、水泥之类的货梯……

哈哈，这下子我知道了，需不需要坐货梯是检验明星知名度的一大标准啊！小魔女说得眉飞色舞。

那么，你对藤原纪香本人的印象呢？打断小魔女的演绎，萨问。

藤原纪香真是漂亮啊。

女人赞女人漂亮，那是真的漂亮了。小魔女对藤原纪香的形容，是个子很高，但身材很瘦，两条腿特别长。这与我原来认为藤原属于丰满型美女的看法大相径庭。而且，按照小魔女的看法，藤原纪香的风度气质的确很好，即便不知道她是藤原纪香，走在街上回头率也一定很高的。虽然，从我看到当时拍下的照片，并不觉得藤原纪香十分出色，但在场的人的感受，肯定有他的道理。

不过，忽然发现谈到这个话题小魔女有点儿沉闷，而且居然叹了口气。

怎么了？

藤原纪香……心地很好的。

这怎样讲？

她这次来，所有的收入都捐给阿富汗的孤儿了。她讲演的时候，谈到在阿富汗看到的悲惨，我能看到她眼睛里有泪光在闪。她讲什么我不知道下面有多少人在听，那么多人都拿相机在拍照，拿着本子等签名，不像是在听她讲阿富汗呢。

藤原纪香在自己的摄影展上，这次她在伊丹展出的照片，都是在阿富汗拍摄的，她希望用这些照片唤起故乡人（藤原纪香是伊丹所属的兵库县人）的同情心，为阿富汗的孤儿募捐到一笔可以建立一所孤儿院的款子。

小魔女又叹了口气，说，虽说演员都很会演戏，但是藤原纪香演讲完了，就站在募捐的箱子前面，给每一个等她签字的人说“拜托”（お願いします），给每一个捐款的人鞠躬，一下午不知道有多少次。要真是演戏，我也不会怪她的。

这一天，藤原纪香为阿富汗的孤儿募到了一百多万日元，为了那些孩子，她还要走很多个地方。

世界各地的演艺圈，相信都有着我们平常人看不透的帷幕。偶像的背后也可以有XX门。而这一刻，我承认自己被这个并不熟悉的异国女艺人所感动。

忽然想起了一句不相干的古话：“公门里面好修行”。

推门看去，只见月光如水。

朋友评论

不仅是月光如水啊，小魔女也是柔情似水。有这么可爱的LP，夫复何求？

花嫁，梦回唐朝

或许因了家族那种“闭门即是深山，读书随处净土”的传统，萨对热闹和仪式多少有些敬而远之，偏巧东瀛是个极重视表面文章的地方，不喜欢又不得不应付，可想而知萨对日本人的繁文缛节自然厌倦至极。

然而，星期天去京都看秋色，一不小心却撞上了传统的扶桑花嫁之礼。我的感觉，仿佛一时失去了时空的羁绊；我所在的，似乎不是东海中的岛国，而是大唐那幽远的古寺……

京都，有很多古老的寺院和神社，萨这次去的不过是其中之一。当然，也少不了巍峨的正殿，仿佛来自远古的经堂，幽深的厢房，还有种种庙宇中随处可见的小景致。

然而，当我看到这个神态精悍的老者时，还没有意识到自己走进了一个奇特的典礼，不过走进山门，便感到今天寺里的气氛有些奇特，这些人似乎在等待什么。

神官也一样，可以看到大殿里有更多戴着高帽子的神官，稍微有一点儿像太监。

来了，来了，听到鼓乐声我才恍然大悟。原来，我们走进人家的婚礼来了啊！

假如不是周围的环境提醒我这是一个真实的典礼，我会认为这是在拍电影。

那顶红伞仿佛一下就带来了古老的浪漫，妻拉拉我的袖子，告诉我新娘穿的那种白色斗篷，叫做“つのかくし”……“つのかくし”是日本新娘子的装束，相当惹人注目。那个白色的头套显得庄严而洁净，很有点儿婚纱的

味道，西方婚纱也有白色的，然而，在中国我们的新娘子不会穿如此素服，因为这样的衣着和婚礼的热闹不匹配。日本为什么用这样的穿戴呢？妻子告诉我，这个不叫婚纱，是日本和服专门用于新娘的服饰，翻译成汉字，就是“角隐”。

当年有一次到日本友人家去做客，那位朋友惧内，一再要求萨对其夫人多加美言，为了加深我的印象，特别用双手在头顶上比画了一对牛角的架势，表示太太的凶悍。

原来，日本传统形容泼蛮的娘子不会用河东狮吼的典故，而说这女子“头上长角”。这种白色的新婚用帽子的意思，就是要新娘子无论平时多么刁蛮，婚礼上一定要夹起狐狸尾巴，做出温顺端庄的样子，把她的犄角盖起来，因此叫做角隐。

角隐的造型独特，这种头饰传统上是白色的绢制成，有的时候还用红绢做里，带有更多喜庆的感觉。

这种服装来自江户时代，据说当年习惯不同，是小孩子在新娘子后面边跑边叫：“把你的犄角藏起来。”后来觉得实在不雅，才改了干脆用这种帽子把“犄角”藏好了再出嫁的习惯。

说起来，也挺有趣味的。

走近的时候，我可以辨认出队列的次序：引路的神官，伴娘，新郎新娘，打伞的老者，双亲，友人……

一行中，除了新娘子，大概最吸引人的就是神官了，观光者倒仿佛是闯进唐朝的不速之客了。神官庄重的神态，忽然让我感到有些陌生，默然想到，我们大唐子孙的婚礼上是不是太多了干杯和啃苹果，却忘记了一点儿这种庄严的感觉？

引导的彩女，据说都是大学生来客串的。

新郎新娘背后那把红伞极是惹人注目，那表情凝重的老者仿佛真的可以一生为这对新人遮风挡雨，一瞬间，我忽然发现那表情严肃高举红伞的老者，正是刚才在寺外见到的……

◎ 新娘的神态让人想起徐志摩的诗——最是那一低头的温柔。

◎ 婚礼的队列中，红伞如此醒目。

行礼，这个就是拜天地了吧。

不久，我就发现这一对新人刚刚离去，新的一对又走进来，我吃惊地发现新娘子在飞媚眼。假如你知道新娘子脸上有多少粉，就会理解她能这样的笑出来实在是一件不容易的事情。日本婚礼上新娘子照片完全可以互相借用，涂上这样多的粉，猪八戒和孙悟空也不会有太大区别。看来今天是个不错的日子。

婚礼的队伍已经远去，但披着つのかくし的新娘子的神态依然在我的眼前。忽然有一阵感动这样的新娘子，对自己的婚姻和家庭一定会很当一回事的。

望着远去的婚礼队伍，看看身边的妻忽然有一丝疑惑，当年结婚，知道我不喜欢婚礼的烦琐，妻是扛着一个小皮箱就来了，我也许欠了她一辈子一个穿つのかくし的机会吧。

正想着，妻拉我的手，说："好漂亮啊，快看。"萨抬头看去，只见满山红叶。

看看妻快活的神态，萨收敛了思路，微微笑道：好了，何不走近去看看呢？便携了妻的手，我们沿着那对新人走过的道，悠然地走了下去……

附：花嫁，角隐，白无垢

到了日本，经常看到结婚的场面。宏大而奢侈的婚宴，我们俩都不太喜欢，但妻总喜欢看新娘子，大概日本的新郎穿上和服个个像卖鱼的，实在没啥看头吧。我对日本的新娘子也好奇，不过看不出所以然来。没办法，脸上抹得跟新刷的粉墙似的，就是妖精你也认不出来啊。

今天，又是这样的电视剧，魔女发现了我的神色，就不免指点一二。经过她的指点，才发现日本的新娘，还真有些有趣的地方呢。

日本的新娘子称为"花嫁"，很让人遐想的一个名字。不过，婚礼中的日本新娘子绝不轻松，要神社婚宴的一通折腾，没十几个小时卸不下妆来，是

◎ 头戴"角隐"，身穿白无垢的日本新娘。

一件很疲劳的事情。我们家大姨子结婚经历了一次以后对姐夫死心塌地，私下里说其中原因之一就是再经不起一次这种折腾了。

让我觉得新鲜的是新娘子的装束，我们中国的新娘子都是红红火火喜庆的颜色，而日本人新郎一身黑衣也就罢了（宾客也都是黑西服，和葬礼完全一样，只是葬礼领带用黑色，而婚礼用白色的而已），新娘在神社仪式上也是一身素白（到了宴席换红装）。

这是不是有些不吉利？经过小魔女的解释，才知道其中自有奥妙，这一身衣服上下都是有讲究的。

那头上白色的披风，叫做角隐，是提醒新娘子到了新家不要闹脾气，有犄角也要藏起来的。以前，魔女曾经讲过。我觉得新郎对此应该抗议，脑袋上长犄角，这不是活脱脱地把新娘子当了牲畜？难道

◎ 身着重装的日本新郎新娘

自己要娶的是大牛吗？

而身上白色的衣装，魔女告诉我这叫做“白无垢”。这是表示新娘到了新的家，就是一张白纸，一切要从头开始，白无垢才能够“染上和夫君家家风一样的颜色”。

魔女无言以对，两人相视一笑。

那么，除了电视里演的，日本的新娘子还有什么特殊的习俗呢？萨岔开话题问。

哦，有一个，就是出门前，要跪在门口，弯三个指头拄地——代表自己、丈夫和未来的孩子，对父母行大礼，说：“承蒙养育之恩不能报答，请一定要保重身体。”

说着，魔女的眼神有些朦胧，我想，她或许对自己没经历过这个仪式，心里有点儿遗憾吧。

要不，将来有机会咱们补一个仪式？萨心中也不是没有一丝歉疚……

早不惦记了。魔女一笑，说女儿都能走了，早不是那个时候的心境啦。其实，养育之恩也不是一边的，我这儿现在离得近呢，你是不是也该给北京的爸爸妈妈打个电话了？

嗯，真的该打一个了吧。

天气可冷下来了，该提醒他们注意换季的衣服；空调已经用了几年，也不知道是不是该换滤扇了？

朋友评论

无论是怎样轰轰烈烈的仪式，都要归于平淡的生活。萨对自己的歉意屡屡提起，看的观众都于心不忍了。小魔女真是个可爱的女人，能从那么繁文缛节的文化里跳出来，简简单单地走到一起，而且是履行一生的承诺，真是单纯又让人敬爱，萨一定要好好珍惜，才不负小魔女的一片痴情。欠一个仪式，偿一生人情。

第二章 日本会越远还是越近

日本·女

你是否知道你所见到的日本人，如何成为现在的样子？近距离观察一个孩子的成长，或许你会明白，一出生就落入日本的『圈套』思维，他们迥异于中国的特性是怎么培养的。日本的教育理念，是否会对我们有所启发？

当天使降临人间

为啥写成流水账了呢？因为经过那如此震撼的一天，萨除了流水账，已经写不出啥来啦……

萨的那一口子是小魔女，萨的闺女……那当然就是小小魔女了：）

小小魔女的出世，比大夫预料的晚了四天。

其实，小家伙蛮活泼的感觉。到了怀孕后期，就开始和萨做捉迷藏的游戏，只要萨打开录音机，放上她姑姑送来的音乐，小家伙就会在她妈妈肚皮上用力一蹬（也可能是奋力一拳），顶出一只角来。萨不去理她，就固执地一直支在那里不肯动弹；可是如果我去拍拍那只角，她就会瞬间逃掉，有的时候还会来个倒翻跟头，吓得小魔女如吃了孙悟空的铁扇公主，哇哇大叫。过一会儿，看看没有动静，便又会换个地方，依然蹬出一只角来……

乐此不疲。

但是，这样活泼的一个小东西，到了预产期依然稳如泰山，弄得萨每天做梦都是在医院等孩子出生，等到了早晨一看小魔女，傻丫头睡得呼呼的，哪有半点儿动静？真急煞人也。

谁知，说来就来，等她真要出来，却又快得很！

3日夜10：00，下午去医院检查，大夫说胎位比较高，一时还生不了。晚上小魔女表示有些腹痛，但不厉害，我问她会不会是小家伙要出来，魔女说不会吧，可能是吃得不太合适，胃疼。（魔女经常在左边找肝，右边找心，这个毛病我算领教了，还是神户大学的药科硕士，在医院工作了十来年的，日本的教育就这水平……）于是看看电视，看看小说，我在网上看帖子，到点儿睡觉，一夜无话，一觉到天亮。

4日晨7：00，早晨起来，魔女说还是有些腹痛，并且见红，这时不敢再掉以轻心，看魔女一会儿疼一次，萨开始计算时间，想会不会是阵痛。大约是平均每15分钟一次，一次疼10秒左右。魔女说疼得不厉害，摸摸小家伙位置还挺高的。

8：15，到上午8点多，阵痛逐渐规律，心中有些担心这样下去可能快要生，打电话把岳母叫来。老太太还挺优哉游哉，磨蹭着过来，说没关系，总要有一两次虚惊的。

8：30，看魔女疼的时候难受，不疼的时候还楼上楼下地找东西，吃早点，间或在网上帮我找总理的相关资料（小魔女一家是周总理忠实的崇拜者，前两天写有关周总理的帖子，得到小魔女坚决的支持，看到高文谦的文章还罕见地说了一些你们中国人怎么这样@##$%^^&&*的话，让我这中国人既没法反驳，也解释不清）。这样还算放心，把小魔女交给岳母，我就上班去，萨想即便老婆要生总得把工作交代一下。

8：50，到了电车站，非常有趣，这时候日本的电车出问题了。要知道第二次世界大战结束，日本投降那天他们的电车都准点，今天居然因为出现了线路故障，停运两小时，于是我又回了家。后来才知道那天有个日本司机犯病了，把车开上了站台。日本电车都是轨道车，居然能开上站台去，你不服他都不行。联想早些日子还有新干线司机开车中睡着了出事，您说，中国人浮于事算社会大患，日本这过劳死呢？

9：30，小魔女的阵痛更有规律了，岳母建议上医院。我说那我开车咱们走吧。打电话到医院，医院不同意，说别担心，宫缩5分钟一次，一次疼30秒再来。

于是，我们聊聊天，分散她的注意力。

10：50，我看小魔女还蛮正常，就再次去上班。并向北京家中第一次汇报。

11：30，打电话回家，小魔女接的，说正在吃面条，看来还生不了呢，放心吧，晚上早点回来做饭，今天想吃点儿软的。

12：30，到了班上，忙了一阵子一接电话，是北京家中来的，告诉我已经住院去了！

15：40，赶回家，一边给医院打电话，魔女说东西都早就准备好，上车一点儿也不慌，但想吃巧克力，另外要一双拖鞋。萨准备把岳父带上，谁知道老头太紧张，腿直哆嗦上不了车，不敢去……算了，我自己去吧，您再到那儿出了毛病，我们顾谁啊？

16：30，开车赶到医院，一路嘱咐自己小心，并线的时候还是让人家嘀了一下。到医院一看小魔女还挺正常，虽然疼，还能说笑，这丫头很有大将风度，衣服、孩子的东西等等，通通打进一个小包、一个手提箱，要走，提了就走，很方便。除了巧克力忘掉，拖鞋没想到产科病房太热需要夏天的，都齐全。

18：00，一起待到下午6点，看她比较平静，岳母让我回去，到家里睡上一觉，估计后半夜才能生，要我准备熬夜。医生更乐观，说两天也生不了呢，胎位太高。

19：00，小魔女的姐姐去看她，给我打电话，说魔女已经有点儿支撑不住的样子，阵痛比较频繁了。

21：00，我去换班，电话联系，说已经送进了产房！自己怕开车出事，这时邻居来主动开车送我，到达，并给北京电话报告。

21：30，进入产房看，在阵痛室，还没有上产床，这真是疼得比较厉害了。萨在一旁陪着，防着她意识不清碰伤自己。阵痛已经5分钟一次，一次大约1分钟，想想网上的种种传闻，萨准备了一双皮手套戴上，意思是你要撕要咬冲它来，别冲咱的肉来啊。结果小魔女还比较斯文，中间还告诉我："给我把枕头垫高一点儿……"这人还清醒，手套就用不上了。

后来我问她你怎么那么老实啊？魔女说疼是疼，感觉比我得结石的时候还好一些，觉得还没到关键时刻，关键时刻是准备把你抓一个满脸花，咬一个半死的，可惜……

21：50，大夫来检查，颇为惊讶，说这孩子往下冲呢，冲得好快，这样今晚就可能生！测孩子心跳150左右，非常有力！

22：20，破水，大夫说你在外面等一下，我们布置产床，这样就把小魔女送上了产床。

萨跟着出来，忽然发现自己脸上有汗有泪，竟是一塌糊涂。

自己老婆，能不心疼吗。

22：30，萨进入产房，穿得如同防化兵，消毒。进去，正听见大大问要不要打麻药，小魔女说还行，不用。

这时候，萨可是一点儿办法也没有了，只能给魔女鼓劲儿，魔女还在说："我得保存体力，我得保存体力……"

她是听人说过，小孩儿要生几个钟头呢……

22：34，小家伙的头发突然露了出来！我吃了一惊，连相机都没有来得及去取，心想哪有这样快……

22：35，小家伙的心跳骤降到108，憋在那里了，大夫说产道没有全开，怕憋坏了小家伙，要不要作侧切？当然，再等等看也行，也许不需要……

小魔女看着监控小家伙心跳的屏幕，果断厉声喊道："切！"

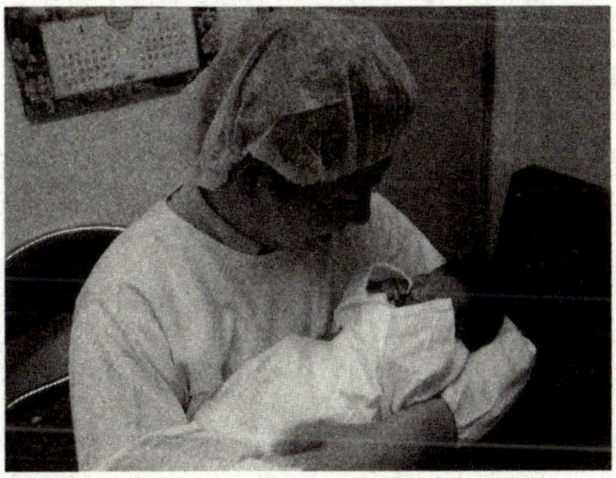

◎ 抱着刚刚降临人间的小小魔女，萨苏手足无措。

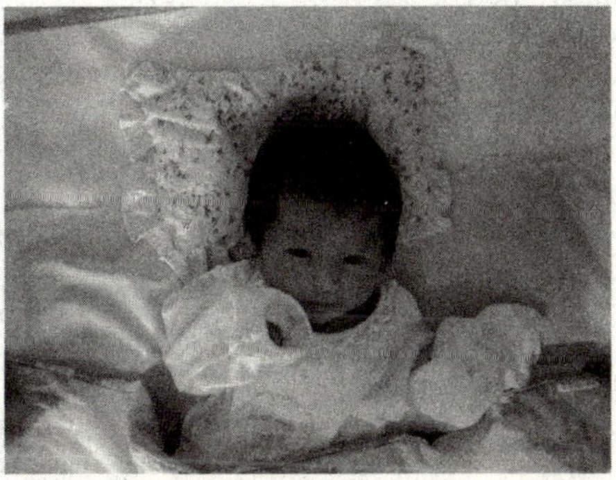

◎ 出生第三天，小小魔女给了我们一个意外的惊喜，面对镜头，竟然做出了一个京剧青衣的优雅动作。

22：38，小家伙钻出来了！还卡在脖子，就开始大声哭号，那个助产士手脚很轻，小魔女后来说这时候已经麻木了，没觉得太疼。接着小家伙咳了两声，大夫给捅了一下口腔，就好了。

22：40，小家伙完全出来了，护士喊，是个女孩儿！通体红色，脐带很粗，比我预料的粗很多。小家伙大声哭叫，声震全楼，岳母在外面隔着几层门听见，又吃惊又不敢相信，心想是不是今天有几个同时上了产床啊？护士把小家伙递过来，小魔女看了一眼，说哎呀怎么这样大的嘴啊？和她爸爸一样丑……然后就哭了起来。后来我问她生的时候没有哭，这时候怎么哭了？魔女说这也太快了，好像后面还应该有点儿什么，不知道怎么就觉得委屈，就哭了。

22：45，检查结果健康，体重2964克。同时，胎盘也下来了。萨这时已经晕了，一边机械地拍照，一边抚慰魔女，一边还在数“一二三四五”。

数什么？数小家伙的手指头、脚指头啊！可别多一个。还好，每个地方都是数到五就结束……

23：00，小家伙抱走了，送到喂养室。这之前我们三口来了张合影，我又仔细地看了看，小家伙被羊水泡得有点儿白，但是眼睛不小，且能睁眼看人，不过，大夫说，实际上，她现在什么也看不见……

一瞬间，看着小家伙和妻，萨突然被一种幸福感所击中，一时想跪下来，感谢每一位神祇，为了妻的平安，为了小家伙，为了……上帝不仅赐给我们面包，也赐给我们天使。

朋友评论

1. 当父亲的感觉真好！孩子出生的一瞬间，是我们人生最欢乐的时光，也是人生的一个转折。好好照顾妻儿吧！虽然累点，但这是幸福！

2. “自己老婆，能不心疼吗。”这是第二次听到男人这样的表白。虽然两个男人彼此间不认识，也可能会有千万点不同，有一点是相同的，就是你们都有责任感。我相信小魔女分娩时再疼再辛苦也有幸福的欣慰，而这幸福不仅仅是来自这个新的小生命！

喝牛奶背后的长效投资

有位老友喜诞麟儿，乐得找不到东西南北，一通儿地四处报喜，连老萨这样远在千里万里的也半夜遭到电话骚扰，显然是完全忘了时差。说来这完全可以理解，老萨第一回当爹也曾脑袋乱得像吃错了大力丸。小小魔女一落地我根本顾不上照顾她妈，只在那儿狂数丫头的手指头，一二三四五……然后是脚指头……六七八九十。数完一看，小小魔女她妈正盯着我看呢，目光怪异，萨连忙解释："我得数数清楚，别多一个或少一个。"

小魔女被雷得白眼一翻，半晌才有气无力地问道："难道多一个你还想退货吗？"

情有可原啊。

俺这兄弟第一回合法当爹，没有经验，骚扰完了自然要请教些体会经验。听到这个问题，老萨刚要坐下，对着电话忽然又站起来了，老兄啊，那边儿护士估计要给你们孩儿喂奶了，吃什么奶你可得想明白了，一个不留神就是十万大洋的出入呢。

让我这么一说，那边老兄吓了一跳，连忙问怎么回事儿，喂个奶还能喂出十万大洋的问题来？

且听我从头道来啊。

原来，小小魔女出生在日本的一家公立产科医院。出生没多久，日本护士跑来，说俺们丫头嘴壮，小魔女的奶水不够她吃的，需要补充些婴儿奶粉。

这种现象很普遍，日本大多数婴儿一出生都要配婴儿奶粉喝的。日本的婴儿奶粉都要标明所含主要成分和与人奶的对比。从介绍来看，其配方要比人奶更能全面地满足婴儿的需要。这一点倒是让我挺佩服营养学家的，堪称巧夺天工。

那就补呗。萨没有意见。

可是，补哪种呢？护士问。

这可是问道于盲了，萨娘当年就没有奶，俺是吃糕干粉过来的。婴儿喝的这种东西萨不但自己生产不了，也从来没研究过，我怎么知道吃哪种好呢？

护士看出萨是个棒槌，于是热心地表示，医院目前可以提供七八种婴儿奶粉，都是国际上极有信誉的，肯定不会吃出问题，而且口味也经过严格测试，小东西一定会爱吃。对了，护士小姐又补充一点，无论吃哪一种，住院期间医院都是无偿提供。

本来还要和孩儿她娘商量一下，听到这里，萨那根爱占小便宜的神经敏感地动了一下，于是问道："价钱不一样吗？那么，是不是价钱越高的越好呢？"

"一般来说……是这样吧。"护士稍微犹豫了一下，但还是给了我一个肯定的答复。

那就最贵的那种吧。

护士一点儿看穿咱心思的意思都没有，高高兴兴地答应一声，配奶去了。

踱着四方步回来，和小魔女说起这件事。魔女看着萨选中的奶粉，苦笑一声，说，哎，你上当了啊。

怎么会？萨一愣，这医院不是免费提供奶粉的吗？难道价格贵的反而不好？

当然不是，小魔女说，你选中的这一种奶粉，里面有模仿母乳的免疫成分，实在是贵有贵的道理，但这奶粉可不是医院免费提供的。

嗯？人家说了是免费的啊。

"免费的确是免费，但这是奶粉厂商免费提供的，并不是医院。"在医院工作过多年，小魔女对行当里面的潜规则自然比我清楚明白。"日本的医院，每年都有好多奶粉厂商求爷爷告奶奶地在妇产科门口排着队要免费提供奶粉，给什么好处就不说了，反正唯一的要求就是妇产科把它们的奶粉列入推荐名单中去。”

啊？免费给婴儿送奶粉？有这样高尚的厂商吗？广告也不是这种做法啊。

“过些日子你就明白了。”

很快，萨就在实践中体会了小魔女这句话的含义。

原来，在日本医和药是分开的。医院想通过卖药牟利可能性极小，所以药老虎在日本倒不大吃得开。不过人人都有贪婪之心，利用医院搞点儿以权谋私或曰近水楼台的事情，只要不违法，日本大夫、护士也一样有这个心思，送婴儿奶粉就是这种擦边球之一。

问题，就出在这个“送”上。

俺们小小魔女出了医院，姥姥姥爷欢天喜地地抱回家，却发现一个古怪的问题：这小东西对姥姥姥爷买好的奶粉不屑一顾，饿得哇哇哭也不肯迁就。小魔女耸耸肩膀：“哼，早告诉你们不用乱准备吧？看，浪费了不是？”

到商场出高价买了人家“送”的那种奶粉，5分钟以后，小小魔女已经嘬着大奶瓶子，喝得咕咚咕咚的了。

刚出生的婴儿，对最初吃到的奶粉味道会产生深刻记忆，基本上，在医院喝什么奶，以后这一两年就算是定下来了。这个是魔女说的。

“送”的奶粉一罐比普通奶粉贵一千多日元，俺们丫头嘴壮，一个星期要两罐下肚，一个月厂商能多赚我们四五千日元，两年下来，可不是十万大洋？

至此，萨才恍然大悟：敢情人家送的不是奶粉，是钓鱼的鱼饵，小小魔女就是人家要钓的鱼！

日本医药方面法律严格，如果是厂商和医院合伙卖奶粉给顾客，估计双方都难逃上法庭的命运。日本的医院福利很好，这种傻事儿没人会干的。可是，再严格的法律也不能阻止人家“送”奶粉对不对？人家不要钱倒贴，你不能反对吧？

估摸着，我选完以后，办公室里这个奶粉的销售代表正给推荐成功的护士小姐打躬作揖呢。

不过，小魔女对于上当的萨并没有多加褒贬。俺家丫头没别的好处，至今嘴壮体格好，很少发烧感冒，两岁能揪狗毛，三岁能拿板凳打老师脑袋，在朋友圈儿里有点儿小名气。这个，魔女说和吃那种奶粉增强了免疫系统不无关系。

“这种事恐怕在美国也会有的，多谢多谢，这样我就不会上当了。”听了这样的提醒，那位老兄在电话里连声道谢，放下电话前却忽然补了一句，“对了，萨，你闺女吃的那个奶粉，是什么牌子的？”

“是……啊？”萨怎么觉得自己变成做广告的了？

看来，该考虑找那家奶粉厂收费的问题啦。

朋友评论

1. 很有意思啊，小小魔女这么牛啊，在信奉强者的日本校园里应该不会被欺负，而且成为大姐大了吧。

2. 到底是什么牌子呀？好奇……

日本二战失败与牙齿有关

小小魔女来，啃骨头，汪。

妈妈来，啃骨头，汪。

小小魔女来，啃骨头，乖，汪！

妈妈来，啃骨头，普路托，汪！

……

桌上放着一大盘肉骨头。一向伪装成淑女的小魔女，手举一根大棒骨，笑容可掬地对着餐桌对面的小小魔女作引诱状；小小魔女趴在榻榻米上，形如小巴狗，拱着小屁股摇头晃脑，手里也举着一根大骨头。

这就是我昨天回家一开门就看到的情景。

搁谁加班回来，开门看见这个场面也要一愣。

看见我回来，小魔女脸一红，赶紧放下骨头，理理外套到门口来道迎，匆匆间似乎还把指头上的骨头油往小小魔女的餐巾上抹了一把。（日本习俗，丈夫回家妻子要在门口迎接，说“お帰りなさい”，称为道迎），小小魔女则欢呼着跑过来，拿油乎乎的嘴巴蹭爸爸的脸。

◎ 网友的漫画，演绎我家小女啃骨头的壮观景象。

“你这是干什么呢？给孩子补钙？她那骨头半夜都能硌我，还用补？”看看那一大盘肉骨头咽口唾沫，心中却有些疑惑。日本人习惯吃肉不吃骨头，特别是这种棒骨、腔骨之类带骨髓的骨头，所以商店里卖价比国内还便宜。上星期天带佛山来的朋友去前田肉店买猪蹄子，小魔女让我顺便带两公斤大棒骨回来。还以为是LP发善心体谅老公，却不料是给小小魔女准备的。

魔女微微一笑，揉揉膝盖，说："跟补钙没关系，这是最新的科学发现，她需要吃一些这种东西。"

"要不是补钙，"又咽一口唾沫，"那就应该给她买点儿五花肉（日语称为"肩切"）来吃嘛，这种骨头上面没有多少肉啊。要不，还是我来处理掉……"

"那可不行。"小魔女一把按住某人伸向猪骨头的魔爪，道："就是要让她啃骨头。"

我这么大的时候好像也没啃过大棒骨啊，让小小魔女啃骨头是什么道理？

小魔女拿过一张报纸来，给我看。

原来，是为了小小魔女的牙齿。报上说，大阪大学一个叫做濑村的教授，对于牙齿保健乃至第二次世界大战日本战败原因问题提出了新的看法。

日本人的牙齿，自古不佳，最大的毛病是长得里出外进，还有的长得层层叠叠。在日本电视上出头露面的美女也算不少，但其中羞于张口者不在少数，最主要的原因就是一口牙齿见不得人。

这种问题在第二次世界大战的时候，曾给日本人带来极大的麻烦。他们选拔飞行员的时候，一半以上被淘汰的原因竟然是牙齿不齐。牙齿不齐，就无法咬紧氧气面罩，所以不能当飞行员。濑村教授认为这个先天的缺陷制约了日本飞行员的数量和素质，所以在第二次世界大战中空战败给盟国。现代战争地面的战斗要靠获得制空权才能取得胜利，因此，日本在二战中战败，固然是因为法西斯政府受到世界的反对，战略又出现错误，但还有一个重要而直接的原因就是日本人的牙长得不齐。

不过，日本人是天生牙齿不好吗？

濑村教授笔锋一转，提到日本在二战战败后，有很多遗孤流落在中国，被善良的中国人收养，史称"中国残留邦人"。这些人在中日建交后陆续回到日本，而在他们中间，尽管也有一些营养不良的，却多有一口漂亮的牙齿，比一般日本人整齐得多。可见，牙齿不齐，并不是种族原因造成的。

日本风俗以一口雪白整齐的牙齿为荣，所以市场上开发的各种牙刷、牙膏层出不穷，牙医也收入丰厚，可惜效果未见多佳。按说这些“残留邦人”没有条件享受这些好条件，但牙齿就是比一般日本人整齐，不免让人感到奇怪。经过进一步地考察，濑村教授发现，中国人虽然牙病也普遍，但是，牙齿整齐的，比日本人比例高得多，即便是生活在日本的中国侨民，也是如此。

这是什么原因呢?

经过研究两国人的生活习惯，这位教授茅塞顿开，原来问题在于中国人有个吃肉的时候也吃骨头的习惯。红烧排骨、冰糖肘子，这些典型的中国菜都需要“啃骨头”。即便是到了海外，在饮食上禀性保守的中国人，依然保持着喜欢吃带骨头的肉这个习惯。从医学角度看来，事情就很好解释了。因为小孩儿啃骨头，可以使牙床受到强烈挤压，这种挤压对牙床是一种良性刺激，能够迫使它充分长开，换牙以后就会长出整齐的牙齿来。同属日本人的“中国残留邦人”因为从小随中国人生活，也养成了“啃骨头”的习惯，结果也获得了一口整齐的牙齿。

文章结尾，濑村教授用刀来形容啃过骨头和没啃过骨头的牙齿。他说，中国人的牙齿，因为经常啃骨头，就像经过磨砺的刀，锋利而漂亮；日本人的牙齿，因为不啃骨头，所以就像锈在鞘里的刀，无论质地好坏都无法发挥作用。

濑村教授还提到欧美各国牙齿不整齐的儿童也将陆续增加，因为他们本来是食肉民族，现在却渐渐放弃啃骨头的好习惯了。

看到这里，终于明白了干吗让小小魔女啃骨头，这个，也算是有道理吧。

不过，看小小魔女举着一根骨头棒子作海豹顶球状，感觉魔女的工作似乎出了什么问题。

“她开始还啃的，后来……后来……”魔女期期艾艾地说。

“后来怎么了？”我问。

魔女不得已，苦着脸作了交代。原来，怕小小魔女不肯啃骨头，她特意弄来了迪士尼的录像给小家伙看，却不料迪士尼动画里面普路托叼骨头的镜头给小小魔女带来了极大的吸引力。于是，举着骨头让她妈妈叼着骨头表演普路托。画虎不成反类犬，素重仪表的魔女不肯听命，小小魔女也不肯继续啃骨头。

事情，就僵在这儿了。

你说，这个狗怎么只叼着骨头跑，就是不啃呢？魔女看着电视叹气。

为了孩子的牙，还有什么不能做的？普路托，也是满可爱的嘛。萨怪笑作风凉状。

嘻嘻，魔女柔柔微笑，递过毛巾来让我擦脸。

擦了一把，忽然觉得魔女今天有点儿过分殷勤。

一愣之间，只见小魔女抄起一根大骨头比画着冲小小魔女叫道："汪，让爸爸当普路托好不好？"

"好！"小小魔女欢呼雀跃。

"现在你来叼着吧。"魔女一把将那根大骨头塞在萨的手里，跑了。

萨：%￥%#？？！！？？！！！！？？

有句话叫"无事献殷勤非奸即盗"……

朋友评论

这个，老萨，既然骨头可以名正言顺地啃了，还美其名曰"教育下一代"，那就扮演一下普路托又何妨啊？就怕最后2KG骨头，小小魔女没啃几个，都被"教导员"示范啃没了……吼吼！

日本新女性的代表

早餐，吃到中间，小魔女摆出汤姆猫给侄子上课的架势，开始教育小小魔女。

说来，也不怪丫头。吃早餐小小魔女自己动手，丰衣足食。不过，这个丫头最近似乎有了洁癖，吃完果冻，再去吃炒蛋就要去洗勺子，转回头来要喝粥，又跑去洗勺子……小丫头在厨房和餐桌间跑来跑去，一来二去，小魔女认为效率太低，便开始教育。

“老爸又拿我说事儿，算了，看在他刚给我炖了大骨头的分儿上，本五就不计较了。”

本五？当然了，五岁的孩子，自称本五，奇怪吗？

现在的五岁孩子，到底懂多少东西，谁也不知道，昨天，小小魔女双手托腮，很认真地问我：“爸爸，我要是饿瘦了，可怎么办啊？”

在无数女子忙于减肥的时候问出如此另类而现实的问题，小小魔女应该算新女性的代表吧？

小魔女一贯思想保守，面对新女性自然玩不转的时候居多，这一次看起来效果也不太好，看小小魔女的样子，好像不大买账。

萨叹了口气，又轮到咱为LP解围了。要不人民军队怎么设政委这种头衔呢？就为了这种时候啊。

当爸爸的出面，和颜悦色地问个清楚。果然思想工作是法宝。小小魔女颇为委屈地开始解释，说爸爸啊，我当然要洗勺子了，炒蛋是咸的，果冻是甜的，掺在一起吃，不好吃啊爸爸。

原来，不是洁癖，是孔夫子说的食不厌精啊。这是很符合我国传统文化的，当然应该鼓励。

怎么解决问题呢？这还不简单，给她配两把勺子不就完了？

小小魔女出娘胎就有个特点，左手和右手一样灵活，可能上辈子练过双手互搏一类的功夫。所以，运用起两把勺子来盘旋挥舞，远交近攻，一把吃咸，一把吃甜，竟是异常便捷。

最简单的办法往往是最有效的，关键是你明白问题出在哪儿。

小丫头吃得津津有味，小魔女看看表松了一口气，殷勤地给萨倒一杯红茶，称赞几句。

老萨矜持地点点头，马屁收下，原样奉还——太座只是每日辛劳太甚，否则一定会想到的，你老人家捣药的出身，不是最讲究不能把药混着吃吗？

男人要会夸，不然会变二五仔的。

小魔女有了面子，频频点头，看着小丫头左一口右一口吃得香甜，忍不住赞道：两只手都用上，果然吃得快了。你看，就像小说里的猪八戒，双手各持一只钉耙……

萨跟着点头，听到这儿，一口茶险些喷出来：“慢，慢着，手使两只钉耙的二师兄？！这是谁家的猪八戒啊？这造型也太诡异了？你从哪儿看来的？”

“不是吗？啊，我弄错了。”魔女脸一红。

手持两柄钉耙的猪八戒，嘿嘿，有意思。老萨意犹未尽，小魔女的汉语几可乱真，但到这种细微的地方，不时地会出点儿小状况，老萨已经习以为常了。一般来说，小魔女碰上这种文化的事情会比较轴，今天轻易举手投降有点儿罕见。小魔女很重视形象，可能是觉得跟我就猪八戒的耙子展开 PK 不太雅观。

20 分钟以后，小魔女拿着电子字典过来了：“萨啊，这次真的是我错了，你看，我是把李逵跟猪八戒弄混了……”

哦，原来口头道歉，是去找证据了！幸好老萨没有信口开河。女人的事情你永远不要乱猜。

不过把李逵和猪八戒弄混，还是比较邪门的事情，这两位好像没啥相似的地方啊。

看看魔女有点儿沮丧的样子，知道她对自己的文化修养还是很“自慢”的，当政委的自然也要做工作喽。

把李逵和猪八戒弄混不要紧，萨宽慰魔女，诸葛亮就讲究读书不求甚解，这说明太太的水平已经向孔明看齐啦。

反正是掉书袋嘛，这本事对着抱朴仙人是小巫见大巫，对付一个魔女还是轻轻松松的。

听说自己可以和诸葛亮相媲美，魔女果然宽心，笑嘻嘻地说那怎么能比，诸葛丞相可不是这样的。恍然，在日本人里面，诸葛孔明是近乎神的存在，比之不当也。

那么，就换个说法吧：“古之蛮夷有读书者……”

萨正摇头晃脑，忽然不见了太太，嗯？干吗去了……哎，快放下，你举着咱家大勺干吗？！

坏了，“蛮夷”这个词儿，她学过……

朋友评论

1. 萨太嫁给了中国男人，真是她的福分啊！当然，老萨娶了日本女人也很幸福。

2. “你老人家捣药的出身”，捶地……这句好歹小魔女不知道什么意思吧，不然老萨你还想过中秋吗？

儿童读物变魔术

在日本，想给孩子买一本合适的儿童读物，实在不是一件容易的事情。

原因呢？

走进日本书店销售儿童读物的一角，往往有眼花缭乱的感觉，种类太多了，很容易让人陷入“挑花眼”的状态。日本的儿童书，是笔者在日本少有的几样颇为欣赏的东西。

◎ 小小魔女给大家解读日本儿童书。

这些给孩子印的东西颇为精美可爱，所以老萨觉得可以专门写一篇文章来介绍一下。

不过呢，我一个人介绍，肯定是力不从心，于是，我决定请一名助手一起来做这件事。

耶，大家好，我是今天的助理讲解员，魔法学校 2006 年度小淑女，小小魔妹的乖乖姐姐小小魔女，我的 QQ 号是……

停，没到你出场呢，现在是老爸的介绍时间，老实等着。

好吧……

在儿童读物的开发上，日本的商人可谓费尽心机。

首先是在图书的编纂方面所下的工夫之高令人感叹，如日本集英社为少儿编写的《图说中国历史》

从书，用十本连环画深入浅出地介绍了中国从先秦到建立上海合作组织之间漫长的历史，绘图简练实用，吸引力强。

老爸，该我上场了吧？

抢什么镜头？不是说好了我讲完才轮到你出场吗？

那……前面都没俺什么事儿吗？我要去告诉老妈，你在广岛给她买的裙子是地摊货……

打住，那叫土特产品，不叫地摊货！区别很大！这样吧，给你块蛋糕，乖乖等着。

这……奶油的啊，嗯，还差不多……

说……说到哪儿了？哦，对，比如用漫画的形式对比中国近代的政治家，最后得出结论——在中国能吃辣的政治家最后会胜利，其史料视角连我这个大人看了都不禁感叹。而机器猫、樱桃小丸子、巧虎等系列图书，连续出版多年长盛不衰，其内容依然不断推陈出新，吸引了一代又一代的小读者。

另一方面，日本在儿童图书的制造和设计上，也堪称独具匠心。

这老爸简直是话痨，我的蛋糕都快吃完了，他还没唠叨完呢……有什么办法呢？我吃，我吃，我吃吃吃……

事实上，我们可能会想，书，就是书嘛，做得再精美，也不过是改善一下纸张，做一个漂亮的封面设计罢了。给孩子看的书，还能做出什么花样吗？

如果看了日本的儿童图书，可能就会改变这种想法。

嗯，下面，请我们的助理讲解员来讲一下切身体会……小小魔女，小小魔女呢？过来。

哈，终于轮到俺啦，来啦来啦……

日本的儿童读物，其设计已经脱出了传统图书的限制，常常让人要想一下，才能理解这是一本书。比如，书本的形状，以我们的惯性思维，都应该是四四方方的，十六开、三十二开，等等，然而，日本的儿童图书其形状却千奇百怪。比如迪士尼系列的漫画，其图书的形状竟然是微笑的米老鼠头像。

来，丫头，照导演规定的摆好姿势，作读书状。

嗯……爸爸，干吗要我把脑袋埋到书里去呢？大家看不到我的脸了啊。

哼哼，不许突出个人，抢风头，明白吗？

这个，你上次帮邻居阿姨修计算机，换个盘花了三个钟头，还吃人家做的蛋糕……

你以为换个盘那么容易吗？调查研究都要时间的……嗯，算了，愿意露出脸来就露出来吧。

哦，老爸人好。

而其他设计成不规则形状的图书也比比皆是，如花篮形的，孩子可以抓上面的提梁带着走；有的设计成小房子的形状，可以立在桌面上。

它们有一个共同的特点是书页的角都是圆的。这一来是为了美观；二来则是避免尖锐的书页边角割破孩子的皮肤。

除了老爸，谁会那么笨呢？拿书会划破手，吃核桃会崩了牙……

打住，没有你的台词。

这些形状各异的图书，无疑会很好地吸引孩子的眼球，但图书管理员对这种书多半会有些头疼，因为这样的书在书架上想要码放整齐实在是一个难以完成的任务。

再比如书页的质地，日本儿童图书普遍采用厚实防水的纸张制作，据说可以耐儿童撕咬而不坏，这对一些长牙时期有“啃书本”习惯的孩子来说，简直是家长的福音。且不说在孩子的疯狂进攻下书的寿命会大大缩短，咀嚼一嘴纸浆显然对孩子的健康也只有负面影响。还有，味道也不好，这个我可是有体会的，比俺老妈的手套还难吃……

除了这种比较常规的设计，另一方面日本儿童图书也有突破性的思维，就是不完全采用纸张制作图书的书页。往往通过加入一些特殊的材料，来使其内容更加直观。比如，在教孩子养成卫生习惯的书中，嵌上一面小镜，就使孩子更容易理解“镜子”的作用了。

最好是照妖镜，老爸不带我去公园，只要对他一照就……

或者，在教孩子鉴别物质的图书中，嵌入真正的棉花、金属，让孩子不仅可以看，而且可以通过触摸感受，效果显然要比只有图片好。

而科学技术的发展，也体现在日本儿童图书的设计上，其中最典型的就是多媒体材料的使用。看书还需要电池，这种概念似乎不可思议，但是日本的儿童图书常常带有电子播音器等多媒体设备，用电池是理所当然的事情。这些多媒体设备和书页组合成一体，形成与我们传统观念不太相同的另类图书。

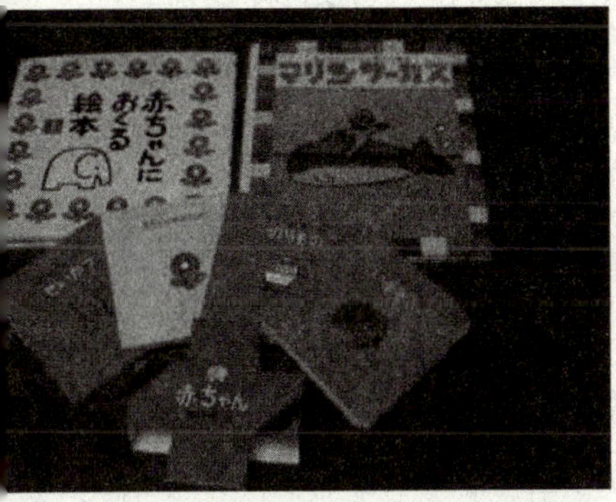

◎ 形状各异的日本儿童图书

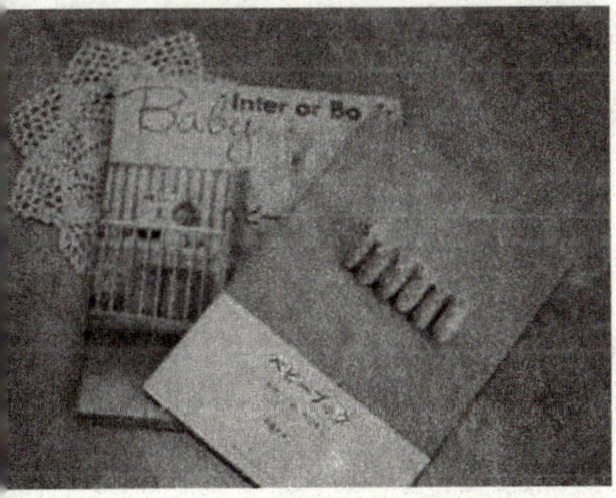

◎ 添加不同材质的日本儿童图书

有的教音乐的图书带有微型电子琴，家长可以当场引导孩子做简单的演奏；这个不能让老爸教，他五音不全。这个我玩得很溜，你们听，1，2，3……

有的讲动物的图书，下方可以看到一排按钮，分别画有不同动物的头像。家长给孩子讲到牛，只要按一下标有“牛”的按钮，便可以听到牛的叫声；同样，讲到狗，只要去找“狗”的按钮就可以了。看到这样的书，有的家长自嘲说以前很少有几个爸爸妈妈没有学猫叫狗叫的经历，但真学得像的并不多，这回，可以不必担心误导孩子了。

又按错了，笨丫头……

而其他在书页上打洞以便孩子可以轻易地“透视”后面的情节，或者在书页里加入立体折纸等手段，就更是司空见惯了。

这个俺见得多了，撕这家伙的嘴巴吓唬老爸……

有这样多丰富多彩的图书，难怪带着孩子买书的时候，容易无所适从了。日本儿童图书做得如此巧妙多样，其原因何在呢？

根据笔者的观察，这大致可以归结为两点。第一，随着日本在20世纪末进入高龄少子化社会，家长对儿童教育的重视日益增加。日本的儿童图书，通常是在日本设计，中国生产，成本低廉，价格却远远超过普通书籍，一本只有十几页的书，售价多在两千日元上下。但家长们为了孩子，购买的时候很少吝啬。因此，儿童图书的利润丰厚，引发了商家在这一市场的激烈竞争。有需要就有产品的经济杠杆，在日本儿童图书的发展上起到了重要作用。第二，日本儿童图书的设计上，有一个显而易见的原则，那就是并非出于“教育”的立场设计制作产品，而是本着“服务”的精神做这一工作。因此，设计出的图书以有趣、有吸引力为第一要点。即便带有教育的目的，也是为了配合家长给孩子养成良好的生活习惯，以让孩子学习感兴趣的技艺为出发点。设计师把自己放到和孩子一样低的位置来思考问题，自然，也就能够生产出更适合孩子的图书来了。这一点上，应该说，日本的有关人士用心良苦，走出了一条效果不错的道路。

好，大家鼓掌，感谢光临，再见。

哎，老爸，我要一本这个带琴的，还要那个米老鼠，你不是说好给我买书的吗……

这个……咱就买个学习一二三四五的画片回去看好不好？

唉，俺都跟爷爷自学微积分了，还用得着这个？得，还是找俺老妈去要钱吧，这要笔杆子的啊，就是靠不住……

朋友评论

1. 看来，日本人在很多方面比中国强多了。
2. 老萨的丑事都让女儿给掌握了，当心受勒索啊。

我要“哪里都能去的门”

本来，小小魔女是要在2010年新年回去找奶奶疯玩两个星期的，不料日本流行病毒性感冒，一家人除了最忙活的老萨无人不中招（这也是怪哉）。小小魔女也未能幸免，这下子，没法去北京了。

原来，想让奶奶看我怎样跳芭蕾呢……

小小魔女撅起嘴巴，想来也让奶奶失望。今天退了烧，当爸爸的鼓励她：“既然这样，你可以做件新年礼物让爸爸带给奶奶啊。”

于是，小小魔女就画了画送给奶奶，并且努力地写了她所能写的汉字来说明。

当爸爸的仔细辨认，最后弄明白了写的都是什么。最上面，是日期，只是月份的月，尾巴向右拐了，属于左右不分。熊的旁边写了“奶奶”两个字，是爸爸妈妈教过的，但是写在这儿，是说这画儿是送给奶奶的呢？还是说奶奶的脸形跟这个动物有相似的地方呢？这个，还是不要较真儿了吧。

下面看不懂，问她，才知道是想写“花”字。“花”还有这个写法啊，孔乙己要泪流满面了吧？

上个星期，到幼儿园参观小小魔女的表演。实际上，是所有的小朋友都讲自己从机器猫那里

◎ 手拿宝物，“芝麻开门”。

想得到怎样的宝物。小小魔女讲的是“哪里都能去的门”。

然后，她讲了一个故事：“向机器猫要了‘哪里都能去的门’，于是，穿过门就跟机器猫和爸爸到了中国，然后，我们就在那里开始玩了。玩啊玩啊，一直到玩得都累得不行了。到机器猫催我们，才穿过门去找妈妈，告诉她我们这一天多好玩。然后，我就睡着了。”

不管怎样，不能带小家伙回去，当爸爸的难辞其咎，因为小小魔女的姨奶奶、姑奶奶、叔叔阿姨、她最喜欢的小姐姐都作了她回去的准备，去不成了，挺对不住大伙儿的。

好在日本的幼儿园还有春假，3 月份，要放快一个月呢，那时候，我再把小小魔女带回去吧。

朋友评论

1. 今天给学生上写字课，刚教训完学生写一撇的时候不要顺手向上一勾，结果……内牛满面哪我 ~~~

2. 呵呵，今天考试时有俩外国学生举手说知道意思，但不会写汉字，写拼音成吗？俺放了她们一马。只是比起小小魔女，她们可就差远了——至少人家小小魔女能写甲骨文风格的汉字呢。

3. 孩子学画时，不能刻意教她怎么画，要不就没有灵性了。比我九岁儿子强，去年我儿子学校小孩画完了画要压塑成日历，他画完了拿了日历回家，我没看明白黄糊糊的背景有几个像是大仙人掌的东西，就问他画的是什么。他回答“墓地”。唉，真高兴，2011 年终于来啦。

小小魔女变身杰瑞鼠

昨天晚上，带小家伙去附近的儿童活动中心玩，每到此时小小魔女总是精神大振，胖球儿似的搂着你的脖子又亲又抱，弄得你满脸口水，一副马屁精的谄媚。别以为她是感动于爸爸的好意，那是生怕你改主意呢！

活动中心有个室内儿童运动场，放了不少玩具，已经有些孩子在玩。盯着小东西和小朋友们玩，小魔女问："萨，怎么看你有点儿打蔫儿呢？"

"嗯，"到底是医院出来的，对人的状态把握奇准，"你说女孩子是不是应该文静点儿？"

魔女赶紧上下看看衣服，调整一下坐姿，以手支肘露出淑女微笑，用阴森森的目光看了萨一眼，问道："你……什么意思？"

"哎，别误会，还记得我发了个文章《小小魔女大破栗子案》吗？"

"记得，怎么，有人要小东西去破案子？"看到话题与自己无关，魔女放松下来。

"切，人家李昌钰先生壮实着呢，轮到你闺女出彩？"

"那是……"

"是有兄弟跟帖，说担心咱们家闺女有暴走倾向。"

"暴走？"

"是啊，你没注意到这小东西老是精力充沛，四处乱跑，一刻不停，没一会儿老实气儿吗？"

"这个，孩子健康啊，这不是大问题吧？"

"可是，我怎么觉得有野化的倾向呢？返祖？"

小魔女张张嘴想反驳，大概是想起了小小魔女揪狗毛拽猪耳朵，用香蕉砸

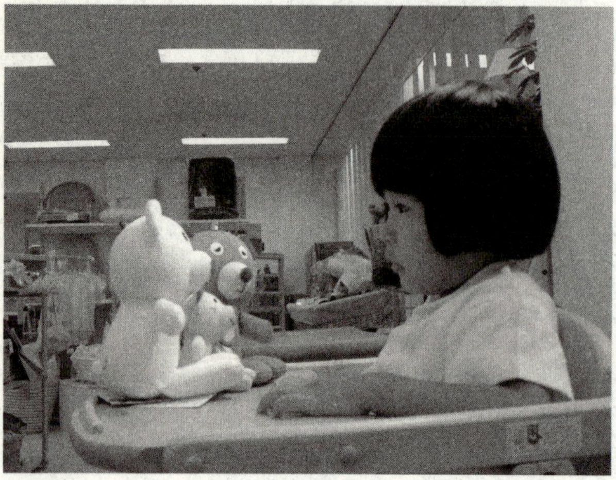

◎ 小小魔女从外表来看绝对是一个淑女，甚至，还会给玩具们做一点兼职的心理医生工作。

爸爸头等种种恶行，也有点儿心虚，只能期期艾艾地说："不会吧，咱俩都没这个基因啊……"

正说着，就听到儿童运动场中有孩子叫唤。魔女赶紧去看，原来是有两个小家伙发生了矛盾。

其实，这件事我也一直在溜一眼，事情和我家小小魔女还有一点儿关系。

问题的起因是场地中有一辆漂亮的儿童警车，可以骑着走。一个胖男孩儿占据了玩得高兴。这辆车小小魔女也想玩，不过家里立过规矩的，公共场合玩东西要排队。旁边还有几个孩子也想玩，这方面日本的小孩子还是比较有秩序的，都在那儿看着排队，意思是等胖子玩够了再上。

不过，这胖男孩儿显然有点儿霸道，也可能是玩得高兴，骑在车上转了一圈，停下来还意犹未尽，坐在上面看风景，半天就是不下来。小小魔女和几个孩子上去唧唧呱呱地用宇宙语交流了半天，那胖孩子不为所动，照旧优哉游哉，交流失败。

尽管失败，小小魔女看来不太高兴，但不妨碍她走到一边儿去玩其他的东西。

这时候，那个胖男孩儿的帽子掉了，于是下车来捡。看到他下车，后面一个孩子就理所当然地上车了。

胖男孩儿一看大怒，我不是不玩了，我就去捡一下帽子啊。立刻奔过来，一把将后来的男孩儿从车上推了下去。被推倒的男孩儿吃了一惊哭了起来，就是这一哭惊动了小魔女。

不过，一件意想不到的事情发生了，只见小小魔女猛地冲向那个胖男孩儿，伸出魔爪，照着人家就是一个五丁开山，突然，加上惯性，一下把那小霸王推了个仰面朝天。那男孩儿摔得不轻，也哭起来，然后爬起来嗷嗷叫着朝小小魔女扑过来。我们那小丫头居然是昂首挺胸，凛然不惧。

这下子要闯祸！我和小魔女赶紧冲过去，小小魔女才一岁多，那个男孩儿看来有三四岁，块头也比小小魔女大太多了，这护犊子可不分爹妈。

结果还没打起来战斗就结束了。原来，那男孩儿的爸爸是跑去买饮料了，回来的时候，正看见他儿子嗷嗷叫唤着扑向小小魔女，不禁大吃一惊，这俩孩子大小太悬殊了，谁都看出来是他儿子欺负人。这个当爸爸的一把就把儿子按住了，勒令道歉。

那小胖子刚吃了亏还没找回来，又被责令道歉，这个委屈啊，跺脚而号，哭声震天一般。

小魔女赶紧跟人家解释，还怎么解释呢？人家一个劲儿地鞠躬说对不起，还能说什么呢？

事儿过了，小魔女抹抹汗，看见萨在后头拉着闺女跟木头桩子似的，不禁喝道："怎么你不过来啊？带着小东西给人家道个歉也是好的啊……"

萨摇摇头："我没敢过去，怕吓着人家。"

"吓着？"魔女一愣。

萨抱过小小魔女来，这小丫头冷静得很，两眼闪闪发亮，扳过丫头藏在背后的手："你看，这是什么？"赫然一块棱角分明的大积木，捏捏，硬邦邦的。

莫非这丫头早有预谋？看你不爽但没理由收拾你，贸然出手会被老爸打屁股的，你欺负人可就不能怪我了吧，咱这是见义勇为，老爸也没话说。小丫头显然是作好了战争升级的准备，你不是个儿大吗？咱用兵器！

看着小丫头藏在身后的"大规模杀伤性武器"，萨和魔女一块儿汗……

回去的路上，我们作了种种分析，我俩从来没给小丫头灌输过暴力，肯定是小东西无意中捡了一块积木，是爹妈误会了天真的孩子啊……是啊是啊云云。

说来说去，好像老有点儿自欺欺人的意思。

这样，一直到了晚上，我正走下楼要去洗澡呢，忽听小魔女在上头叫唤起来，萨啊，我知道这丫头怎么这么疯了，快来看啊。

怎么回事？萨扔下毛巾就跑上去了。

只见楼上一阵祥和气氛，小小魔女正看 *Tom & Jerry* 的动画片呢。

不等我问，只见画面上的汤姆猫忽然疯狂地追击起杰瑞老鼠来，在猫鼠的斗智斗勇中小小魔女不断发出兴奋的尖叫，并且开始绕着房间跑圈，不时还模仿着杰瑞的动作，抄起妈妈的发夹、爸爸的字典对着家里一只可怜的绒布猫一通猛砸……

原因终于找到了，谁想到卡通片还能给孩子带来暴力倾向啊！

关了电视，魔女说这不行，咱们小丫头将来要当淑女呢，可不能从小给影响坏了，以后不给她看

◎ 小小魔把胖男孩儿打得哇哇大哭

《猫和老鼠》了。

萨点头称是，这个我赞成，可是……小丫头睡觉前喜欢看会儿电视，不看猫和老鼠，看什么呢？

唐老鸭？那鸭子也够疯的；鼹鼠？好像也是个惹祸的家伙。

小魔女忽然灵机一动，哎，萨，妈妈不是从北京寄来包裹吗？里面有没有动画片？中国的片子都审查过的，好像还很严格，肯定不会这么暴力。

对啊，我记得有的，我去找啊，萨一面佩服太太的智力，一面下楼去找了。

10分钟以后。

小魔女："萨，怎么了？还没找到吗？"

萨："唔，找到是找到了……"

小魔女："那还不赶快拿上来？不好看吗？"

萨："好看是好看，不过，这个……"

小魔女："快点儿啊，孩子等着呢。妈妈送来的是什么片子？"

萨："《孙悟空大闹天宫》……"

小魔女："￥？＃？＃！＃￥{{{}}哦（★★—★……%"

朋友评论

呵呵，有暴力倾向也不是坏事啊，关键是能分清是非曲直就好了，保卫世界和平的任务就交给小小魔女了。这里有一本《如来神掌》，与小小魔女有缘，只XXX元钱就传授与你了。

楼上北京卧室，楼下神户厨房

萨爹和萨与萨弟，可以算两代 IT 人了（萨娘不算，她是教 IT 的）。我们仨加起来鼓捣计算机的时间，比赵本山当演员的时间还长，但是依然觉得 IT 这东西不时地带给我们一些新奇的喜悦。

星期天和萨爹通电话，说起两代人出国的不同，萨爹说他那个时代，出国是一种很难熬的事情。他去德国工作的时候，母亲给他寄东西，恰好用的是报纸包裹。结果，这张残缺的报纸被当地二十几个中国研究人员轮流传看，几十年后大家谈起来，还有人记得那张报纸上的天气预报：北风二三级间四级……

萨爹还干过一件丢人的事情：在德国人家开运动会，萨爹居然去给日本人加油。萨爹说没办法啊，一年看不着一个黄面孔，明知道他是鬼子，还是觉得亲切。今天可不一样了，不用说哪个欧美小城都能找到拎着笸子打酱油的中国人，有了互联网和它带来的好处，今天，即便身在国外，也能和国内的亲人如近在咫尺般地交流。

萨爹说很少觉得你真的在国外。

萨何尝不是？互联网给我们的生活带来很多新的玩法，有些让我自己都觉得怪异万分。比如，让北京的萨娘帮萨看孩子……

萨去年很荣幸地做了一个可爱的小姑娘的爸爸，当然她也把老萨的生活搅得一团糟，在小东西还不知道爸爸和狗熊区别的时候，看孩子可是个苦活儿。我家是上下两层的房子，厨房在楼下，如果我一个人在家中，需要去楼下就得选择小家伙睡着的时候，反正她还不会撬锁，也不会乘我不在翻出榔头来砸玻璃。

问题是这小姑娘的脾气很大，如果醒来发现旁边没有人管她，会非常伤心的。

于是我就在 MSN 上给北京家里的老太太发一个 Shock（振动）：老娘，我到楼下去做饭，你给我看看孩子啊。

等萨娘回应，咱就把计算机上的摄像头对准睡觉的小家伙，然后，萨就下楼炖排骨去。绝对放心。

过上两个钟头或者三个，也许电话就会响，收到一条萨娘发来的免费短信："小家伙表情古怪，可能是把床单尿湿了，速去处理……"

王小波曾经造过一台瞄准精确的投石机，对面楼上的朋友要开瓶子盖的时候只要喊一声，他就会发一个石弹来把啤酒瓶子盖打掉。我这网络和摄像头就是我的投石机了。所不同的只是王小波的投石机如果你没有充分地对古代欧洲兵器学的研究造不出来，而我的投石机，您上一趟中关村的电脑零件市场，花百八十块买个摄像头就可以试试看了。

网络时代，真的挺有意思的。

朋友评论

1. 牛！不知道小小魔女长大了之后得知这段经历，会不会向你索要精神赔偿费？摄像头，哼哼……

2. 小小魔女可怜了——从小被偷窥，没有隐私权：)

3. 我也装了那些东西叫我老妈帮我看这里的孩子，然后我就被我弟抓了去帮他看他的小孩。咱们可是住在地球的差不多是最远的两点。Internet（互联网）真是个神奇的好东西。估计再过五六年，我老妈就可以远程控制我这里的微波炉帮我做晚饭了。

俺被闺女雷到了

吃完饭，很多人的消遣是一根烟，号称快活似神仙。老萨没有烟瘾，喜欢的做派是沏一壶观音王，冥想一会儿，天马行空，自由自在。

今儿，观音王沏上了，想的却是一个严肃的问题，那就是对俺们闺女的定位。

小魔女对我把闺女定位为小小魔女十分不满，认为这是不符合客观事实的。虽然俺家小女皮了些，像男孩儿了些，但是热心助人、团结同学做的还是不少的，怎么看怎么也不能说是魔女吧。这样不够实事求是的评价，会不会对孩子的心理发展造成不好的影响呢……咱们孩儿应该是淑女吧？

说实话，小魔女这是找借口，闺女还没到能看懂她老爸写的文章这个地步。如果真的能看懂，那老萨就有中风的危险。小魔女的意思很明白：闺女平反了，那孩儿她妈的平反还远吗？

虽然如此，我还是觉得改改也没什么，改革开放后的原则不就是听老婆话跟党走吗？远在海外，跟哪个党是说不明白了，听老婆话还是能做到的。

这么想着，忽然觉得俺们闺女这半天没动静很有点儿奇怪，要让俺们闺女老实，可是比不让甫志高叛党还难的事儿啊。于是，随便地瞟了一眼。

这一眼，就把老萨吓了一跳，隐约似乎看见小女在做一个有点儿非人类的动作。定睛细看，却又是一副乖巧的样子。

坚信自己没有看花眼，老萨不动声色地坐在那儿，偷眼旁观，等着小家伙再现原形。果然，仅仅一分钟之后，闺女就开始了又一轮“非人类”动作：能吃到自己的脚指头，这不是谁都能做到的吧……就算是俺闺女，也颇费了一点儿力气呢。做到之后，甚是得意的样子。

不过，很快爸爸的监视就被发现了，闺女笑得有点儿像被拆穿了把戏的小狐狸，有点儿窘，还有点儿不好意思。

赶紧拉过小魔女过来看，那家伙却大剌剌地说这不算什么，硬说听萨娘讲萨小时候也咬过自己的脚指头，并为之扬扬自得——这不过是遗传而已。

我？咬自己脚指头？

不记得有这回事儿啊，不过……这实在是个吸引人的想法……

犹豫再三，洗完澡之后试了一下，失败。

在湿滑的浴室练习这个肯定不够安全。摇摇头，回到卧室，忽然看到魔女在床上做一个类似芭蕾舞天鹅之死的动作……

“你在干什么？”萨吃惊地问。

“哦，怕长小肚腩，练练仰卧起坐……”魔女支支吾吾地说道。

嗯？好像你有丨来年没练过这个了吧？当俺缺心眼儿吗？萨耸耸肩膀，往床边一坐，抻抻腰道：“那啥，咱也练练……”

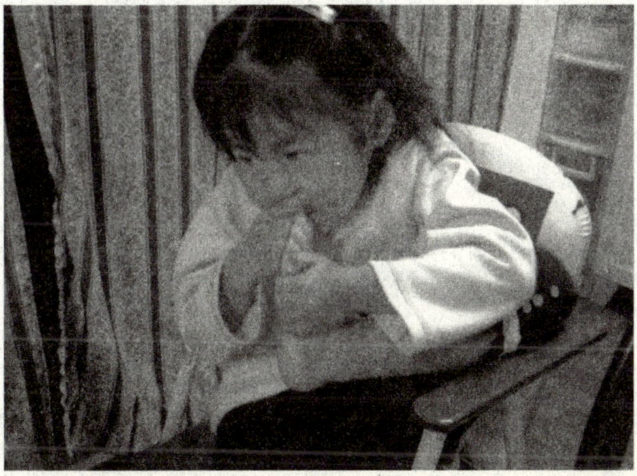

◎ 小小魔女的古怪动作

魔女忍不住大笑，只有小小魔女看看这个，看看那个，不知道这两个四体不勤的家伙今儿是犯了什么毛病。

算了，闺女的平反，再等两年吧。

朋友评论

1. 原来天鹅那个动作也是吃脚指头未遂啊，哈哈！以后芭蕾是不敢轻易看了，怕自己会联想着笑场:)

2. 本人七十有五。读罢尊文，忍无可忍，趁无人关注之际，尝试搬起自己的右脚，勾背敛神，拼力送往口唇。可惜力不从心，距离仅差两寸，硬是无从达到小小魔女之标准。于心不甘，复以左脚试之，似稍有提高，却仍有寸余距离无从战胜，恰我家老魔女进屋，返老还童之努力只好作罢。

“政治改革版”白雪公主

日前有个国内的朋友到东瀛旅游，既然到了我这里，自然要带人家出去转转。不知不觉，就到了下午，我要去幼儿园接小小魔女，那位朋友说一起去吧，看看日本的幼儿园什么样儿。

好啊，那就一起去。

到了那里，早了半个小时，小家伙还没有下课呢，于是我们站在走廊上等。这时，看到一队孩子在礼堂蹦蹦跳跳，我知道他们在排练《白雪公主》舞蹈节目，就拉了朋友一起来看。

普通幼儿园的孩子，自然还谈不上艺术水平，但一个个且歌且舞，声情并茂，也颇有可看之处。只是这位朋友看了半天，却很是迷惑，忍了半天才向我问道：“这个，是《白雪公主》？”

兄弟凑过去看看，矮人在，公主也在，老师是巫婆，没错啊。

“可是，这人数有点儿不对啊，我们读过的，一个白雪公主，七个小矮人，对吧？这儿怎么出来了七个白雪公主，七个小矮人呢？”

往场里一看，哦，明白了，是有点儿不对，里面的确有七个“白雪公主”在又蹦又跳呢。

七个小矮人回家，看到七个白雪公主倒在家里睡着了。（不是七个是八个？哦，多了一个凑数的）

萨一拍我们那兄弟的肩膀，老外了不是？现在全日本小学和幼儿园的白雪公主，都是七个，林冲还能娶扈三娘呢，什么东西到日本，都不免得到某种“改进”。

◎ 日本的幼儿园喜欢组织孩子演节目，小小魔也乐此不疲。

那……理由呢？这七个公主和七个矮人的故事怎么写？格林兄弟活着也得抓狂吧。

其实，这件事我最初也是蛮疑惑的，是第一次看了孩子们的排练，向幼儿园的园长咨询，才得了答案。原来，《白雪公主》改出七个公主的版本，原因竟然要归功于日本的政治家们。

自从20世纪80年代后期泡沫经济破产，日本社会一直比较萧条，老百姓对政府普遍不满，首相换得跟走马灯似的。怎么能让老百姓对政府恢复信心呢？病急乱投医，有个头脑聪颖的议员小泽一郎发现邻居——中国的日子过得越来越红火不禁有了想法。他山之石可以攻玉，小泽率先提出拯救日本的方法只有一个——改革！

这个独树一帜的思路给日本政坛带来了清新的空气，还有中国的例子在旁边放着，小泽威望大涨，日本朝野呼声一片——我们要改革！

现在日本政治家最时髦的口号就是“改革”。问题是，包括小泽在内的政治家们，却没有一个说得明白怎么改法。这方面中国的经验可没法借鉴。搞包产到户？日本的农民地都是自己的，怎么个包法？搞市场经济？日本本来就是市场经济……搞对外开放？都开放到满地驻美军了，还能怎么个开法？

但总是这样拖着也不是事儿啊，已经有不少高喊改革的政治家因为“实行力不足”给赶下去了。事情逼得大人先生们无论对不对症，反正都得下手“改”

些事情。

那怎么改法呢？日本政府的做法是广泛征集意见，寻找日本和国际有差距的地方，而后下手去向世界接轨。在下看来，这日本式的改革，对社会进行伤筋动骨的变革是不大可能了，倒是越来越像蒋委员长的新生活运动或者国内的“移风易俗”。

白雪公主变成了七个，就是改革的成果之一。

据说这个修改的起因是外国人经常批评日本的教育缺乏平等观念，以致孩子们自幼养成等级观念，不符合世界潮流。于是，日本的教育部门对此进行了深刻地反思，认为日本确实存在这个问题。于是就想方设法地进行“改革”。日本人做事十分认真，将教育中的每一个环节拉出来，对照批评进行深刻的自我批评，一来二去，《白雪公主》暗藏的问题就被深挖出来了。

有一个东京的“儿童委员”提出，应该在小学和幼儿园禁演《白雪公主》。理由是这个故事里面，矮人有七个，公主却只有一个，容易让演公主的孩子产生优越感，造成等级观念。这个提议居然被很认真地讨论了一番，结果是没有被接受，因为《白雪公主》是一个大家都很喜欢的童话，日本人叫做“白雪姬”，很多小学和幼儿园都有表演这个童话歌舞的传统。以这个理由禁止会遭到很大反弹的。但是……但是，难得一向以僵硬著称的日本人想出了一个折中的主意：修改剧本，把一个公主改成七个公主！

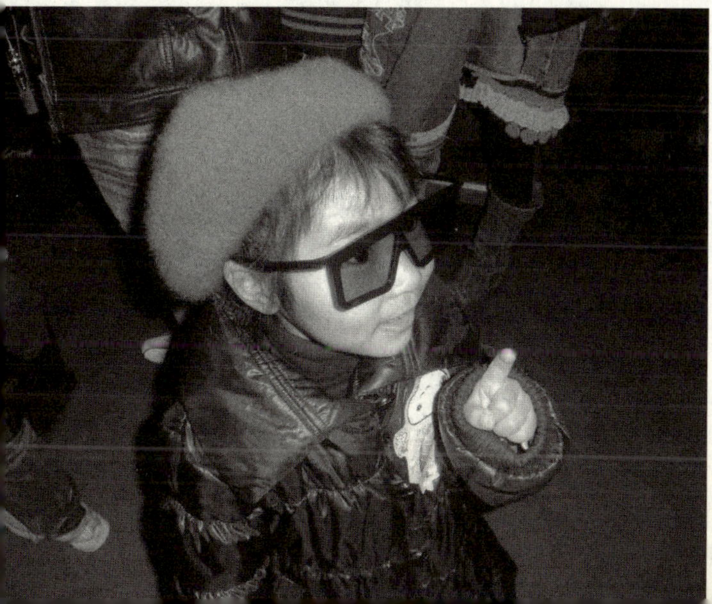

◎ 小女对扮演白雪公主不甚有兴趣，更喜欢扮演黑社会老大一类的社会型角色。

七个公主对七个矮人，这下子不用禁止了，大家也平等了。

于是……现在日本的《白雪公主》，就变成了这个模样。

七个白雪公主，都吃了毒苹果一起倒下（一个，还可以解释是意外，贪嘴或者轻信，七个……我对王子与公主后代的智力深表忧虑）。

朋友一边听，一边嘬牙花，最后说幸好啊幸好。

我问：幸好什么呢？

他答道：幸好《阿里巴巴和四十大盗》不是日本幼儿园的传统节目，不然的话这一改革，芝麻开门就得改大合唱了……

这日本人的脑袋啊，佩服。

朋友评论

1. 七个白雪公主和七个小矮人，王子在哪里……

2. 为了对抗巫婆皇后的大军，七个公主应邀来到小矮人的村庄。

一位公主在夜袭皇后军本阵时讨死。

两位公主在守护村庄时壮烈牺牲。

还有一位公主在被火绳枪击中后与巫婆同归于尽。

战争结束后，年纪最大的公主望着牺牲战友坟上的王冠，悲痛地说道："我们失败了，胜利的是矮人！"

片名：《七公主》

导演：黑月夜

影评：晕死

3. 说也奇怪，日本人在某些方面"改革"的想法有点儿意思，譬如厕所里烘干手用的烘干机。欧美包括国内基本都是热风往下吹，日本的呢？是凉风横着吹，只是风量要大很多，风力也强很多，倒是干得快，还节省能源。从这一点上看，日本人的确在这个小东西上动了脑筋。不过有些"改革"就的确匪夷所思了，譬如日本的"中华料理"，基本上除了部分菜名，大多出品的食物完全不知所云，面目全非，不知道他们是怎么想出来的。

邪教徒、马屁精还没文化

日前，曾携小小魔女回国一次，有道是人过留名，雁过留声，听听大家的评价，所谓“以人为鉴，可以明得失”，那是不能轻忽的事情。特别是咱老家北京的口头文学可以申报世界文化遗产，这样的 comments（评论）更是弥足珍贵。

小小魔女的处女秀，效果如何？回来总结一下，却只有苦笑……为什么呢？咱们一个个地看过来。

同事钟公，家宴相请。酒酣耳热之际小小魔女也兴奋起来，闹着上桌。这倒也无妨，反正小东西还算老实，能够上桌品尝就满意，没有惹出大麻烦。这孩子的口味很有趣，喜欢吃蔬菜，无论黄瓜、菠菜还是西红柿，都吃得津津有味，对红焖肘子、焦熘大虾反而兴趣不大。

良久，对萨家历史十分了解的钟公拍拍萨的肩膀，道：你这小东西不简单，是张无忌的人。

嗯？萨不解，我们家小小魔女还和《倚天屠龙记》有关系？

那当然，张无忌什么人？

明教教主啊。

明教什么信条？

“食菜事魔”，嗯……

得，不用我说了。钟公笑。忘了说，钟公是做销售的，两眼“毒”得很。

到北京不久就去见了老舅，这位是作家，会四门外语，大侃，据说上次长江水灾就和他不无关系。哦，错了，那个是北大严先生。小丫头当时还没晒成黑炭头，玉雪可爱，老舅十分喜欢，和小小魔女很投缘。小小魔女也十分争气，

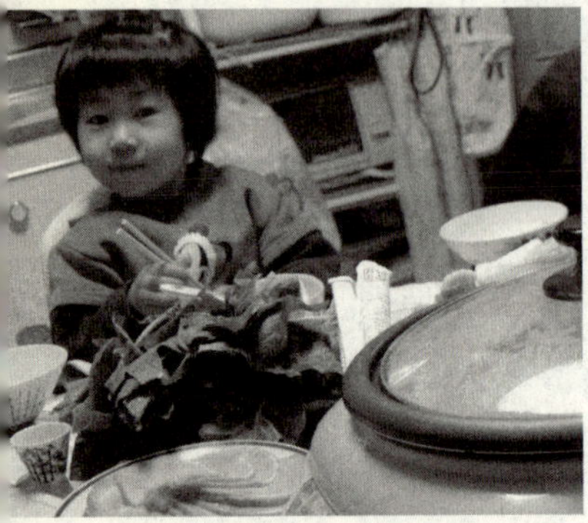

◎ 食菜事魔的小小魔

放开话匣子，对着老舅一阵叽叽咕咕，直达半个钟头之久。只见老舅点头微笑，却两眼茫然。许久，萨问：“舅，听出说的哪国话了吗？”

老舅摇头，沉吟半晌，道：“啧，这丫头是在说话嘛？我还以为她是在练张香玉的宇宙功啊？”

据说张香玉张大仙被抓起来以前，经常一侃半个钟头，就是不知道老太太说的是什么，根据交代，这是老太太和银河系外生命沟通的一种手段。我们丫头居然还有这手功夫，令人刮目。

转回头来见叔爷，叔爷也是喜欢得不得了。尤其是小家伙扑上来把叔爷大腿一搂，小脸儿贴上来的亲热劲儿（她喜欢胖子，见到了总是嘟囔“熊熊”，然后一定要上去抱一抱），老爷子立马就忘了自己是谁，指挥老伴儿：“那谁，今儿中午把我那茅台开了，咱们爷儿俩喝两盅……”

真晕了，有拿茅台给一岁的孩子喝的吗？

明知道人家晕，还有人给添乱，萨这时候上前赶着问：“您看我这小东西怎么样？”

小家伙正抱着老爷子的脸啃呢，爷叔结结巴巴地回答：“好，好啊……”一时又好像没找着合适的词形容怎么好，略琢磨琢磨，忽然眼睛一亮，道，“天生一个马屁精啊！”

一众色变，随即笑翻。

居然有人说咱是马屁精耶！小小魔女很是惊讶。在北京就是这么夸人的吗？

老头子是多年的国家干部，善于作报告，讲究的是说几个钟头不带重样，就是让你不知道他要说什么，那可是从来不犯错误的“铁嘴钢牙”，老了老了，居然栽在了这么个小东西手上。笑过之后，发现爷叔家的小孙子已经和小小魔女成了朋友。

这个小家伙上幼儿园大班，按说正是淘气的时候，却对这个小妹妹很温柔呵护，把自己的零食和玩具都拿出来分享，看来家教极好，为人也十分厚道。小小魔女既然是马屁精，当然不会放过这个手里有货的哥哥喽。不一会儿，两个小家伙已经玩得很亲密了。

正在这时，有客人来。那个小家伙马上去开门，见了来人，大声说：“叔叔好。”

一回头，却见小小魔女跟在后面，这时见了生人有些害怕，直往小哥哥后面躲。

小家伙拉着小小魔女道：“你叫‘叔叔好’。”小小魔女嘟着嘴巴，只瞪着黑豆似的小眼看着客人不说话。

几次催促无效，小家伙转向笑嘻嘻看热闹的客人，十分歉意地说：“她不会说叔叔好。”然后请求原谅地解释，“她还没上幼儿园啊，她没文化……”

“她还没上幼儿园，她没文化。”

回去路上，一块儿去的萨娘一边重复，一边跟萨总结：“你看你这闺女，参加邪教，练宇宙功，天生马屁精还没文化……”

朋友评论

1. 我想起前几天给家里打电话，和三岁的小侄女说话，她9月1日就可以上幼儿园了——据说这个幼儿园也是9月1日开学才收新生，不是三岁生日到了就可以去的。我说：“曼曼，你要上学了呀，喜欢不喜欢去上学呀？”小侄女在电话里一本正经地纠正我这个美国在读博士，说：“我不是上学，我是去上幼儿园。Faint。”想不到这个小小孩概念如此清楚。

2. 都能想象出老萨敲这些字时的神情，一定是满脸的微笑。心里像打翻了蜜罐一样，是吗？呵呵！

千万不要教小小魔女学鬼子话，太难听了。萨不是英文也挺不错的吗？教小小魔女学学英文吧。

另，偶觉得，小小魔女照片中，这张拍得最好，又调皮，又可爱，呵呵！

七个输给一个
——欧美平等教育理念下的孩子

眼看女儿渐渐长大，虽然这丫头高兴了动不动咬人使人头痛，但当爸爸的总是瞅见小东西就心里高兴。不知不觉，明年，小小魔女要入幼儿园了，于是开始打听附近哪个幼儿园比较好。这样打听着，就有知道消息的幼儿园反过来和我们联系，原来日本高龄少子，对一些不太有名气的幼儿园来说，像我们家小小魔女这样没找到主儿的孩子也是奇货可居呢。

不过我和孩儿她妈也颇有忧虑，主要是俺们这孩子在这儿是外国人，到了日本幼儿园会不会受欺负呢？

昨天又来了两位，是一个基督教幼儿园的阿姨，来游说顺便送来广告。看孩子和两个阿姨玩得挺好，又听说她们幼儿园居然有英语教学，似乎是不错的地方。萨动了心，决定和两位阿姨仔细谈谈。

结果一开口人家蛮意外，因为她们是根据我太太的关系找上门来的，这一谈才知道我是中国人。不等我开口，那位年龄比较大的太太就很紧张地说明起来了：“我们很欢迎中国的小朋友，不过需要说明一下，俺们幼儿园绝对不提倡暴力，俺们主张孩子之间和平地、平等地相待，如果有孩子欺负别的小朋友，我们要加以管理的……”

嗯？这位很有经验啊。萨刚要问的第一个问题就是孩子之间关系的问题。这是因为日本过去的幼儿园和小学，都有一个他们视为传统、我们看做陋习的习惯，那就是孩子中谁强大，谁就称王称霸，老师不管。这种做法日本人认为是培养孩子竞争力和具备等级观念的精神。对于萨这个中国人来说，我是不太喜欢这个原则的。孩子本来就有强有弱，国家尚不分大小应该平等相待呢，怎么孩子之间反而是强者为王呢？那弱小的孩子被欺负不就成了理直气壮的事情？

我想，这大约和中日两国的民族性有些关系，从古时候起，日本人崇尚强者，中国人同情弱者，就是有传统的。

我正要问她们这个话题呢，人家却先发制人，我觉得这位老师的确善解人意，于是立刻热情了许多，当即表示对她们幼儿园管理原则的赞同。并且问了一句："你们这样想太好了，我正要和你们谈谈这个问题呢。"

两位女士对视一眼，微微尴尬地说："以我们的经验，中国人的孩子来上幼儿园，爸爸妈妈最关心的就是这个吧。"萨了然。女性心细一些，小魔女跟着便警觉地问道："那么，你们怎么知道中国人最关心这个问题呢？是不是有外国人的孩子在你们幼儿园受到了欺负？"

"不是不是，"其中一位日本阿姨连忙摆手，"我们那儿没有中国人孩子被人欺负的……"另一个阿姨苦笑一声，说："倒是我们在提醒中国孩子不要欺负日本孩子呢。"

◎ 说实话，现在的孩子——尤其是女孩，哪个都不是省油的灯，动拳脚算是小Case。

怎么回事儿？我们小的时候出门，家长总要教育我们遇事忍让，与人为善，难道现在的中国孩子变得如此霸道吗？可是无论如何日本幼儿园里中国孩子总是孤单，难道还能欺负别人？

询问之下，才知道内情。我们原来担心日本幼

◎ 现在的女孩子拳脚之外还敢动大炮呢！

儿园里孩子霸道，现在这一情况已经有了改善。这是因为日本近来引进英美教育方式，原有的等级制度和相互竞争观念受到很大挑战。特别是2004年日本中学曾经发生过受欺负的女生用水果刀杀死同学事件，使日本教育部门严令教师警惕学生和幼儿园中的恶性歧视和欺压。这样一来，虽然积习难改，但日本小学和幼儿园中，教师对弱小儿童的扶助，对学生的平等互爱教育都有了很大程度地提高。

不过，这两位所在的幼儿园，却发生了比较离奇的一件事情。

她们的幼儿园大班，2005年招收了一名从中国抚顺来的五岁幼儿，这个叫亮亮的小孩儿聪明伶俐，活泼可爱，对老师有礼貌，大家都很喜欢。但没想到的是，刚到幼儿园两天，就发生了亮亮骑着一个日本孩子打的事情，原因是那个孩子抢了他的玩具。过了几天，又有孩子学亮亮怪腔怪调地说中国话被亮亮打得满头是包。这个看来很可爱的孩子怎么会如此崇尚暴力？老师有些莫名其妙。就在这时，趁着老师不注意，几个被亮亮打了的日本孩子联合起来去打亮亮，结果七个孩子打不过亮亮一个……

这下子日本老师坐不住了，请来亮亮的妈妈说明情况。亮亮妈妈是个通情达理的人，马上让亮亮给几个被打的日本孩子道歉。这时候亮亮又恢复了有礼貌的小可爱形象。

百思不得其解的老师向亮亮妈妈质询，这孩子为什么如此崇尚动武呢？而且一个能打七个，是不是……是不是每个中国孩子都这样？

亮亮妈妈叹口气，这才把实情讲了。原来，亮亮本是个内向文静的孩子，但是根据对日本教育的了解，日本这儿有大孩子欺负小孩子的传统，所以到日本上幼儿园之前，亮亮的爸爸就教育亮亮，“人不犯我，我不犯人，人若犯我，我必犯人（日本阿姨没这样讲，大体的意思如此）。别人要欺负你，就狠狠还击，不许忍着”。那他怎么能一个打七个呢？

亮亮来日本以前，他爸爸就让他开始上少儿武术班，已经上了整整一年……

说完，其中一位阿姨苦笑道：“这个问题看来还是出在我们日本以前的教育方法不好上，不能怪亮亮这样的孩子，不过，现在我们已经不支持这样做了……你们……你们的这个孩子不会欺负小朋友吧？”

“不会，不会，我家小小魔女的脾气可好了。”小魔女满脸堆笑地和两位阿姨鞠躬告别的时候说。

回过头来，看着我那貌似温柔的闺女，萨对小魔女说：“人家老师说得有道理啊，你看，我们是不是应该好好教育教育小小魔女，把那个咬人的毛病改掉呢？以后不管是表示欢迎还是表示生气，都不许她咬人。”

小魔女沉吟片刻，道：“不妥。”

萨一愣：“那你说应该随她去？”

小魔女斩钉截铁道：“当然不是，应该教育她——谁咬你，你就咬他……”

萨：“%￥#•！ ••！”

谁说的来着，家，从来就不是个讲理的地方。

朋友评论

1. 谁咬你，你就咬他 ~~ 俺幼儿园就是用这招 ~~

2. 格林童话里的那个小裁缝，一下打死七个——苍蝇。

天堂一瞥——日本幼儿园速写

萨小时候是个倒霉而又幸运的家伙。倒霉的是没机会上幼儿园，学前教育基本等于零；幸运的是家人舍不得把这个爱生病的小家伙送去过集体生活，无端地多享受了许多家庭的温馨。

今天的家庭里，纵有这个心思，只怕家长们也没有这个时间和精力了。

因此，一直对幼儿园是什么样儿心存憧憬。都快四十岁的人了，对幼儿园如此憧憬，也算世界奇迹。但是这也正常啊，咱不是没去过吗？好奇不犯法对不对？

自从有了小小魔女，被她折腾得颠三倒四，当爹当妈的不断咬牙切齿："哼哼，早晚把你送幼儿园，让老师收拾去……"

不料，真的送了幼儿园，小家伙却如鱼得水，好像过得逍遥自在。开始还不得其解，后来看了她那帮同学，一个个也是疯狂如彼，敢情这帮小东西是把幼儿园当魔法学校了。

幼儿园的老师们啊，阿们。

我曾去参观魔男魔女们上课。日本总是一个课堂两个老师，一个负责讲书、弹琴、说故事、作训练等"正事儿"，另一个则在孩子们的后面，随时负责把试图跑掉或者爬向桌子底下的小家伙们抓回来。别看小老师们都是娇娇女郎，我算起来这一堂课下来，运动量也快赶上运动员了。

到小小魔女的幼儿园去接过她，觉得把日本的幼儿园给大家描述一下，多少也算一点儿异国的见闻吧。

小小魔女所上的是一个普通的日本私立幼儿园。日本土地金贵，幼儿园占地面积却是不小，包括两座三层教学楼，一座两层教学楼，带有滑梯和游艺设施的庭院，操场（夏天可以在上面拼装临时游泳池），停车场，礼堂，附属小动物园等，与一个学校差相仿佛。

但有一样东西是没有的，那就是食堂。日本的幼儿园，午餐都是由固定的公司提供，这虽然成本会高一点儿，可是责任也很分明。只是小小魔女就只好吃几年冷饭了，这个是日本的生活习惯问题，实在没有办法了。

如同八卦阵的大门，是为了不让小孩儿轻易地跑出去，但也经常看到脑筋不太好的日本家长在这里转来转去，好像找不着门的样子。

◎ 日本幼儿园的大门

因为日本最近流行甲流，小孩子大概和动物比较接近，所以比大人要危险，这种情况下防患于未然很有必要。由此也可以看到日本对流感的恐惧。

随处要脱鞋是日本的习惯，小小魔女在幼儿园受了教育，回家就要把门口的鞋子摆整齐，对于老爸乱放鞋子，她认为是可以原谅的，因为老爸还没有去上幼儿园，不懂规矩。

萨到达的时候，小小魔女刚刚上完室外英语练习，正从天台往教室走，被爸爸抓个正着，别说，还真有点儿正规学生的样子呢。

◎ 入园的时候要双手消毒

日本幼儿园现在流行英语课，据说是等长大了，发音就日化而无法纠正，只好提前开始学习。小小魔女的英语老师 Peter 原来是美国一个公司职员，现在美国经济不景气，索性跑到日本来教英文。美国人教英语，是个报酬高而又没什么劳动量的工作，在日本又备受尊重，像 Peter 这样的主儿，现在是越来越多了。

幼儿园每个班级都有固定的教室（废话，也就老萨这样没上过幼儿园的会觉得新鲜），当然每个班级也有自己的名字，比如“红色玫瑰班”、“蓝色郁金香班”等，不同的花代表不同的年级，而不同的颜色则代表同一个年级不同的班。至于孩子们，也都有代号而不用记住名字，小小魔女已经有过“苹果”、“螃蟹”等几个代号了。

有一天，小小魔女回家，脸色凝重地报告：“西瓜生病了，好可怜……”开始以为幼儿园提供的水果坏了，后来才知道是她邻座的代号“西瓜”的孩子发烧了。

正被编辑催稿，七荤八素的老萨没好气地回答：“西瓜可怜？你爸比西瓜还可怜……”

这个制度似乎倒很好地解决了小朋友之间乱起外号的问题。

日本的幼儿园老师都是幼师毕业，工作也比较负责。日本女性想找全职工作不容易，她们是比较受人羡慕的，不过一结婚通常也就辞职了。

老萨承认，我对幼儿园的画廊这种地方多少有些抵触。那一天去接孩子，正值幼儿园的美术课结束，画面上就是这帮小魔鬼眼中的爸爸妈妈，看之令人胆战心惊，一时却分不清老萨是其中哪位。

教室侧面用彩色布帘遮挡的壁橱引发了我的兴趣，里面是什么呢？哦，原来是老师们教学用的 DVD，给小孩子擦鼻涕的卫生纸，等等，当然也少不了各种玩具。据小小魔女讲，这些娃娃都有名字，也算是幼儿园里不交钱的成员呢。

小孩子的世界里，有很多亲密无间。当然，可能一分钟之后就会因为一个馒头爆发全球性战争。

阳台上的喇叭，让我想起小时候噩梦一般的“XX 班的萨苏，到办公室来一下！”不过，在这里偶尔听到广播，都是通知和做操，还没有见到找家长之类的事情。

礼堂的舞台台阶不高，据说是为了避免小孩子演出的时候摔伤。想想咱们的歌星从台上掉下来或者出类似的事故也不是一回两回了，是不是以后也该把舞台弄低一点儿，可那样要碰上粉丝往上爬，华仔的保镖只有四肢就有点儿不够用了。

看到这里，觉得日本的幼儿园还有一些比较可借鉴的地方。比如：低矮的伞架，根据小孩子身高设计的厕所，每个孩子都有自己的小柜子等。不过，更多吸引我的还是一些有生活感的画面：来推销皮包的商贩。

您看，无论在哪儿，想赚孩子钱的商人都无孔不入。平心而论，这个书包还是蛮漂亮的。就是价钱高了点儿，差不多三千块人民币一个书包，还算平价。

这里的幼儿园会用巴士把孩子送回家，不过，也允许家长来接。看着这些赶集一样的家长、乱放的自行车，倒是颇有一种亲切的感觉，当年我小时候，东四五条幼儿园门口每到放学也是这样热闹的啊。

幼儿园有专门的接送巴士。这些巴士都有明显的标志，提醒前后车辆注意，也便于孩子们分辨。不同路线的巴士用不同的动物代表，比如天鹅巴士、狮子巴士、长颈鹿巴士等。老萨要是坐上……

得，恐怕有人要笑话老萨有幼儿园情结了。

我想，我倒不是对幼儿园有多少情结，而是……

是对这个小家伙有一点儿情结吧。

朋友评论

20世纪80年代，在中国大陆的幼儿园里为了保持室内卫生也是要换鞋的。而且当年我们的鞋，被幼儿园万恶地排在没有隔断的“鞋架”上，而不是像照片一样放在“鞋柜”里。

那时候相当不爽啊：大家经常出现穿错鞋的事情！那还是向市场经济转变的时代，1988年、1989年的时候粮票还没彻底取消呢。当时商品质量真不错，可惜样式不多，全市还就那么数起来不用换手的几家国营商店。

这导致的直接结果就是：冬天的时候，家长们为自己孩子买的黑布棉鞋不分男女，都是一个模样的！！！而且不止棉鞋，男孩子们平时穿的黑布板鞋，女孩子的白布胶底拉带儿鞋（近似于现在日本高中的室内鞋）

也几乎是同样的形制，每天都至少有三个以上的孩子穿酷似的鞋，加上孩子们不懂事，放鞋没那么多顾忌，逮空就放，而且还可能被人把自己的鞋放进别的架层。所以让孩子们通过记自己放鞋时的位置识别经常是不可能的，总穿错。

所以大家放学的时候都希望爸爸妈妈早点儿来接自己，好在鞋架里多比较一下，到底哪双是自己的……穿错鞋事件屡次发生，这个对个人权益损害比较大，园内影响比较恶劣，所以矛盾已经上升到关系人民内部安定团结的高度，最后连阿姨都不得不在课间活动结束和晚上放学时介入鞋子的“鉴识”工作：叮嘱祖国的花朵们记住自己鞋子的特征，比如哪个地方有磨损啦，鞋底标明的尺码多少啦，鞋底是什么颜色的啦（这个很重要，有时候这是鞋子的唯一区别），还有自己的鞋垫儿是什么样子的啦……

虽然各种搞笑的识别特征都拿出来了，穿错的事件还是层出不穷。无奈之下，大家也只好找个不起眼的旮旯儿把自己的大名签上了。自此，穿错鞋的事件虽有发生，但至少阿姨可以通过最后一双无人认领的鞋子上面的名字确认穿错了鞋的人是谁。

至于查出来的是否就是穿走你那双鞋的人，完全取决于穿错鞋的家伙们数量是奇数还是偶数……

后来，随着我国经济的发展，鞋子的样式有了几何级数的增长，到了1990年我上少年宫的时候，穿错鞋的事情仅仅经历过一次。

想来，现在的孩子们绝不会再有穿错鞋的机会了吧，呵呵呵。

萨家有女初长成

萨家有个小小魔女，已经是尽人皆知的事情。这次回北京，带着小小魔四处活动，某处好心的大姐派了一个女助理，放她两个小时假，专门对付小小魔。结果，一个小时不到，这位女助理就带着小小魔逃了回来，实在招架不住了。

然而，今天，小小魔却变出了一副淑女的样子。理由很简单，小小魔今天要进小学了。

日本的小学校春季开学，小小魔到了年龄，自然也要去上学。对于这个变化，小小魔显然十分欢喜。

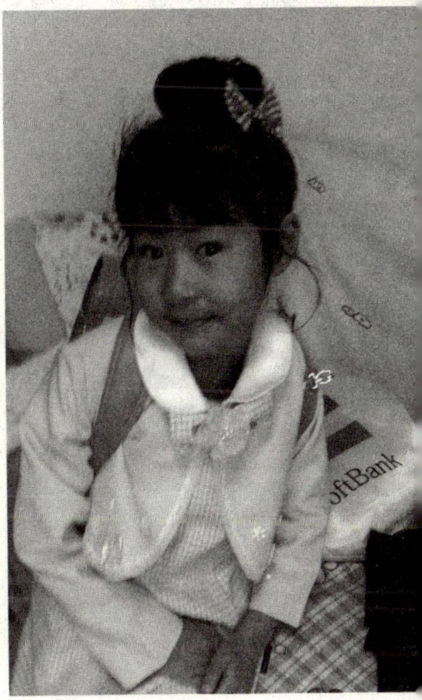

◎ 小小魔女变淑女

白色的建筑是小小魔的学校，萨就住在后面深色的楼里，这个距离，上学倒是十分安全的。学校设备还可以，虽然东京那边核辐射之类的话题不断，但远在遥远南方的关西地区，樱花依旧。游泳池掩映在花丛中，我们从楼上就可以看到孩子们嬉水，萨娘曰：蛤蟆吵坑。

小魔领着小小魔去学校，而小小魔在学校的表现也堪称良好，学习得十分认真。甚至有的时候我们会怀疑自己当年给她起个小小魔女的外号，是不是过分了？

萨也是送行人员中的一名，小小魔十足给面

◎ 忽然发觉女儿长大了，不觉带了一点伤感的情调。

子，然而只要一错开眼神，马上原形毕露。

整个入学式从早上 10 点开始，到中午结束。

在我印象里我家闺女就应该是这样的，然而，看着校园里樱树下的这个“小人儿”，忽然想起了一句台词：女儿长大了。

朋友评论

萨现在就感慨了，以后女儿长大后会更有感触的，说不定真的像电影里夸张地在报纸上通缉犯的名单里找女婿的名字。西方婚礼上是父亲挽着女儿的手走过一段路，然后把女儿交到新郎手里，就是这么个意思。我照看了这女孩上半生，现在交到新郎手里了，女儿的后半世幸福就靠他了。那个时候每个父亲都会感慨万千，都会落泪吧，萨也许会，至少我肯定会的。

第三章

会心之处　中日一家

日本・家

作为旅日工程师，尽管有着三代仇日情绪，但，家依然是心灵休憩的港湾。不一样的是，这个『家』一如他们的插花、茶道、美食，在细腻中见深情，在风雅中悟禅机，也扫荡了纠结，涤除了恨恶。

异乡儿女的祝福：平安，中国

夜已深沉，妻在一旁已酣眠。啤酒罐在一边已经横七竖八，我走到阳台上，默默点燃一支烟。

萨平时并不吸烟，然而，从大学就养成了习惯，每当有难解之事，我会点燃一支烟，慢慢吸来，让那忧愁随着缥缈的烟雾悄然消逝。

在除夕夜，忽然感到冷。

送走来过节的留学生、研修生们，妻乖巧地刷碗洗碟子，还不失时机地逗趣一句："春节联欢晚会的中国女孩子真漂亮，后悔了吧。"

傻丫头。

按说，过节的情结，萨或许是最不典型的一个。萨对于过节很不敏感，即便是春节，也常常加班到半夜。相反，对于节日的喧嚣和热闹，萨有一种本能的回避。闭门深山，读书净土，闹市隐者是萨所向往的生活，在日本，就更难得显露这种情绪。周围的小留学生都是远离故土的孩子，每到佳节，必请他们来热闹一番，做老大哥的，忙碌的是给老弟老妹们驱散思乡的苦闷，哪还有心思自寻烦恼？可是当众人散去，独对长天，突然感到那种对故乡刻骨的相思。

难道这是那个曾经以苍鹰自诩的萨吗？那个以豁达自诩的萨吗？忽然惊觉，原来想家的情怀，是深深地植在你的心里。我问自己，你变了吗？你这个燕赵的儿子，你的祖先哪一个不曾大漠秋风，家国千里？默默地，我忽然知道了答案。不，你没有变，变的是你的亲人。

当晚会采访冯巩的时候，萨在笑声中忽然想到了自己的祖母，老人家今年89岁了。还记得我最后一次走时，老人家就靠在院子的门柱上，望着我拉起行

◎ 爱你的国家，爱你的妻儿，有些事情是永恒的，其实，从来也不能算是难题。

李箱走去，痴痴地看着我这个她一手带大又最为喜爱的孙子。硬起心肠转过胡同的拐角，不用回头去，却总有那个佝偻着身子的身影，任白发在北京的风中飘拂。一瞬间，屏幕上的节目忽然不知所云，我的眼前，仿佛升起了一层白雾。

原来今年我不能回家，仿佛到这时我才意识到这个早已明了的简单的现实。

祖母来信说，她不想我，她放心得很，她，会活着等我再回去的……

扪心自问，萨的心里，依然丝毫不乏十几年前扛起箱子下海南的勇气和活力，然而，我的心灵深处，竟然变得那样柔软。原来，我的亲人越发老了。

家，不就是那几棵老的弯曲的树吗？家，不就是那种胡同里邻居大声放着的收音机和炒菜的香味吗？

好一朵美丽的茉莉花，好一朵美丽的茉莉花，芬芳美丽满枝丫，又香又白人人夸，让我来将你摘下，送给别人家，茉莉花呀茉莉花。好一朵美丽的茉莉花，好一朵美丽的茉莉花，芬芳美丽满枝丫，又香又白人人夸，让我来将你摘下，送给别人家，茉莉花呀茉莉花……

轻轻地吟唱这首普通的曲子，那旋律竟这样动人。一瞬间，这日本的小木头房子的屋顶，仿佛再难束缚我的视线，我的心灵随着我的思绪狂奔。

在我眼前，满是白云蓝天的呼伦贝尔草原，满是海南岛卖椰子小姑娘甜甜的笑，满是东四胡同里清秀飘逸的国槐。我的心，已经回家。

一瞬间，想起了前几天看到的一幅中国劳工在欧洲的老照片，拍摄它的记者称这张照片为《玩具船和它的制作者》。这肯定是一个对东方一无所知的记者。看着那张憨厚和善的面孔，和那小小的帆船，只有我们中国人才明白，这个作品的名字只能叫——《回家》。

今夜，有多少朋友和我一样，望着远方的天际，望着那遥远的故乡？

为了理想，为了发展，为了爱，为了各种各样的原因，我们这些中国人寂寞而顽强地在他乡奋斗着，这是我们的命运，也是我们这一代中国人的命运。我们虽然艰难，但是我们勤奋而坚强。野草能生长的地方，就会有我们中国人成功的足迹。

我们的身不能回去，让我们的心一起回家吧，回那片我们梦中不会忘记的土地，那片有着方块字和我们亲人的土地。让我们一起来祝福他们吧，让我们一起来说一句：

平安，中国！

平安，我的中国！

朋友评论

1. 人是不同的，我就不离开家，高薪也好，职位也好，都不能诱惑我离开我的家。我就希望过自己幸福的小日子，时不时地去爸妈家蹭顿饭，陪他们说说话，毕竟幸福就是一种感觉，自己感觉幸福就是幸福的了。

2. 读到《茉莉花》时，电视里正好在放“甜蜜蜜，你笑得多甜蜜，好像花儿开在春风里……”觉得这两首歌的感觉怎么如此接近？家中父母，永远是远游儿女最深的牵挂。因为在外，所以更深体会，原来自己根在家乡，身体是出国了，魂经常出差回去。

绿豆荒与大国责

老萨滞留北京半个月，忙得晕头转向，一时不察，忘了和太太沟通，被小魔女半夜从后海用电话活捉出来（天地良心，老萨在那儿只是为了有大屏幕看世界杯而已）。一通检讨之后，发现太座没有兴师问罪的意思。那你电我啥事儿呢？

小魔女道，赤日炎炎似火烧，野田禾稻半枯焦。错了，这个好像是白日鼠白胜的唱词，和小魔没啥关系，正确的说法是，近来东瀛天气炎热，有请夫君从大唐买绿豆二斤带回来，熬汤解暑。原来如此小事，自然满口答应。

第二天到商店一打听，结果让人吃惊，如今，北京绿豆价格竟然暴涨到将近二十块一斤。老萨愕然不解，问售货员，说咱们这地方的绿豆一向安分守己，怎么忽然涨到这个价格？售货员 MM 耸耸瘦得像小鸡子似的肩膀，耐心解释道：您不知道，前些日子有个作家写了本书，说绿豆包治百病，吃少了还不行，一次起码十斤。结果大爷大妈们信之不疑，蜂拥抢购。加上咱中国人爱扎堆起哄，什么涨价买什么，一个不留神这绿豆就涨上去了。

原来如此。早年流行红茶菌，当年到处打鸡血，如今又流行吃绿豆了。萨道："我跟你打五斤黄豆的赌，这位写书的一定兼卖绿豆。"

"那你输定了，这位作家可不卖绿豆。" MM 优雅地扭了扭豆芽菜似的脖子，道，"他弟弟才卖绿豆。"哦，哦，哦，萨恍然大悟。

就这样被促销了五斤黄豆，刚要看绿豆能不能讲讲价钱，忽然觉得有些不对，一个电话给小魔女打回去："LP 啊，您这些天是不是有点儿头昏？据我所知，每年咱家熬绿豆汤，都是到大阪丸红商社买的，今儿干吗折腾俺往家背这个累赘的玩意儿？"

“夫君有所不知，丸红商社今年没有绿豆卖耶。”小魔轻声慢语道。

“那还有春四海、北京城、新上海，哪个店都可以买啊。”

“妾身皆去看过也，都没有哦，还要劳烦夫君。”

“岂有此理，大阪没有，难道神户也没有，不行你还可以去四国看看……”

“八嘎，让老娘跑路减肥吗？！老实买四斤绿豆回来，不然家法伺候！”

“呃，是是，太座请放心……”

老萨放下电话感叹，你看，老外就是老外，语言能力多强，说到三句以上，语法就没谱了，等我回去教育她。

看售货员 MM 踮着脚尖称绿豆，忽然哑然失笑，萨终于弄明白小魔干吗让我从中土买绿豆带回去了。其实，这就是个简单的逻辑问题。您想啊，那日本的绿豆哪儿来的？往年都是从大唐进口的。

大唐的绿豆养生法鬼子不能理解，所以日本的绿豆不会涨价。可是，今年北京的绿豆都涨到这个份儿上了，供不应求，不从海外进口就是好的，谁还会往日本出口呢？难怪日本要闹绿豆荒了。

忽然想到日本有个议员一直在大声疾呼，说中国向日本提供廉价商品不怀好意，占据了市场不说，还让日本国民养成了依赖习惯，没有了中国货就不能维持目前的生活水平。

算你聪明，今儿我们一无名作家炒豆就能炒出日本的绿豆荒来，要换王刚先生说吃菜能长生不老，那靠中国蔬菜过日子的日本人还不得集体上吊啊。

忽悠不可不慎也。这是中国作为一个大国必须承担的国际责任啊，老萨把那包该死的绿豆塞进行李箱，严肃地想到。

朋友评论

“八嘎，让老娘跑路减肥吗？！老实买四斤绿豆回来，不然家法伺候！

呃，是是，太座请放心……”

Haha，从妾一下变成老娘……这个语气变化好大！

漫谈“安卡瓦”

陪老娘过完年，惦记着家里两个魔女是否贤淑，于是匆匆赶回日本检查。还没下飞机，忽然想起朋友的嘱咐来：这次回去，可别再提鱼的事儿了。这么说是提醒老萨前车之鉴：上次回去，一见我家小魔，人家问了：“夫君在大唐多日，于扶桑有所思乎？”

“当然，”老萨说，“想啊，想得紧。”

魔女接着问：“那你最想啥呢？”

“鱼，日本的鱼！”萨不假思索地回答。

结果，那回小魔咬牙切齿之下，一个星期家里都没买鱼……

这次，可不能犯类似错误了。不妨在下飞机之前说说，等下了飞机，就要不动声色也。

周围都是上好的渔场，日本的鱼可称味中一绝，新鲜而且品种丰富。就像作为大陆民族，我国古代把马分成无数种一样，居于大海之中的日本人也把鱼分成无数种，每一种鱼甚至一种鱼的不同部位，又有不同做法来体现其各自的美味。可以说日本的食文化就是建立在鱼上的，难怪在日本吃海鲜容易把人口味吃刁。比如两盘生鱼片，都是同一种鱼，细细品味，竟然一个柔韧，一个丰腴，但都同样新鲜。问过大师傅才知道，原来一个是闷死的，一个是活杀的。这种区别在吃惯冷冻海鱼的老萨看来，实在是微妙得过分了。

日本人对此却十分自豪，他们说古代曾向中国学了无数的好东西，包括料理的手艺，但始终坚持少放调料，特别是少放盐酱，以至于今天日本菜依然是以清淡著称。这样做的好处呢，他们说一个重要原因，就是为了保持自己舌头

◎ 生鱼片寿司

品味海鲜时的敏锐。

有趣的是我认识的几个江南朋友，也有这个本事，大约因为他们的家乡菜也是清淡。

在日本吃鱼，会让人感到是一种艺术。在生鱼片寿司中，金枪鱼固然是精品，但萨更爱吃一种叫做“安卡瓦（えんがわ）”的。这种寿司取的是新鲜比目鱼侧腹处肉，放在饭团上做成，和其他品种相比，材料并不算名贵，但吃起来却是喷香满口，而且越嚼越香。更有一番好处是，这道菜只有在寿司店才能吃到那样好的，自己做，就无论如何差些成色。

日本超市中就有新鲜鱼卖，无论鲷鱼还是飞鱼，萨都曾自己切来做生鱼片，虽然形状不敢恭维，味道总还是八九不离十。唯独这一种，就是不成。即便是从寿司店打包买回家，味道也打些折扣。

越是做不成的事情，越喜欢琢磨，于是，有一天忍不住向寿司店的老板打听。

那老板哈哈大笑，说你的体会很对啊，这“安卡瓦”是寿司里的茅台，原材料一般，讲究的是工艺。它的独特美味来自比目鱼肉中含有的一种油脂，这种油脂集中在比目鱼侧腹处，成分类似榛子油，所以越嚼越香。但是，一旦鱼肉不足够新鲜，或者加以烹饪，这种油脂就会氧化而变味，因此，红烧比目鱼吃不出“安卡瓦”的味道。

但仅仅新鲜还是不够的，如果吃出鱼腥味，那“安卡瓦”的味道又要打折扣。本来比目鱼是海鲜，但这道寿司的特点偏偏是避免你吃出海的味道。怎样去除鱼腥味儿，就成为日本寿司师傅百般探究的技艺了。一般寿司要用海苔包裹，因为这个原因，“安卡瓦”是不用海苔的，相反在鱼肉与米饭之间夹一片翠绿的紫苏叶，用紫苏叶子的清香来调节鱼片的本来味道。

“那么，我自己做，也放紫苏叶，为何也没有这样好的味道呢？”萨问。

老板倒不藏私，笑道，这就是“安卡瓦”要在寿司店吃的原因了！关键在于鱼片下面的饭团。这种饭团做的时候加入了醋和糖，具有很好的解腻去腥效果。更重要的是，把鱼片和米饭放在一起时，如果米饭的温度过高，就会变相对鱼片加温，影响其味道；如果过低呢，你想，鱼肉和冷饭团在一起吃下去，多多少少地你的胃肠会有些不愉快的反应。

所以，只有寿司店，一边有极新鲜的鱼片，另一边把饭团放到微凉，压上鱼片和紫苏叶，送到你面前，吃的时候，鱼是冷而新鲜的，饭团中心却是微温的，加上淡淡的米醋与糖的味道，咀嚼起来回味无穷，这才是真正的“安卡瓦”。

萨听了大摇其头，想不到合人民币七八块钱一盘的一碟子寿司，竟然有这样大的学问，竟是天时、地利、人和缺一不可。

这次回去，大约又可以大快朵颐一番了吧。萨这样想着，忍不住一边写，一边摇头晃脑起来。

飞机邻座的朋友看了奇怪，相问，萨把这精神会餐的前后如实以告。那位十分感慨，说你看日本这地方多好，我们老家也在海边，可都污染了，再新鲜的海物，也不敢生吃啊。

两人一同欷歔一番，飞机就到了目的地。

下飞机，自然是魔女来接，小小魔女拥抱，献吻，掏兜……陶醉之后，忍不住摸摸闺女的小手。

这一摸之下，却有些异样，丫头的手怎么不像走时候那样细嫩了？

小小魔女立刻明白了爸爸的意思，委屈地告妈妈的状，都是她，一天让我洗 10 次手，所以才“嘎啦嘎啦（日语，粗糙的意思）”的了！

日本这地方当老公的多少还有三分威势，小魔女赶紧趋步上前，禀告详情：夫君有所不知，咱们市如今闹了“鸟瘟”，怕她被感染，只好多洗几次手了。

鸟瘟？萨一愣，想想俺们中土没这个说法吧，又是网上少女团的创造？后来才知道这俩字属于魔女又一次效仿仓颉的成果。

小魔女颠三倒四地解释一番，萨才明白了原委。原来，我们住的那个小城，本来是海鸟过冬之地，到了这个季节湖边水畔万鸟云集，本来是城市一景。不料前几天扫街的发现了一只死鸟，经化验竟然有“鸟瘟”病毒，据说这东西如果传到人身上就是不治之症，比当年的猪流感还厉害。消息传出，人心大乱，虽然没有全城戒严，但已经是到处风声鹤唳，索性休假举家逃走者有之，跑到医院乱打疫苗者有之，像小小魔女这样被勒令一天洗十回手的，尚属理智家庭……

鸟瘟……猪流感……萨忽然灵机一动，这不是禽流感吗？！

看着小魔连连点头，一副恍然模样，心头忽然忍不住暗中一叹：净土这种东西，恐怕这个世界上，是根本不存在的吧。

朋友评论

这就是就地取材吧，就像陕西一样，一个面能给你做出几百种做法来。

珍珠翡翠白玉汤

夜宵，一片全麦的面包上抹了厚厚的黄油，香喷喷地勾人食欲。

看着萨垂涎欲滴的样子，小魔女欲哭无泪，都怪我啊，这可绝对是长肉的东西，你就不怕心脏病、高血压、脂肪肝……

当然，在萨执著的目光之下，她完全明白这就像和尚想劝人戒赌一样希望渺茫。

小魔女这样自责，是很有道理的，放出潘多拉盒子里魔鬼的，正是它的同类:)

那天，萨回家稍晚，进门的时候，正看到小魔女高挽了头发，扎了围裙在做饭。说来我家的伙食，萨下手的时候居多，谁叫中国食文化名声在外呢？但若是回去太晚，小魔女可不是甘心饿死的良善之辈，也会不时地走进厨房。

这种时候，萨总是极尽鼓励之责，一番夸赞之下赢得魔女眉开眼笑。说起来，小丫头还真有两手绝活，今天，看来做的是欧式烤鱼。所谓欧式烤鱼，做法并不复杂，是用锡箔裹了新鲜的大马哈鱼，加上蘑菇、香菌等辅料，撒上花椒盐，放上黄油封好，在炒锅中烤上10分钟就算完成，味道一贯不错。

萨给LP倒上一杯冰镇可乐，看到那块准备做菜的黄油嫩黄可爱，随手切了一片尝尝。

“等等，”萨说，“这黄油哪儿买的？”

“有……有什么不对么？”小魔女目光闪烁，一副心虚的模样。

萨又切了一片，抹在一片面包上，咬上一口，闭上眼睛细细品来，舌尖上，一种熟悉而久违的味道仿佛昔日重来。这黄油的味道的确特别啊。

萨干吗对一块黄油如此认真呢？这不怪我，因为这牵涉到萨的名誉呢。

早年，黄油可曾经是萨的偏爱呢。还是上小学的时候，有一次暑假住进了北京农机化研究所。那时的农机化研究所地处京郊，环境优美，空气清新，体育场跑道周围，雨后的草地青翠欲滴，简直可以比得上后世的度假村。萨有机会上这儿来，是因为那时萨的老娘在这儿上班，近水楼台先得月。当时刚刚粉碎“四人帮”不久，百废俱兴，许多知识分子得以重返工作岗位一展抱负，所里工作的人心情看来都很好，整天忙忙碌碌但笑声不断，也许因为这个原因，让我对那个地方至今多有好感。

不要以为搞农机的会把自己弄得头脑简单四肢发达，和萨娘一个研究室做喷灌项目的张云端研究员，气质温文，风度绝佳，今天思来《第二次握手》中的丁洁琼也不过如此。然而，要论深受尊敬，那就要数杨申教授了。大家说，杨先生那才是真有本事的，“文化大革命”的时候学生们批斗教授，说老先生浪得虚名，开来个拖拉机要“考教授”，结果杨教授把眼睛蒙上，在十几个学生围攻下舌战群儒，对答如流！

无奈的学生愣了，商量之后只好改批杨教授“白专”。

大家说，杨先生可不是等闲人物，留苏的高才生，回国就是专家待遇，吃的面包上黄油要抹那么厚。说话的人用手指比出不同的厚度，总之都是表示杨教授何等腐败，口气或羡或妒。

听了这样的评论，萨觉得黄油一定是非常好吃的东西。

那时候，商店里边肉都看不着，有谁会买得到黄油呢？巧得很，这农机化所不是农业口嘛，自然农林水产方面的好东西会经常作为“样品”送来给大家尝鲜，算是知识分子们难得占便宜的机会。萨住了几天，就有内蒙古自治区的某个企业送来大量成块的黄油，堆在食堂里，供大家吃馒头面包时自由取食。

现在分析，一来当时内蒙古自治区的黄油的确质量好，味道好；二来早就有心理暗示；三来可以白吃的东西总是比较香。萨当时觉得天底下最好吃的东西，莫过于烤馒头片抹黄油了，那种油脂的香味可以让人把舌头卷进肚里去。萨前生不会是耗子或者狸这类爱吃油的动物吧？

值得一提的是杨申先生虽然“吃的面包上黄油要抹那么厚”，本人却瘦得像精品专辑，可见吃黄油会长肉属于一种谬论。大家对此自有看法，说杨申教授其人得名，盖因生肖为猴，“申猴酉鸡”嘛，既然如此，您见过猴有胖的吗？

如此吃了几天，再想吃，人家说没了，佐餐的改四川农场送来的榨菜了。以后可就没了机会，一直到20世纪90年代，自己挣了钱，在机场工作的时候，便施施然地买了一块黄油来犒劳自己，却完全不是那个味儿。

郁闷中，和同宿舍的大高说起来，大高笑道你这是珍珠翡翠白玉汤啊。你那时候喜欢吃，是因为肚里没油水，现在天天炖牛肉吃着，还能吃出一样的味儿来吗？

看来萨也只好接受这个解释了。不过，萨自诩是个恋旧的人，杏话梅，到现在想想还流口水，炒土豆丝，每次必吃得风卷残云，这口味并没有什么变化，怎么唯独在黄油上不一样了呢？

萨的结论是——机场卖的这玩意儿不正宗。

的确不正宗，我当年吃的黄油是一股清香略带杏仁味，这怎么是咸的呢？找人问了，才知道黄油分加盐的和不加盐的两种，后者还要贵一些。但是，买了无盐的黄油，也没有那种记忆中的美味，我的感觉

◎ 日本的黄油可算品种多样，咋就吃不出当年的味儿了呢。

还是不正宗。此后走了很多地方，吃过了世界各处的黄油，但那种“正宗”的黄油味道，始终可遇不可求，使我猜测世界各地的黄油贩子都染上了偷工减料的毛病。萨曾经在奥马哈的黄油专卖商店里连买了四种当地最有名的黄油试吃，依然觉得不够正宗，弄得那黄油师傅眼睛瞪得跟铜铃一样大，怎么也不明白这位中国小爷的口味怎么这么刁。

后来，我自己也不得不承认，萨可能的确是也有那个什么“珍珠翡翠白玉汤”综合征吧。可是，刚才那一口，一下推翻了我的结论，这个味道，正是我梦寐以求的啊，难道……难道是内蒙古自治区把最正宗的黄油卖到日本来了？！

却听小魔女吞吞吐吐地说，萨，对不起啊，家里的黄油用完了，我买的时候随手买错了，买了块北海道的发酵黄油，这东西味道有点儿怪，那个……咱们凑合一下？

啊，发酵的黄油？

对啊。小魔看我不像不能接受的样子，找到包装盒递了过来。

果然，上面赫然印着“发酵黄油”的字样，再尝一口，入口香甜，回味中带着一点儿淡淡的酸味，正是当年内蒙古自治区黄油的本色。

哦，终于明白了一直吃不到“正宗黄油”的原因。萨恍然大悟——原来，那次内蒙古自治区送来的“新产品”，正是试验发酵后做出来的“发酵黄油”，要不，怎么能叫“新”呢？可是，萨就一直把这种东西当成了“最正宗的黄油”，照这个方法去找“正宗黄油”，那还能找得到吗？

把这件事和小魔说了，萨说，我就觉得嘛，自己不至于弄出珍珠翡翠白玉汤的段子来。小魔当时只觉得很有趣，而且坚决反对我的看法，认为发酵了的黄油是便宜货，味道也远不如平时吃的正牌子货，很不理解萨为何这样没品位。不过等发现后，萨接连两个星期天天弄一块面包，“面包上黄油要抹那么厚”当夜宵，却是对自己的引狼入室追悔莫及了。

从这件事我得出了一个结论：当你认定了的东西怎么看怎么不是那么回事儿，要么，是你错了，要么……是全世界人民都错了……

朋友评论

1. 唉，真有同感啊，我对啤酒的感觉也是这样的，现在就是找不回小时喝啤酒的感觉了。记的小时候，那是1978年或1979年，当时没有瓶装的啤酒卖（至少我当时没看到过）。到了夏天，傍晚时，经常有商贩用那种食堂装开水的铁桶装着啤酒用三轮车载着卖，忘了是五分还是一角一茶杯的，晚饭后喝那么一杯真是好喝啊，那口感：带着点微微的苦，清清的，香香的。后来据说有了啤酒厂卖瓶装的了，很贵的，大家可喝不起，啤酒的香味就这么定格在脑海中了。到了长大了，可以自己掏钱随便买啤酒喝了，不管是什么生啤鲜啤国产国外的，清爽型的，杀口味重的，可就是没那味道了，就是没那感觉了。

2. 喜欢今天这段子，让身在国外的我也顿生思乡的情愫。谢谢！

一杯咖啡与一声问候

转眼，又是一个通宵，放下电脑，看到窗外已经一片朝霞。

昨晚临睡的时候，忽然接到电话，线路故障。于是没有办法，只好忙碌起来。照业务部门说法，整个亚洲每小时都有几万用户跟扫地似的刷卡呢，你这儿修不通，给多少人民的心灵带来伤害啊。

系统涉及印度、国内、澳大利亚、日本，技术支持来自四个公司八个不同的组，到夜里两点钟，勉强查清了问题发生的节点。其他几家一拥而上把那家出事儿的公司代表骂了个狗血喷头，搁谁大周末的半夜不睡赶这个也脾气好不了，但总的来说气氛还热烈。

3点，修正系统路由失败，想想为了避免影响业务，用国际长途电话线路连通各地，构建临时使用的网络。这玩意儿可是烧钱的，一打一天您试试价钱，所谓暴利事业。这个，我不能自己决定的。

4点，完成设计后，把管事儿的从睡梦中叫醒，真不含糊，说，我马上跑公司，你在家等着吧。

4：40，管事儿的到达公司，开始临时网络建设。开始熬夜干活，还间或写点儿东西，到此时已经都顾不上了。

5：30，各部门准备就绪，等待启动时，去喝口水，觉得眼前看东西都是模糊的，盯屏幕时间太久了。

走到楼梯口，看到小魔女从楼上迷迷糊糊地走下来，原来是给我送个毯子来，怕夜里温度低。一边还嘱咐我吃两块巧克力补充一下。太太一起吃？不行，吃完了就睡，你让我长肉？？？……

我这儿快二十六个字母都分不清了，人家还琢磨减肥呢，这世界不公平啊。

6：30，系统新建完毕。赶在7点各处大机数据同步之前系统作好工作准备。

等到大机互连完毕，出口气，才发现小魔女在一边熬咖啡。什么时候下来的？不知道。

喝一口热咖啡，小魔问："今天上午能歇一歇？"我说："恐怕不行，故障没有排除呢。"说完，又埋头在机器前面。再抬头，已经是此时。

说不出的疲劳，又有一种愉快。

每当完成一件工作的时候，疲劳，但是真实的感觉，大约是工程师独有的生活了。辛苦，可是活得纯粹。

妻在桌上留了一张纸条："下午早点回来，好好休息一下。"落款是"我们两个"——忽然想起，楼上还有一个自始至终呼呼大睡的小东西呢。

一笑，虽然艰苦，人生总有很多让你快乐的地方。

朋友评论

1. 向老萨道声辛苦了！有小魔女与小小魔女，相信多大的困难都能闲庭信步地度过。

2. 看老萨的描述，想起张贤亮在《爱情三部曲》中对劳动的描述，疲劳、愉快、成就感。

3. 如果你觉得生活枯燥，请你像毛泽东他老人家号召的那样，去到劳苦大众中生活一段时间，做一回农民、农民工或煤矿工等，保你一生幸福长久。

萨尔摩斯探案圣诞邮包

福尔摩斯人人都想做，萨也不例外，不过总是时灵时不灵的，所以，只能打个折扣，叫“萨尔摩斯”了。

圣诞节快到，北京的家人寄来了邮包。和每年一样，百宝箱似的，从小小魔女的棒棒糖到给我的天津大麻花应有尽有。萨爹萨娘总是把日本当非洲，生怕我们吃不到好东西呢，按说，他们也是来过的嘛……

一笑，满屋都是大麻花的香味。

再看小魔女和小小魔女，一个抱着棒棒糖，一个抱着萨娘在苏州买的缎子吴服，都已经进入兽化状态，不禁想起了赵忠祥老师在《动物世界》节目里那段旁白：“这，就是野生动物的节日。”

略一沉吟，萨尔摩斯告诉正抱着吴服对镜子做柔软体操表演的小魔女，这个，肯定是妈去邮局寄的。

嗯？小魔女从兽化状态清醒过来，看看箱子里的东西，龙虾酥、金华火腿、琥珀桃仁……这么多吃的，应该是妈去采购的，不过，挺沉的，也没准儿是爸去寄的吧。

萨尔摩斯道：“不会，肯定是妈。”

何以见得？

你看这个邮包上的字啊。萨决定给魔女上上逻辑课，虽说女子多是感性动物，但鼓捣药罐子这么多年，魔女应该还有同时做感性动物和理性动物的可能。

对邮包上的字迹进行分析，显示发这个邮包，萨爹萨娘都插手的——地址，肯定是萨爹写的，他的字清秀而规整，仿佛钢笔字帖；邮包内容，看来是萨娘添上的，她的字如成龙打醉八仙，天马行空。（忽然想到，无论哪个，这辈子我是都赶不上了，他们背后会不会说我的坏话，什么“XXX下XX，一代不如一代”啥的？不会，这俩人都自尊心特强，绝不会把自己和黄鼬这类东西联系起来的。）

把这个发现介绍给魔女，萨尔摩斯总结道：“所以呢，这个邮包肯定是爸装好，写了地址，妈送去邮局，在邮局添上的内容，因为她路上还可能买东西往里塞嘛。”

魔女大为赞同。

“不过，还有更明显的证据。”萨是学文科的，深知论证历史问题（邮寄邮包是历史问题吗？这个，当然算……算当代史好啦）要严谨，是不能只靠孤证的。这个更明显的证据，就是箱中居然有几本当月的杂志，这只能是萨娘干的。

到邮局寄东西十公斤以内价钱一样，要是萨爹办事呢，那十公斤就是十公斤，出门之前肯定秤过的，到邮局每次都是秤高高的刚好差一线，扔个花生上去就超，让邮递员佩服得不得了。萨娘呢，人家自己说了“学工的，什么东西装不上，当当两榔头就进去了”。这要换到数学界，足以给模糊数学开辟新领域了。所以，她装邮箱不是多点儿，就是少点儿。要是多呢，自然是拿点儿琥珀桃仁出来当回程路上的零嘴了；要是少点儿呢，她就会从旁边的报摊上随手买两本杂志放进去，把分量凑足，她知道这东西我和魔女都是极为欢迎的。

既然邮包里出现了新杂志，那就肯定是萨娘干的无疑。

听完萨尔摩斯逻辑清晰、充分有力的分析，魔女的表情还有什么好说的？那就只有崇拜的份儿了呗。

得意中电话铃响了，一接，原来是萨爹。老爷子是放心不下邮包，说我去邮局的时候人家说一个星期就到，这都8天了，还没到吗。

哦，老爸放心，已经到了，我们正在点库呢……嗯，爸，是您去邮局寄的不是我妈？！

对啊，我还差点忘了写邮包的内容呢，幸好你妈发现了。这几天天气好，忙着去天坛照几张好照片，做事情有点儿马虎。萨爹的话透着实诚，这人有老习惯，喜欢主动作自我批评。

那……那杂志……

哦，我加的，当时分量差点儿。怎么，有什么不对吗？

没……爸，小魔女有事儿找我，有话咱们邮件里说啊。

挂了电话，看着表情不悦的魔女，心想刚才的话不会让这丫头听了去吧，那对萨尔摩斯的声誉可是要命的打击哦。

“萨，我的钥匙找不到了，你帮我找找。”魔女看来心不在焉。

“怎么搞的，这个月都丢了三回了。”萨赶紧起来帮着找，“你以前可不是这样啊，结婚以前看你什么东西都小瓶子小罐子的收拾得很严谨……”

“还不是你传染的？”魔女抢白起来。

“嗯？我传染的？”萨正要反驳，眼角瞥见了那个邮包，脑筋骤然短路，“传染？你说传染？呵呵，传染啊。”

一下子想起来，这些年来，萨娘好像越来越不像个学工的了，来日本的时候居然自己每天晚上弄个小本一五一十地写起第二天的日程来，和我记忆里那个走路都虎虎生风的家伙大相径庭；萨爹呢，好像倒变得越来越粗糙，出去一溜达几个钟头毫无计划，回来还振振有词曰：反正我又丢不了……这是学数学的吗？

传染啊……这夫妻做久了啊……

小魔女催促了：“哎，发什么愣？你快来帮我找啊，现在你找东西好像比我成功率高似的。”

哈哈，就来就来。

真相嘛，不急不急，日子长呢，萨尔摩斯还大有提高的余地哦。

附：萨娘关于萨尔摩斯的评论

关于萨尔摩斯，有话要说：光能判断邮包是爹寄还是娘寄，这智商也太低了，佳尔摩斯（小小魔女名佳——萨注）的水平！当年福爷凭一点点蛛丝马迹就可破大案，靠的就是细致地观察和详尽地推理。比如这邮包，若是福尔摩斯，除了可以判断是何人邮寄外，还可以分析出：

里面的各样礼品，从什么地方买的？如：样子新颖大方的服装出自上海；丝绸制品出自苏杭；茴香豆来自孔乙己的家乡绍兴；购自北京的衣服食品哪些是从超市购买？哪些是从大商场购买？哪些是从金五星小商品市场购买？……

邮包走的路线是空水陆，哪段走空？哪段走海？哪段走陆？如果知道了天津塘沽港到神户的航运时刻表（每周一起航），则可分析出从12月12日寄出，几日到天津，几日到神户，几日到伊丹。

邮包中的食品是有针对性的，哪样给谁……

……

偶这个娘摩斯如何？

朋友评论

1. 浓浓天下父母心！萨兄是个被爱包围的人，好好享受吧！！！！！

2. “日本不是非洲，不过确实不会有天津麻花的”——对麻花来说就是非洲。

在日本成了中箭虎

早晨，老萨刚刚睁开眼，小魔女已经端着早餐盘子送到床头了，外加洗漱用具。老萨擦完脸随手把毛巾一丢，问小魔女，抹面包的黄油呢？去拿来，难道要你家夫君自己去……

我去拿，我去拿。小魔连连点头，举着洗脸盆走去，一会儿回来，把黄油放在桌子上……

对于我等20世纪70年代出生的男生来说，这幅场景是否有些怪异？何况俺家小魔虽然号称淑女，那是对外边人的，谁都知道，这淑女到了家里，那就是魔女的平方啊！

不过，这可不是梦里，这就是老萨家今天早上的真实场面。

按说，老萨在家里是小小魔坐骑那个级别的，不该有这个待遇啊？这都是因为老萨逞能的后果。

逞能的原因，是昨天伊丹市召开城市运动会。日本这种运动会每个城市都经常举行，虽然规模不小，但上场的都是“素人”——也就是说，只有业余选手参加。日本人据说二战后吃美国面粉吃出了名堂，发现吃面可以让人比吃米长得高，所以现在身材已经不能用“小日本”形容了。但是，小时候不穿开裆裤的结果是大多数日本人多少有点儿罗圈腿，这对长跑影响不大，短跑可就要命了。您想啊，咱们短跑朝后蹬腿，发力的方向是一条直线，日本人呢，一发力就是一个弹性与阻尼的复合方程式。

所以，除了少数经过专业训练解决了方程式问题的日本职业选手，老萨在这种运动会上一向可以欺负欺负他们。今年也是一样，小魔帮老萨报名，参加一百米竞赛。这个项目我在大学算是强项。

当年咱是学生干部，经常上草地去抓人家成双成对、情不自禁的。按规矩上去就是一拍肩膀：“同学，这样不文明。”然后呢？然后你就准备撒腿狂奔吧。兄弟曾经亲眼目睹一位东北老大被拍了肩膀以后抄起一辆自行车就冲过来的场面，活像一头他们老家的猛犸。

学生干部不是团委正式编制，人家可不给你算工伤。最多，给那打人的小子一个处分。那只能助长对方的嚣张气焰。须知，为这个处分那女生八成会死心塌地地跟了那小子，老婆和处分，孰轻孰重，只要不缺心眼谁都明白。

就这么练的，北师大的学生干部个个都是短跑好手。现在老萨虽然胖了点，底子还在，所以，这个项目每次老萨报名，不是金牌也是银牌，他们市长发奖发得都认识我了，但就是琢磨不清楚这人在哪儿练出来的。结果，这次也不出所料，拿了冠军。

◎ “中箭虎”沦为小小魔的坐骑。

拿了块金牌，让老萨有点儿趾高气扬，偏巧小魔跑来，说他们部门出战二百米折返跑接力，有一个出场的路上出了事故，至今没到，他们课长问我能不能补补台。

行啊，老萨没细想，顺口就答应了。

做准备活动的时候，觉得左腿有一点儿发涩，好像有一点儿轻度拉伤，当时也没在意。老萨忘了，平时总是坐办公室，运动少了，一点儿小问题当年不算什么，到今天这个身体上，就不一样了。

估计穿越过去的，多有这样体验。

结果，到出场的时候，前二百米一切顺利，转身的时候，刚一蹬腿发力，忽然觉得好像有人在我大腿后面，就是刚才觉得有点儿拉伤的地方狠狠打了一棍子。当时就不成了，强行试了几步，感到疼痛难耐，而且这条腿完全不给劲儿。《水浒》里有个中箭虎丁得孙，估计这位老兄每天都是这个感觉。

示意裁判退出，勉强蹦到旁边草地上，已经满头大汗。日本这种运动会都有本地区住着的大夫客串医生，于是组委会的医生匆忙跑来，一看就说不要乱动了，放了一个冰袋。让老萨贴在腿后，这样总算好了些。事后，医院确认是左大腿后侧肌肉群拉伤，可能还有韧带损伤，估计要拄一个星期的拐杖，每天敷药按摩，问题倒是不大。

这您就明白小魔女干吗那样贤妻良母了，她有责任啊。这事儿固然是老萨逞能，但若不是这日本媳妇好大喜功，老萨想逞能也没机会嘛。当然，还有一个原因是老萨这两天腿脚也的确不灵活。

在医院，我问那位大夫怎么这样轻易就伤了。那日本大夫不像是给霍元甲看病的那种，还比较实在，嘀里嘟噜地说了一大串。末了，我差不多听明白了，说的是我这种整天坐办公室的，肌肉里自然会含有较多脂肪，于是呢，就会变得比较松软。我们这种家伙呢，通常喜欢去健身房锻炼，把一部分肌肉变得柔韧性较好，较坚韧。但是如果锻炼不够得法，又会让你的肌肉变得不平衡。于是，一发力，不同质地肌肉的交界处就容易撕裂了。多少是明白些了，这也让我想和同样坐办公室较多的朋友分享一下这次受伤的体会，第一不要逞能，第二办公室里的锻炼大约永远不能代替出去跑跑跳跳。

有断层的地方就容易地震，你明白吗？大夫问，日本这地方素来地震多，所以连大夫打比方都用地震，还挺专业。

这种专业的说法反而让我糊涂，萨想了想，从随身带的笔记本里找了张图片问他：“你是不是说我的肌肉基本是这个样子的？”

那位地震大夫扶扶眼镜，看了以后连连点头，对的，对的，就是这个样子……

哦，看来我的理解力还是蛮不错的。

高级火腿，肥瘦相间，1900日元一磅…………

朋友评论

1. 哇哈哈，老萨的腿原来如此值钱！今后兄弟们既不必炒股票也不必炒黄金，去割老萨的大腿！

2. 问候老萨一下。虽然金价涨了，您了也不用这么拼命地去夺金吧。

3. 好好养伤吧，争取日后把肥瘦相间的火腿，锻炼到精瘦肉哦：)

有老婆不怕吃错药

吃错了东西的事情有的时候在所难免，吃了坏东西拉肚子什么的算是受罪，但就是吃错了好东西，也一样抓狂。

萨那口子小魔女当过二把刀的药剂师，曾经给人发错药，吓得药剂科主任报警堵截那位不幸的患者，幸好及时追回，没造成太大问题。他们头儿说这个不得了，有些药吃错了可能会闹得人满街乱跑呢，跟《二子开店》里面的陈强老板一样，要不怎么我们开玩笑总说某些不正常的家伙是“吃错了药”呢？

这不全是玩笑，中药挺神奇的，你看着是毒药，偏偏有人吃了它就是越毒越精神；你看着是好东西，偏偏有人吃了它就要死要活的。

萨爹单位就有这样一位，那还是他参加“四清运动”的时候。四清，名字清，那伙食更清，工作干完，萨爹那么规矩的人，从潭柘寺山里出来愣抢了一卖油饼的。实在是太缺油水了。那时候有一位金先生也跟着进山，同样没油水，却在山上发现一奇怪的植物，细细看来，竟然是一棵人参！老山参长到六七两，怕不要百年的工夫？那时候见这类东西要交公的，金先生没舍得，偷偷瞒过了大家，回到家中，吩咐老妻弄点儿肉来，美美地炖了一锅。

谁知道就是这样一下子，金先生差点儿把命搭进去，当晚燥热难耐，汗出如浆，血管像活了一样全身乱蹦。熬到早晨，老金夫妻一样，烧得嘴唇爆皮，面色发紫。没办法，只好到医务室就诊。那医务室负责的大夫人称“侯一趟”，意思是医道高明，一趟就好，或者是医道太可怕，去了就不用回来，怎么解释的都有。侯一趟看了，并不着急，就和老金说：“您讲实话，是不是吃了什么不该吃的东西了？”

老金害怕，哪儿敢说实话呢，一口咬定没有。

侯一趟说那我没办法了，您回去好好想想再来吧。

老金勉强回家，金太太吃得少，稍微好些，这时候也撑不住，大冬天的找工人把暖气停了，依然燥热难当，全身起豆绿色的疹子，心里起火，只把老金一阵的乱骂；老金本来就上火，再吃了骂，第二天早晨照镜子，觉得简直不认识自己，快成猪头了。没办法，二访侯一趟。

侯一趟还是那句话：“你吃了什么不该吃的东西啦？”

老金本来大概想顽抗到底，不过那时候还没入党，到底算不上特殊材料，实在忍不住了灵机一动，道：“我吃了一根萝卜那样的东西。”

侯一趟大笑，人家本来不是为了整人，无非是看老金好笑寻个开心，大笔一挥，药方开好了给老金拿去。

老金拿了药回去，看看方子觉得不对，回过头来三访侯一趟：“侯大夫啊，你这药对吗，我的和我老婆的怎么不一样啊？”

侯大夫一皱眉：“没错，吃了准好。”

就回去煎药了。吃下去可好，金夫人吃了药就发烧，就睡，睡了一天一夜，爬起来喝点儿水，也不思茶饭，倒头接着睡。连睡三天，连烧三天，第四天起来，疹子下去了，只觉得神清气爽，就此痊愈。

金先生就惨了，吃完了就奔厕所，长江黄河，一发不可收拾。出来没几分钟，又进去了，也是连

◎ 大补之药——“萝卜那样的东西”。

泻了三天，那时候的公共厕所味道可怕，环境宜人，老金把家里准备送人的两条礼花香烟抽得一干二净。到了头晕眼花的地步，也算恢复了。

再见着侯一趟，老金说：“侯大夫，你就损吧。”侯大夫微笑不语。他自有他的道理，那金先生壮得跟一条牛似的，再狂补一气，非这种大泻恐怕不能解决问题，而金太太身材瘦小，要是用同样的办法恐怕要出人命。

这个，是侯一趟和萨爹聊天说起来的。这夫妻两个，此后几年都是身体特别好。我也有过一次吃错了东西的笑话，不过那和药没关系。

在青岛做项目期间，晚上在丽晶饭店吃饭，看到一道甲鱼烧二冬，觉得新鲜，就来了一份。人家上菜，看我是一个人吃，便说那是广东来的特色甲鱼，好是好，一般几个人点一份，我闻了香味很诱人，说没关系，我胃口好。厨子欲言又止，但还是给端上来了。

量也不大，我也没在意，等到吃完了就不行了，回到房间，怎么待着怎么不对味，老想砸人家玻璃。睡不着，全身发热，心里明白这大师傅没坑人，真是好东西。问题这个都是给老年人进补的，我那时候二十啷当岁，吃了招架不住啊。

最后，半夜两点钟给药师老婆小魔女打电话，问她有什么办法没有。嘿，到底是专业人士啊，真有办法。她让我到浴池里，放满了水，比体温稍低，泡着！

别说，还真管用，就是有一段酒店的热水没了，兄弟狂打他们值班经理的电话投诉，人家那叫一个佩服：“萨先生，您真行，我们早晨4点没热水您都能发现……”

到现在，我对广东的甲鱼还有点儿心有余悸。

不过，讲某人“吃错了药”，是一种诙谐的说法，意思是对方脑袋有问题，可如果真的吃错了药，怎么办呢？想到这个话题，觉得有趣，我那口子二把刀药师说真的吃错了药，一般来说科学的办法是尽快排泄出体外为好，但萨以前看过一个笔记故事，则反其道而行之。

好像是《阅微草堂笔记》，里面记载有个村妇和公婆不和斗气，一时想不

◎ 学药的小魔女总让我想起月亮里那个捣药的兔子，不过，据说那是个西游记里的妖怪。

开误服盐卤，等明白过来犯不着的，那药劲儿也开始发作了，俗话说泼水难收，想死容易，求活就有点儿费劲儿，一时周围的人束手无策。这时候有个老太太从门外飞奔进来，大叫道："速取豆浆来给她喝！"

豆浆？

众人怀疑中，这老妇忙道，我是前村老狐，受过家主恩义，久思报答，特来献方，切勿疑惑。说完不见。众人连忙灌以豆浆，有没有加两根油条不知道，反正村妇吃完这早点，也就转危为安。村人惊为神奇，称为"狐验方"，就此流传。记录笔记的时候，纪晓岚想明白了，这个很有科学依据嘛，因为豆浆碰上盐卤，就会变成豆腐，盐卤被豆浆消耗掉，当然就不能入血造成中毒了。不过，这村妇或许还需要吃些大葱，否则狂吃一肚子豆腐，会挺胀肚不舒服的。

朋友评论

听厨师朋友说过，那个甲鱼不光是甲鱼，里面还有中药，劲头很大的。

中华料理事魔女

晚上回家下厨，一个星期没做菜了，问小魔女：“今天吃点儿什么好呢？”

“四鲜烤麸能做吗？”

“嗯，没问题，材料还有呢。”

“那好啊，再加一个拌黄瓜，一个清炒荷兰豆行吗？”

瞧，这就是我们最近的伙食。

现在到了周末，我们都喜欢吃素，开玩笑说——斋戒。这是因为平时油腻吃得比较多，周末有时间想做得精细，就是素菜为上了。

我们最开始喜欢上吃素菜，还是在小小魔女没出生的时候呢。

自从肚里藏了个小东西，小魔女就时不时地往医院跑跑，她这人好奇，从B超里看看小家伙，回来就会大呼小叫——喂喂萨，你那闺女长鼻子了耶！（萨嗯嗯两声，暗道，没鼻子那是神马），喂喂萨，你那闺女还吃手指头哦！（萨嗯嗯两声，暗想，难道戴安娜投胎过来啦？不会吧，这么久……）

这次从医院检查回来，小魔女却没什么汇报表演，倒有些茶饭不思，目光呆滞。萨看在眼里，心中暗暗琢磨：六脉调合，面带红光，家里药箱子没变化，不该是看出了什么毛病，那，肯定是让大夫整出

◎ 四鲜烤麸

啥心理问题了。别看这帮日本大夫医术大多二百五，吓唬人可是行家，把阑尾炎说得和心脏搭桥一样惊心动魄是他们的拿手好戏。不过，魔女自己就是学药的，如果想把她吓着并不容易，看来这大夫着实有些功底。

于是旁敲侧击，果然，小魔女愁眉苦脸地说："萨，不对劲儿啊，大夫说咱体重超标耶，生个大胖娃好极，要是将来我也变成上下一边粗，那可咋办耶？！"

萨说，上下一边粗也不见得都是水桶，我国著名小说家金庸还说过一种情况也是上下一边粗，叫做"人棍"……

小魔女冷笑一声：别以为我没看过《鹿鼎记》，都是汉字，蒙谁啊？这事都是你的责任，要不是你这家伙今天红烧蹄髈，明天香酥鸡翅，我会变成这个模样吗？！

萨说，要不，咱吃几天方便面，校正一下。

魔女翻翻眼睛，糊弄我啊？你不是说中华料理博大精深吗？不是还和陆师傅学过手艺吗？不许躲懒，乖乖想出办法，要好吃，还不要油腻长肉，否则，哼哼，刚才说什么来着，难道你就不怕变成一根"人棍"？！

哦，有了要求还不好办？看我的。转身入厨，挥洒间，一席素菜马上哄得魔女变成明教党徒——食菜事魔了。

虽然全席吃素，但是萨这个中国厨子为了犒劳自己，还是保留了一道荤的，切了一盘小肘，嘿嘿，荤素搭配才平衡嘛。顺便说一句，烧烤麸的高汤就是肘子汤哦，所以，这个不算菜，属于下脚料再利用……

其实整体费用相当低廉，比如香菜、小葱，都是自己的院子里种出来的，一年到头吃不完，魔女认为如果以后请客，也可以试这样的菜式，唯一的问题是，这一次魔女吃得打嗝儿，看来要减肥，不是不吃肉就能解决的，这个，这个，饭量也要控制……

大家要是有兴趣，也不妨试试，素菜，别有风味的。

朋友评论

1. 萨军门，那个肘子不是不太肥了点儿……可得注意健康啊！
2. 我感觉你家的饭菜肯定不能起到减肥的作用！

和天使一起过情人节

今年，萨的情人节是三个人一起过的。

三个人一起过情人节有些变态——除非其中有一个是你的女儿。

所以，除了肩上多了一个不老实的小胖球儿，萨的情人节气氛和旧时没多少区别。那时常常是下了班不再做晚饭，和奶奶说一声就出门，跟妻两个人去食德小馆或者孔乙己，点上几个菜，顺便买一朵街上女孩子卖的高价玫瑰，悠闲地过一个晚上。这种节过得虽简单却温暖，尽管是在北京最寒冷的季节里。

到了日本，街头还是有卖玫瑰的，却没了那份让人舒心的泥土味，没了那种北京街头女孩子们热情万分地劝你买花，同时两眼业余地偷瞟你钱包的人情，我倒是有点儿受不了日本卖花女孩子那种顾客就是上帝，水火不侵的职业笑容。

所以，对这种商业玫瑰，萨也就少了一份兴趣，这一点，妻倒蛮能理解，她知道并且能接受我这个人的种种坏毛病。比如，她从来不会笑话我对老北京胡同里煤烟味儿的迷恋，虽然她也不明白我为什么对这种空气污染的产物这样看重。只是到了情人节这一天我们还是会发懒，会不做饭跑出去吃，地方呢，换成了附近的咖啡馆。

不过，很快就发现情人节的主角不再属于我们俩了，在闪烁的烛光下，对这种气氛着迷的小小魔女，开始的时候还满足于翻开桌上的瓷罐找方糖吃，不一会儿，看到来的人越来越多，便改而兴奋地满屋打转，好奇地跑去审视每桌或亲密或暧昧的情侣们，并且叽叽咕咕地发表评论。这种情况让我们很不好意思，只好不时地追过去，一边道歉一边把小东西强行抓回来。

◎ 小小魔冒充天使是有时间限制的，时间一到，就会现出本来面目。

◎ 从某种程度上说，小小魔还是有天使的潜质的。

都是从那个时候过来的，打搅人家实在不该。好在，被打搅的倒并没有谁表示不悦，相反还都相当客气。这一天，很多人的心情都特别好吧。

好不容易把小小魔女按在了自己的椅子上，给她橘子汁喝。这时，有人走到我们的桌子边来了，很友好地问小小魔女是不是我们的宝宝。一边点头应着，一边抬头看去，原来是刚才坐在角上的两个老外，他们自我介绍是加拿大人，大胡子老公埃里克在日本当语言教师，胖胖的妻子谢娜是从埃德蒙顿飞来看他的。

得到了肯定的回答以后，埃里克变魔术似的从口袋里掏出一袋巧克力来，笑嘻嘻地递过来，说是给小小魔女的礼物。

这怎么好意思？我和妻赶紧婉拒，看起来，这是人家的情人节礼物呢，怎么好意思？

埃里克摆摆手，说你们不要客气，今天是情人节呢，我和我太太已经三个月没有在一起了，她来日本的第一天，就是情人节，上帝就派了小天使来，感谢上帝，主无所不在。

谢娜挽着埃里克的膀子，两眼亮晶晶地盯着小小魔女，眼里满是幸福。两个人的脸颊都是红喷喷，看来是从哪个吧出来又来喝咖啡的吧。

终于推辞不过，只好收下了。埃里克还脱下帽子给小小魔女鞠了一躬，不明所以的小小魔女也还了一躬，周围的客人都鼓起掌来。

眼看两人挽手离去，萨回过头来，只见小魔女陶醉地靠在椅子里，托腮凝望着我们正在拼命撕扯巧克力包装纸的胖丫头，口中喃喃道："天使……天使……"

嘿，嘿，醒醒！萨一巴掌打过去，别让人家一夸就找不着北，咱那丫头也算天使？拿积木打小朋友，咬人，还揪大狗真由美的毛，那叫天使？

妻醒过来，不好意思地笑笑，道："没那么严重吧，天使不也是手持弓箭到处乱射的吗？"

弓箭？人家天使那弓箭就是玩具。萨摇摇头，

◎ 床子弩

换了咱小小魔女，要是允许她合法携带这种兵器，我猜，只怕这丫头会扛上一张床子弩！

床子弩是什么东西？妻端起咖啡，吹吹上面的浮沫问道。

正要回答，小小魔女忽然凑了过来，趔趔趄趄地把老婆的那杯咖啡端到了萨的手上，然后“波”地在萨的脸上亲了一口。

一时间，天地仿佛倒转。

萨，你说，那床子弩是什么东西？妻放下咖啡杯，再次问道。

“嗯……天使的一种标准装备。”萨在昏倒之前挣扎着回答道。

和天使一起过情人节，多幸运的日子啊，哪怕她扛着一张床子弩呢。

真的。

附：床子弩说明

床子弩，是宋代一种守城的重武器，是依靠几张弓的合力将一支箭射出，往往要几十人或者几头牛拉弓才可拉开。射程可达500米，在当时属于榴弹炮一样的远程武器。澶渊之盟前夕，契丹大将萧达览即是中了床子弩箭阵亡的，使契丹士气大挫。

朋友评论

1. “妻如玉女儿如花”，如此温馨时刻，居然还能想得起床子弩，您一做IT的，就是在东瀛也没必要枕戈待旦呀？

2. 小小魔女真是可爱。其实可以想象的，咖啡馆里面，情侣在烛光下坐着，一个小天使在人群中间窜来窜去，我想只会让这样的夜晚更加温馨，而不会给任何人带来麻烦。当然小孩跑累了，回去又得是萨抱回去了。呵呵。

太太、女儿和没心没肺

女儿小小魔女有点儿忧郁地看着窗外，嘴角微微抿着，表情严肃，若有所思。

我装作若无其事，继续读手中的报纸。

我们坐在一辆北京的出租车里，我们俩在后排，孩儿她妈小魔女坐在司机的副座上，没心没肺地和司机侃大山，时不时地爆出一阵哄笑。小魔女是个“老外”，而且是个能用地道北京话侃大山的老外。老外这种人……无论年龄，多半没心没肺。

◎ 和没心没肺的太太小魔女一起出游。

可小小魔女不一样，五岁的小家伙，好像已经满有心事的样子呢。什么心事儿呢？我揣测着，心里很不希望是那件事。

女儿一直生长在国外，回来，可能会不适应吧。

刚才，在游戏场里碰上个叫浅浅的小姑娘，一个小姑娘令人头大，两个小姑娘加倍令人头大。叽叽咕咕之后两个小姑娘开始疯跑和嗷嗷怪叫，在游戏场引发了一场小小的风暴。

平时在家，总是和小小魔女说中文，她能听懂，但是在日本的幼儿园总是要用日语的，所以她平时说话，总是用日文。

放假带她回国的时候，和她约定：小魔啊，到了中国，你可得说中国话啊，不然，大家要把你当小鬼子了。

什么是小鬼子啊爸爸？小家伙摸着头问。

就是……就是外国人的意思啊。

爸爸你说得不对，小鬼子就是小妖怪，嘻嘻，我们班那个詹姆斯就是小鬼子。小小魔女做了个鬼脸，跑了。

詹姆斯，是小家伙班上一个黑人小孩儿，人很不错的，看他们在一起玩，一直很和谐，这小怪物怎么这样说话？这不是种族歧视吗？要找她谈谈，小东西已经跑没影了。

还好，虽然有思想问题，到了北京，小家伙几天就顺顺利利地讲起京腔来。看来，小孩子的语言能力比大人厉害得多。

不过，刚才恐怕是有点儿不愉快。

和浅浅跑着玩，可能是太激动了，一不留神小小魔女忽然冒出一句日语来。

浅浅很吃惊地站住，眨巴眨巴眼睛，说：“你……你不是中国人！”

小小魔当然不干了，我是中国人啊！

不对，浅浅说，你是小鬼子！

“哎，我不是小鬼子啊！”小小魔女抗议。

“你是小鬼子，我不和小鬼子玩。”浅浅说。

“我不是小鬼子啊。”小小魔提出严重抗议。

◎ 孩子之间的事情，大人永远搞不清。

“你真的不是小鬼子？”浅浅问。

“那当然！”小小魔气鼓鼓地说。

那你怎么会说外国话？

我不但会说外国话，我还会学狼叫呢，嗥……嗥……

不知道外交问题是怎样交涉的，反正两个小姑娘又叽叽咕咕地玩起来了。

难道这件事让小小魔受了刺激，所以忧郁如此？萨不禁有点儿担心，这样的话，将来她的认同……

该下车了，手背忽然一凉，原来是小小魔像个小巴狗一样地凑了过来，用凉凉的鼻子在我的手背上蹭来蹭去。这是她的习惯动作，是有话要和爸爸谈的前奏。我又该怎样回答她呢？

小小魔开口了：“爸爸，我要是饿瘦了，那可怎么办啊？”

你……你说什么？萨一时没有反应过来。

我说，小小魔重复道，爸爸，我要是饿瘦了，那可怎么办啊？

看看老爸一脸茫然，小姑娘解释道：“浅浅上小学啦。她妈妈不让她吃肥肉，我要是上学，是不是也不能吃肥肉了？那我要是饿瘦了，可怎么办啊？”

“嗯？你，你刚就在想这个？”

“对啊！”小小魔一本正经地看着爸爸，满心期待。

“这个……这个……问你妈妈去吧。”

小姑娘不情不愿地去缠她妈妈了。

这才明白，原来自己想的全是不相干的事情，小鬼子与否对这小姑娘而言，并不比吃肥肉更重要。

这小小魔，也是跟她妈妈一样没心没肺……

没心没肺，有什么不好呢？

不觉间，萨看了一下街边的玻璃橱窗，发现原来自己在笑。

朋友评论

1. 萨苏是个笨蛋，这哪里是没心没肺，这是心怀畏惧，小小魔女以后怕的事多了！她要是认字了，会上网了，看见你到处暴露她的隐私，喊上几个死党把你海扁一顿…………

2. 还真有这担心，我还以为你已经想好这问题怎么办了呢！有什么关系啊，就让你家小妞骄傲一下她的外语水平好了。

3. 萨家的教育还是蛮好的，我同事亲戚家两个小孩子从小在日本长大。现在就认为自己是日本人，谁说日本人不好，都跟着急跟着生气。谁问都说自己是日本人，让人看了就生气。

随意饮食参禅机

那句话怎么说？人们开玩笑说，“中国人凡是见了四条腿的，除了桌椅不吃，什么都敢做来尝尝”。这是玩笑，不过反映了中国食材的多样性。相对来说，日本的食材就要简单一些。所以，中日交往中经常可以看到中方端上来某道美味，比如烧鹅头或者扒猪脸，日本人却胆战心惊，不敢品尝的场面。

然而，作为中国老公，萨在日本，也有一度敬谢不敏的东西，这玩意儿就是纳豆。虽说这东西起源于中国，老萨在国内的时候可没见谁吃过。

一粒粒黄豆上面可以拉出长长的白丝，散发出一种奇诡的味道，这就是纳豆。第一次听说纳豆，好奇之余还有一些欣慰。这是因为日本超级市场里面，用黄豆做原料的豆制品品种比较少，而老萨偏偏对各种豆制品情有独钟，所以听说日本也有很独特的豆制品，不免高兴。老中对于有新奇的东西吃，总是怦然心动的。

◎ 日本纳豆

小魔女看了上面的话感到不平，责问道，俺们这儿光是豆腐，就有木棉豆腐、绢豆腐、玉子豆腐……品种可不能算少啊。

这话也对，中国和日本在吃豆制品方面倒是很一致的，两国的市场里都可以看到各种豆腐。而欧美人对待豆腐的态度就完全两样，比如我认识的美国人很多对豆腐深恶痛绝，还听说以色列人禁止吃豆腐，认为它影响男性的身体健康。

这简直没天理了，日本人口1.2亿，中国人大概是日本的十倍，这两个全世界吃豆腐最多的国家，怎么看也不像男性受到了什么不良影响。认为豆腐会伤害男人身体？真是可怜的以色列人啊。

不过，日本的豆制品虽然丰富，与中国相比还是要少很多。除了和日本相同的品种，中国人用豆制品还能做出素鸡、素鸭、素肉、素鱼、素火腿，等等，味道鲜美，形象逼真。

为什么都吃豆腐，中国的豆制品品种更加丰富呢？我觉得，这可能和历史上中日佛教流派不同有关。日本小乘佛教颇有地位，而中国流传的佛教，主要是大乘佛教。大乘佛教对僧侣的戒律严格，不得吃肉食荤腥。在这种要求面前，中国僧侣只得通过制作更加美味的素材来改善伙食了，黄豆就是他们经常使用的原料之一。很多豆制品都是在佛寺中创造出来的。至今，中国很多佛寺依然有美味的豆制品素菜供应游客。而日本的小乘佛教在这方面没有要求，僧侣们没有必须吃素菜的要求，也就没有研制更多豆制品的兴趣了。

作为很能吃黄豆制品的中国人，笔者对纳豆不但觉得新奇，而且很有兴趣品尝。有朋友提醒我，说纳豆这东西是发酵过的，有奇特的味道，你可能吃不了。但我自己很有信心——中国的酱豆腐、臭豆腐，也是发酵过的，也有奇特的味道。这些东西我们中国人吃得津津有味，难道会害怕纳豆吗？

不料，真的吃纳豆，却无论如何适应不了。它有着黏黏的白丝，散发出类似生活垃圾的味道，要把它吃进嘴里，真有些需要把心一横的勇气。

就这样，我居然被纳豆打败了。

然而，我家小魔女一直劝我多吃纳豆，说这东西对身体很好，能清洗血管，保护肝脏，降低血压……功能不亚于红茶菌和甩手操。我则不断拒绝，小魔简直变成了纳豆祥林嫂。

一天，有位刚来日本的中国厨师来做客，听到我们争执，就问什么是纳豆。

◎ 小魔都快成纳豆“祥林嫂”了。

我把纳豆拿来给他看。这位厨师点点头，说不要紧，我处理一下你再尝尝好了。

不一会儿，经过中国厨师处理过的纳豆就端上桌子了。看上去，纳豆的形象都改变了，豆子变得如同卧在白雪中，而且刺鼻的气味也变得清爽了。尝一口，觉得有点儿清香，又依然保留纳豆的独特风味。咦，竟然是很好吃的样子。这一次以后，我竟然是每天都要吃一盒纳豆，如果小魔忘了买，还会有些嘴馋呢。

到底中国厨师给纳豆施展了怎样的魔术呢？

他的做法很简单，除了如日本人吃纳豆一样放附送的调汁和辣根，他还切了一些细细的姜丝、长长的葱丝加入进去，并挤上一些柠檬汁，然后猛烈地用筷子搅拌，经过几分钟地搅拌，纳豆的形态和味道都发生了变化，变得符合中国人的口味了。我的日本友人们也对纳豆还可以这样吃很表惊奇，不过我看他们还是更喜欢原汁原味的纳豆。

为了说明自己这样做的原因，厨师给我讲了一番道理。他说，日本菜很少用调料，追求原料的原汁原味；中国菜，是用调味料突出原料中我们喜欢的味道，抵消我们不喜欢的味道。纳豆味陈，姜丝味新，可以“补”其不足；纳豆味浊，柠檬味清，可以“消”其异味；而加入葱丝，则因为葱丝雪白而长，与黄褐而圆的纳豆“性格”相反，可以改变其单调……

当这位老哥摇头晃脑地讲道“中医用药讲究‘君、臣、佐、使’相辅相成，其实中国菜也是一样，任何一道菜都是用矛盾的味道组成”时，老萨忍不住插话打断了：“您确信我们是在谈纳豆，而不是上哲学课或兵法课吗？”这句话问得厨师老哥直翻白眼。其实，我问的是废话。砍柴挑水都是参禅，中国料理里面有中国哲学，奇怪吗？

或许，纳豆里面也有禅。

朋友评论

1. 北京超市里已经可以随便买到纳豆了。买回来吃了几次，没觉得难吃啊。大概按中国人口味加工过。

另：西餐多半也讲究吃出原料的味道。有次陪一个美国人吃中餐，跟他解释半天米饭的功用，人家还是坚持单吃菜或单吃米饭，绝不混着或配着吃，因为“要品尝大米自己的味道”。

中国古人的衣食住行哪一样不是被认真琢磨过、包含中国思想元素在内呢？我钦佩那位懂哲学的厨子。以色列人不吃豆腐，法国人还不吃海带和松花蛋呢（当然不是全部，我一个法国朋友最爱臭豆腐，在北京时总是闻风而动），觉得黑糊糊的像尼尼。不过别的不说，中国人的繁殖力还就是无人可比呢，哈哈，在古代就是。

2. 佛说：坐也禅，行也禅……

萨把小小纳豆就参悟了这许多：）

日本在吃食上喜欢原汁原味，好像在佛学中也崇尚原汁原味。虽然日本的佛学源自中国，保留至今的佛家风格比中国人自己保留得还完好，此可否算一例？

3. 老北京的豆汁，也很难消受。我开始还要了两碗，幸亏好心的服务员强调：这不是豆浆，您第一次喝，可能享受不了……

第四章

日本原来在西方的西方

日本·文化

一衣带水、隔海相望，都不足以形容中日之间的距离。日本，就像一个底部盛满红红铁水的大熔炉，让所有舶来品都铸上浓浓的民族特色，甚至包括文化、理念、风俗……唯有日本，会将菊花与刀奇妙地统于一身。

高丽人参汤

今儿的话题，和用高丽人参做菜没啥关系。

萨今儿拿自己炼了回“药人”，方子还是高丽来的。所谓“药人”这个词儿，要到词典里头是找不着的，但是如果喜欢看武侠小说的朋友，可能会有印象。温瑞安的《四大名捕会京师》，里头有个大反派美女姬瑶花，绝招就是“炼制药人”，经常把武林高手抓来，往药水里一泡，对方就失去思维立即兽化，变得浑浑噩噩，除了打仗什么都不会，成为姬阿姨的铁杆党卫军。

这一手本事想想都让人瘆得慌，希腊女神忒提斯也有类似的传奇，把自己儿子阿喀琉斯泡在冥河里头刷镀，结果也不过是一个刀枪不入，只能达到义和团的水平，离姬阿姨还差得远呢。魔女曾经从专业角度给老萨分析过这个情节，认为至少今天的科技如果不动外科手术，仅凭吃药是玩不出这种效果来的，所以纯属虚构。同时按照温大先生的说法，这位姬瑶花早就让无情和周白宇等一干高手在北城给干掉了……

但是老萨今天去洗温泉，一进去就给吓了一跳，居然想起这位魔姑的手段来。

日本的温泉舒爽养人，前两天萨娘来了，今天天气不错，于是找了个名气不错的温泉，带上老太太去享受享受。

到了地方大家分头行动，萨自己去男部，小魔女带了小小魔、老太太去女部。萨买了一听饮料耽误了点儿工夫，小小魔女忽然举着洗澡用的大木勺子冲到男部门口来跟爸爸打招呼，以表达自己的惊奇……赶紧挟起来，在有男士惊叫非礼之前给扔回去……

◎ 日本真实的混浴

嗯，一切都很和谐啊。

进了温泉，正要下热气腾腾的池子舒服一下，忽然被上面的说明吓了一跳，但见上面大书五个楷体汉字：高丽人参汤。想起来在门口看见一个广告，似乎也写着“高丽人参汤”，当时还以为是温泉附属饭馆的菜谱呢。一瞬间我就想起姬阿姨来了。

咱跳进一锅高丽人参汤里去？那是洗澡啊，还是炼“药人”啊？“药人”怎么个炼法咱不太清楚，但高丽参属于中药确凿无疑，“高丽人参汤”要是在广州的“阿二倩汤”挂个牌子绝对招引不少客人。但那是喝，谁想过拿这种汤泡澡呢？

在日本，这种事儿就出现了。我还找到了一段对它的描述：

“南大門の名湯である高麗人参湯は、本場韓国から厳選された最高級の高麗人参を輸入致しまして湯船に浮かべました。高麗人参は、昔から不老長寿の薬として知られており、動脈硬化の防止、血糖値の減少、活性酸素の除去、老化防止などがあると言われております。”

翻译一下：

“‘高丽人参汤’是韩国南大门有名的洗浴方法，本浴场从韩国精选进口最高级的高丽人参，浮置于澡池之中而成。高丽人参古代被称做长生不老药，所以这种浴法被认为可以防止动脉硬化，减少血糖，去除自由基，并防止老化。”

看来，就是个药浴，还是很有科学依据的。

说起来，咱们中国也有药浴，可能我觉得新

鲜，关键问题是在这个名字上，让人怎么看怎么想起饭馆来，而且怎么看怎么觉得是要拿自己煲汤的感觉。

弄清楚以后，萨最后还是决定把自己给“炼”一回，看武侠小说动不动就把谁搁中药里熬，排除个绝世奇毒什么的，看来下了汤锅也不一定煲死人的。其实，洗起来还是蛮舒服的，泡完之后神清气爽，满面红光。不过，温泉洗完了，都是这个感觉……

出来还有点儿担心萨娘，怕老太太不习惯，谁知道人家一点儿都没当回事儿，据说进池子之前连眉头都没皱一下，一点儿没有怕让人熬了排骨汤的自觉。

问问老太太怎么这样自若呢，反而让老太太笑话了，说你还学文的呢，孤陋寡闻吧。咱们中国以前洗澡的地方，也都叫“汤”的，到华清池看看吧，那儿唐玄宗和杨贵妃洗澡的地方，都叫汤，什么莲花汤、海棠汤、太子汤、尚食汤、星辰汤……

◎ 混浴浴场出口的标牌

萨洗耳恭听，谦逊认真。魔女跟着频频点头，对萨一副狐假虎威的样子。

可能是洗澡后肚子有点儿空了，魔女问：“咱晚上吃什么？”

哦，包饺子吧，我说，吃完了一人一碗饺子汤。

“那啥，饺子汤？”萨娘问魔女。

嚄，嚄，日本有卖搓板的吗？

附：赴汤——说说日本的温泉混浴文化

如果在中国告诉你某个地方是男女混浴，那不免令人跌掉眼镜，不过，在日本，男女混浴是颇为寻常的事情。这在日本传统的温泉浴来说，还算是一种文化呢。

在日本的温泉，直到今天男女混浴依然随处可见，就是一个热气腾腾的温泉池里男男女女聚集一堂，谈天说话可以，叫来清酒香茶品题也可以，不过下水前都要围一条毛巾遮掩重要部位（当然下水以后就自便，我见到经常有日本女子下水后把毛巾一解，搭在身上的场面，姿态还颇为优雅）。这在日本东北部尤其流行，反而是男女分浴属于舶来品，算是出于对现代文明的尊重。

这在中国无疑是不可思议的，很难想象大姑娘小媳妇和一帮大老爷们儿在一个池子里搓澡。

其实，这有一点儿文化的不同在里面。日本的温泉浴和中国一般的洗澡不同，不是在浴池里打肥皂搓澡，而是洗干净以后才下水，目的并不是真的洗澡，而是享受温泉的好处。温泉池所在处往往在风景绝佳的露天的地方，与其说是洗浴，倒不如说是一种社交活动。说到男女大防，日本人虽然深受儒家文化的影响，但这方面却保留着日本的传统特色，比如，日本的宫廷不用太监，日本的厕所当年也是男女混用。如果今天你到沈阳的辽宁宾馆，依然可以看到男女混用的厕所。那里今天大厅一楼的公用厕所依然是男女混用的，可能全中国只此一号。这就是因为此建筑是日本侵华期间修建的，带有相当鲜明的日本特色。

日本人的用字比较古典，温泉里的热水他们不叫水，而叫做汤，乍一听，好像一帮日本人下了热汤锅。其实，古代中国人把热水也叫做汤的，比如鲁智深洗澡，就是让伙计“提一桶汤来”。假如这伙计是现代人，闹不好提一桶酸辣汤给老鲁，那就要当镇关西第二了。

不过在东京和大阪，现在混浴的现象就比较少，因为随着日本社会西化的进行，一部分日本人推崇西方文化中对于男女分别的观点，因此对传统的混浴文化提出了质疑。

日本人的毛病是对外来文化坚决地引进，即便有些盲目，不过，他们永远会打些折扣，来体现“和魂洋才”的特色，结果是造成了两种独特的分浴习惯：一种就是男女浴池之间做一个象征性的隔断，竹帘、纱帘等等都有，若隐若现，这在今天的日本随处可见，不以为怪，上面不通下面通。还是一种变相的混浴，男女分时段利用相同的浴池，一般的顺序是男子先洗，此后女子，此后伺候的女招待洗。不过，实际上熟客依然可以混浴。日本海军的名将山本五十六就有个习惯，等到女招待们洗澡的时候跳进去沐浴。据说这不是因为山本好色（女招待多半都有些年纪的），而是因为他作战中腿部遍布伤疤，不愿意在众人面前显露的原因。

对了，这位大将还有一个奇怪的习惯，是在青柳背着女人逛街。

对于这种混浴的传统的来源，日本人有奇特的解释，说是因为他们的祖先来自中国云南，云南的少数民族素有混浴的习惯，因此流传至今。看《三国演义》，形容孟获部落时有这样的说法：有女长成，却于溪中沐浴，男女自相混淆，任其自配，父母不禁，名为“学艺”。而今天云南部分少数民族确实保留有混浴的习惯，或许鬼子的说法并非没有道理。

◎ 看到这个您可不要想到灶，这是日本著名的五右卫门温泉的泉池

但是，这种混浴的传统，毕竟让外人感觉是很不习惯的，因此在日本经常可以听到看到一些外国人对此的意见，特别是欧美的人士。不过，今天的日本毕竟有了些底气，对于这种“干涉日本传统文

化”的说法多听不顺耳。日本人的性格是喜欢做沙漠鸵鸟、掩耳盗铃的，所以，最近有些混浴的温泉干脆快刀斩乱麻，宣布不接受外国人来洗，这引发了外国人的抗议，又招来了更大的麻烦。日前，就有法国人在和日本某个著名的温泉打官司，日本人颇为窘迫，因为拒绝这法国鬼子洗澡的时候，日本职员不愿意说怕法国人说混浴的闲话，而说原因是法国人身上气味不好，会影响其他客人洗澡的情绪。

法国人当然不干了，气味？你小子是开洗澡堂子的还是开饭馆的啊？

其实，混浴这种事法国人未必会认真反对，欧洲人当年也差不多，在浴池上方居然还有专门供观赏沐浴的包厢呢……

朋友评论

1. 呵呵，温馨的一段家庭聚会啊！汤在中国古文里本来就是热水的意思，日本人从隋唐来到中国，就拿了这个词去了，而且一直不变，只是在中国，汤现在变成喝的了。高丽参比中国的参要好，就是在于不上火。不知道泡中国的人参浴如何？

2. 搓板啊？民间说搓板是女主人惩罚老公的，莫非萨娘要将中国传统文化的女权大法传授给东瀛媳妇儿？老萨危险了……

3. 多年前就有笑话说中国学生到了日本，看到满街的“汤”和“麻雀”，很惊异于日本人的饮食爱好。后来才知道一是澡堂子，另一是麻将馆。

日本猛兽成灾

◎ 日本最大的熊，北海太郎的标本，生存时重达五百公斤。

回家开门的时候，发现信箱里塞了张广告，随手要扔掉的时候，看到上面的压题照片居然是一头半死不活的狗熊，心中疑惑，又捡了回来。再看，才明白不是商业广告，而是本地一个妇女团体的呼吁书，号召大家有钱出钱，有力出力，一起到“熊害对应中心”去抗议，为这头不幸惨遭残害的狗熊讨还公道。

“熊害”？当年咱们除四害好像没有这一户啊，难道狗熊也会成害？没错，在日本的确有“熊害”一说，犯罪嫌疑人就是狗熊，此外还有“猪害”，那罪魁祸首就是野猪了。至于这狗熊野猪怎么会成为灾害，要我的看法，和日本的自然保护干得太彻底了大有关系。

到过日本的朋友可能有印象，在民间多年支持下，日本的自然保护做得的确不错，地铁站旁边的小溪中野鸭翩翩，蓄水池的堤岸上河狸打洞，在日本的河边，经常可以看到里面一米来长的大鱼悠游自在，是见惯不怪的景致。因了这等原因，萨这等愚钝之人也能在湖里随手钓上四五条大鲤子来。和大多数日本女性一样，萨那口子小魔女是野生动物保护的积极分子，在关西机场和若干无业闲散大妈游说行人脱裘皮大衣的主儿，见了心软，劝萨放掉。

萨冷笑道："剥夺我的劳动成果吗？先去抗议日本捕鲸船吧。"魔女语塞。

一边全心全意地保护着自己的野生动物，一边满世界不顾抗议地屠杀鲸鱼，日本人的心态的确让人觉得矛盾。不过以后萨也没再去钓过。这倒不是因为受了媳妇教育，而是日本淡水鱼的味道太腥，实在是难以恭维也，没有了嘴巴的诱惑，自然手脚也就不那么勤快了。

言归正传，日本保护野生动物积极总是件好事，但是放在地狭人稠的国家，就引出了新的问题，那就是人和动物很难保持距离。虽说距离产生美，但这要是个兔子什么的距离近点儿也无所谓；要是狗熊或者野猪呢？这种东西要是没事儿到您家逛游两圈，那麻烦可就大了。

想想您出门忽然有个狗熊拍拍您的肩膀……

有那么严重吗？狗熊野猪没人打，根本不怕人，又不能给它们计划生育，时间长了机会多，偶尔和这些古怪的邻居打个照面那有什么奇怪？前些天日本国会开会，有议员抨击执政的自民党规划公共建设计划不当，在人迹罕至的北海道修了大量的高速公路。结果呢？"那公路上现在除了狗熊根本就没有活物！"人烟稀少处如此，人口稠密的地方呢？虽然没有北海道那么多，也不是没有。日本保留的林地比较多，往往一直插入市区，神户市中心的布引公园，进门山路上就是一条标语："当心野猪！"坐我旁边的同事上野家住奈良郊区，说晚上出门，公路上经常是黑影幢幢，来往如梭，那就是野猪在做社交活动呢。

问题是狗熊野猪这类家伙，都是没什么文化的东西，碰上人很少有谦让精神，要碰上人性格灵活的还好，偏巧日本人大多数都比较轴，认死理，这种见面就不免经常发生些摩擦，假如你再正好带着狗熊或者野猪爱吃的什么东西，那甚至一个馒头也能引发血案！

虽然卡通里面的狗熊个个可爱无比，现实生活中，这"和狗熊打交道的人"可不是什么诱人的称号。于是，"熊害"和"猪害"就这么登场了。

具体有哪些实例？那可就多了。

◎ 日本熊

我的日语老师加濑先生在家乡三田市早起散步的时候，突遭袭击，八十多岁的加濑老太太连跳三条栅栏，加上随同散步的大狗拼命抵抗，才得脱险。不过，袭击她的到底是什么至今也说不明白。加濑老太太认定作案的是狗熊，而兵库县的警察认为是野猪，因为现场发现的是新鲜的野猪粪。我个人倾向野猪，我们这位老师眼神不好。

要说描述传神，还要算大江兄所述。这位兄弟在日本某大学附属医院成形外科做留学住院医，刚刚接待了一位"熊害"的受害者，"呼机响了，一问，急救室的干活。我纳闷，成形外科和急救室挨不上啊。上那儿干吗去？到了远远地就看见血淋淋的一……人头！呃，下面当然还有身子。问题这位大爷可真是有点儿……面目全非……了。嘴的位置乍看乍别扭……劳驾谁能告诉我鼻子在哪儿？"

一问，大体搞清楚了事情经过。原来这位老哥闲来无事，骑着自行车出去兜风，可就是眼神不太好——咣的一声，撞树上了。

……那是他以为，再一看，天底下哪儿有会动的树啊，是狗熊！！！

要说那狗熊大妈也真不含糊，当场就给大爷来了一个甜蜜的吻。按照北京话说是蹿上去就"开"了一个口——把大爷脑袋当西瓜了，就成现在这样了……

手术很成功，基本恢复了本来面目……别以为伤得轻，头骨上现在还留着狗熊仨牙印呢。问题是吃惊的还在后头，老爷子去年居然也碰上过一头熊！

还没完，更吃惊的是被咬下一半脸后，居然是自己骑着车来医院的！！！这位被咬的眼神不好的大叔两次碰上熊都是在城市近郊。

于是，在狗熊经常出没的地方，就有了对付狗熊犯罪的“熊害对应中心”，负责劝导、教育、帮助群众对付这些粗野没有教养的邻居。那干吗要去抗议呢？

细看传单，原来是这次闹“熊害”，熊组付出了惨重代价。据说是一头狗熊摸进了某家的柿子园，胡吃海塞，经报警后“熊害对应中心”派员随警察前去，当即将狗熊一枪放倒，至今生死未卜。“想想看啊，父老乡亲们，就是一头可怜的小熊啊，吃几个柿子就遭到如此暴行，你们能够熟视无睹吗？”组织者的呼吁很煽情。

既然煽情，就有追随的。小魔女下班，看见这个广告立刻就产生了无法计算的同情和悲愤。前面说了，这小魔女是个到机场劝人脱裘皮大衣的，哪看得了“可怜的小熊”遭到如此残酷对待？扔下饥肠辘辘的萨，抄起个喇叭就要去助阵，走到门口，让萨给叫住了。

怎么，不让我去？魔女不解，晚饭可以等我回来吃嘛。

你看看报纸。萨随手递过去今天的报纸，翻开一版。

魔女看看，指指上面大红字的标题和血淋淋的压题照片：“这和呼吁书说的是一样的啊，残酷劣警，无能专家，以残暴手段对付吃柿小熊……”

萨一声冷笑，你再往下看，案情好像没那么简单。

让我看什么地方？魔女在报纸上乱找。

就这里。萨伸手指去。

那是狗熊伤势报告下面，有一行不起眼的小字：“狗熊在吃柿的时候，和出来查看的主人发生冲突，致使84岁的男主人和79岁的女主人双双身负重伤，医院正在全力抢救”，云云。

这个……魔女傻眼。这样的熊暴徒毙了它都是轻的，还抗议？这报纸也是不像话，为什么狗熊吃柿子被打的报道，字儿跟核桃那么大，狗熊伤人的字儿才跟绿豆差不多？？？

◎ 日本的熊过街通道标志

人家那是为了吸引读者的同情心嘛。得，做饭去。萨给魔女脑袋上来了一记。小丫头没了底气，拿过传单又看了看，嘟嘟囔囔地放下喇叭乖乖地去了。

看着妻的背影，忽然想起来日前看到的一则报道。澳大利亚某市鸽子成灾，又不能人道毁灭，市政府很为难。有一个会训鸽子的工厂主出主意解决。他是做彩色标签的，加工好后分类，是种劳动密集型的复杂劳动，经过他的训练，鸽子都可以很准确地根据不同颜色区分这些标签，做得又快又好。捉来鸽子训练干活，可谓皆大欢喜。

实验是成功了，不过从事自然保护的朋友也把他家围上了，理由是他让鸽子做这样枯燥的工作，是对鸽子的“精神折磨”。无奈，工厂主只好放了鸽子，重新雇用女工来干。

这回清静了，女工们的精神是否因此受到折磨，却成了无人关心的问题。看来，这自然保护也不是完全没有副作用的。

朋友评论

1. 熊熊远观果然可爱，还穿着白V字毛衣。让俺想起俺这块儿的一矮日本，爪子伸出来，黑糊糊的汗毛呀，从胳膊到手指。他曾是中国留学生，中文极好，自嘲冬天来了我也不怕——俺有毛衣！

2. 日本真是个奇怪的国家，熊居然能如此猖厥，实在可怕啊！想想，半夜听见院里有异动，出来查看，居然是熊在偷吃东西，这场景，太那个了……

3. 我对老萨的观点有不同意见。

日本人杀鲸的确不可原谅。但对野生动物保护的观念问题不大，要知道这世界上人本来不应该占这么大地盘的，实际上是人侵占了熊，所以熊与人争地是自然的。当然我觉得实际的办法只有一个——熊进人退，"退人还熊"，如果做不到，保护野生动物的权利终将是句空话。

诸葛亮娶孙尚香，赵高登陆日本

作为外国人，在日本这地方有一样好处，每年市府都组织外国人和日本人一起旅游一次两次的，称为“国际交流”。去的地方不见得多有趣，但各国的鬼子混沌一团，不免弄出若干有趣的事情。

今年的旅游是到明石钓鱼，兄弟夫妇也跟着前往。到了地方等吃饭的工夫，正和小魔女聊天，走来一个大鼻子，用字正腔圆的北京话冲我开口了：“你是中国人吗？你好。我是法国人，去过中国。”

噢，了不起，虽然这年头碰上一两个说中国话的老外不新鲜，但碰上说得这样出色的还真不容易。兄弟当然要鼓励两句了：“你好，我是中国人，你的中国话说得真不错啊。”

大鼻子看看我很满意地说：“嗨，太好了，哥们儿是北京大学毕业的。你是北京人吧？你的北京话，倍儿标准。”

这样一对话，顿时吸引了不少人围过来，洋鬼子日语也倍儿溜，把这句话原样用日语说了一遍。日本人里不少有能比画两句中文的，但多半也就是个“谢谢”、“你好”的水平，日本人起哄的本事绝对世界一流，听见这洋鬼子一通神侃，周围顿时一片声的“死蛔矣（了不起）”、“死不拉几（太了不起了）”的赞叹。

洋鬼子听了摇头晃脑，得意地对萨说：“我还可以写中国字。”

这可就不容易了，洋鬼子能写汉字的几乎是凤毛麟角。听说让画画一样的方块字弄死的老外也不是一个两个了，但这位显然是有两把刷子。他打开一个笔记本，拿出笔来，写下了“范儒当”三个汉字，横平竖直，指着说：“这是我的名字。”日本人大概也没见过会写汉字的洋鬼子，又是一阵鼓掌。洋鬼子得到鼓励，接着卖弄，又写下两个大字给我看，这回写的是“水浒”。

我刚刚点头，旁边一个红鼻子的老日本忽然说话了：“噢，《水浒》、林冲、扈三娘，我知道。”（他说的是日语，我就直接翻译过来了）然后转过身来对周围的日本土老帽儿开始讲，“《水浒》是中国的小说，说的是宋朝的时候，一伙义士集团的故事。大英雄林冲，用的是真田幸村用的那种长矛，天下无敌，中国的皇帝没有办法。后来林冲碰到一个美眉女英雄扈三娘，两个人大战三天三夜，最后林冲活捉了扈三娘，娶了她做老婆。”老头儿说得口沫横飞，手里一根钓鱼杆比比画画，末了，用力晃晃拳头，劲头十足地对萨和大鼻子比画两下，重复道：“林冲，扈三娘，我知道。”

听着前半段我还在微笑，听到后边不禁大吃一惊。正要纠正，小魔女拉拉我的袖子，示意我不要说话。法国鬼子范儒当张了张嘴，瞅瞅两个中国人没反应，终于满腹狐疑地闭住了嘴巴。

说着话大伙儿进饭馆，我就问小魔：怎么不让我纠正他呢？林冲怎么会娶了扈三娘？扈三娘嫁的是王矮虎啊。

小魔苦笑一声，说我知道你就要问。不错，中国林冲和扈三娘没啥关系，问题是日本林冲可就不是这样了。

日本林冲？

对啊，十几年以前日本拍了一个《水浒》的电视剧，比中央电视台的都早，那里面林冲和扈三娘就是穆桂英招亲的翻版啊，所以日本人认为林冲娶扈三娘那是天经地义的事，你去纠正他怎么可能？那里头武松的兵器还是宫本武藏式的武士刀呢。

怎么能这样胡编呢？不行……

嘿嘿，中国《笑傲江湖》里头任盈盈都能一上来就出场，林冲来点儿艳遇你那么认真干什么？

也是啊，可巧这时候上菜的就来了，看着吱吱叫的烤鱼，兄弟一句话冒到嗓子眼儿，又给压了回去。

◎ 本来，挺好的一个聚会，突然谈起三国来，事情就变得微妙了。

树欲静而风不止。刚吃了没几口，那日本红鼻子老头又来了，热情地和我们打招呼，说特喜欢中国文化。一边说，一边就要过纸笔来，写道："三国"。

我们点点头，说好啊好啊，三国很好的，您老吃点儿烤鱼？……

"噢，三国，三国我知道，孔明，孙尚香。"老头儿一点儿打住的意思都没有，环顾左右，冲大伙儿得意地讲起来，"孔明，孙尚香，我知道。孔明的老婆很丑，所以看上了吴国的美眉孙尚香，让他主公刘备替他去求亲。孙尚香的未婚夫是吴国大都督周瑜，所以周瑜不肯，在路上把刘备和孙尚香截住……"

兄弟也算读过几遍《三国》的了，听着如此新鲜的故事还是不禁目瞪口呆，看那上海兄弟也是一样。

“你不知道就不要乱说嘛！”这话谁说的？我？我还没反应过来啊。抬头一看，是那个法国人范儒当，脸已经憋得跟茄子似的了。

法国人举着笔记本，在上面也写下了“三国”两个字，叫道：“历史上孙尚香是刘备的老婆，孔明怎么会娶他主公的老婆呢？我也没有听说过孙尚香在结婚以前已经有未婚夫，中国的女子有未婚夫的情况下还向她求婚是非常不礼貌的，假如孙尚香的未婚夫是周瑜，她不会嫁给刘备，她会殉节——殉节你懂吗？就是上吊、抹脖子、切腹自杀或者其他天晓得的疯狂举动。中国人，你说我说得对不对？”

看着这双正义的大眼睛，兄弟只有点头的份儿了。红鼻子老头这回一直红到脑门儿，成大公鸡了。兄弟可是一点儿也没法同情他，同时心里在想，《三国演义》、《水浒传》在世界各国的译本，经过翻译家的适合国情的改编，真不知道YY成怎样的情节了？

法国人傲然地放下笔记本，在《三国演义》、《水浒传》后面，又工工整整地写下了《西游记》和《红楼梦》，说道：“这四部书，在中国叫做四大名著，就像你们日本的《源氏物语》一样的。”他对着我这里笑笑，道：“我觉得最有意思的是《西游记》，和尚带着猴子、猪和妖怪，还有一条龙变的马到印度去，印度在中国的西面，所以叫做《西游记》，对吗？”

我不由得赞许点头，日本人又一片声的“死蝈矣（了不起）”、“死不拉几（太了不起了）”。

范儒当得意扬扬地瞥了一眼红鼻子老头，看看其他的日本人，忽然若有所悟，道：“其实呢，中国人应该也写一部《东游记》的。我记得中国秦王朝有一个将军，渡过大海来到日本，来寻找长生不死药。日本在中国的东面，要是他的故事写成书，是不是应该叫《东游记》？”

日本人都纷纷赞叹起来，知道这段历史的人可是不多啊。

“这个将军叫做……”范儒当想了一下，在笔记本上写了两个字，对我说，“对了，是这个人。”

兄弟心想“徐福”两个字不太好写，你可不要画蛇添足地写出什么可笑的笔画来。

小魔女站得靠前，一看之下，顿时面色大变，五官抽缩，强憋着一口气，硬挤出一句：“对不住，我要去趟洗手间。”撒腿就跑。兄弟狐疑之下接过笔记本来细看。

只见上面赫然两个大字：“赵高”。

费了最大的力气放下笔记本，兄弟也挣扎着从牙缝里挤出一句来：“我，我也要去趟洗手间……”

夺路而逃啊……

朋友评论

1. 日语“真棒”的发音用中文注音是“死沟乙”或“死抠乙”，“太棒了”是“死八拉细乙”。

2. 正郁闷怎么学日语呢，看了这个，豁然开朗。

3. 日本还有改得更离谱的呢 -_-

《西游记》唐僧拿左轮手枪，猪八戒温文尔雅……最变态的是白龙马是一辆吉普……

《封神演义》里面好多机器人……还有三个大胖女人，一个叫麦当娜，一个叫梦露，还有一个叫什么来着记不清了……

这两部都是特别热门的动漫作品。

不过最惨不忍睹的还是日本根据《三国》改编的一个动画片，那里面诸葛亮啊、刘备啊等主要人物都是性感 MM……太变态了。

日本“七夕”——“乞巧节”成儿童节

回家，偶然和小魔女说起“七夕牛郎会织女”，才吃惊地发现这个节日在日本居然相当受重视。

以我国而言，“七夕”即农历七月七日，传说喜鹊会在银河上架桥，供被王母娘娘棒打鸳鸯散的牛郎和织女相会，很有一点儿东方“情人节”的味道。然而，随着西方情人节的传入，“七夕”在中国留下的仅仅是一个传说，把它当做一个节日来过的已经少而又少。

但是小魔告诉我，在日本，“七夕”至今还是一个相当重要的节日。说起来，日本文化受中国影响极大，又没有经过“文化大革命”一类运动的洗劫，所以有些中国已经走进历史的节日，在日本依然出乎意料地长寿和受到重视，比如春分、秋分，日本居然定为国家假日，让人想起杨振华先生在相声中形容蒙事的私塾先生，“二十四节气，放假”。而佛教经中国传入日本的盂兰盆节，日本当做“夏天的春节”来过，大多数中国人对这个节日则完全没有概念，仅存的蛛丝马迹，大概就要到《西游记》里面去找了。只不过，这些节日到了日本，多少都要发生一些变异，受到“日化”的改造，“七夕”也不例外。

今天世界各国都使用公历，中国人不再过“七夕”，也和“七夕”是农历，每年的节日日期计算不便有些关系。日本对此采取了非常现实的“一刀切”处理，干脆改成了公历7月7日（有些地方设为8月7日）。说起来“七夕”定为农历七月七日本来有科学的道理，因为农历这一日月明星稀，银河正在天顶，人们晚上眺望银河，便可想象牛郎织女的相会了。变成公历7月7日，则银河在哪儿就不那么好找了，毕竟月亮什么时候多大是不跟着你的历法走的。日本的七夕，估计下界颇为热闹，上面的牛郎织女只怕对此还有些莫名其妙——喜鹊们还在路上，这就去天河相会，真正要望河兴叹了。

然而，日本的“七夕”的确热闹，这里的“七夕”，并不是给情人们的，而是孩子的节日。这个时候，大商店往往摆开两棵象征性的柳树，并给孩子们免费提供彩色的纸条。孩子们将自己的愿望在纸条上写好，再折成鸟雀的形状穿在柳枝上。穿的纸条多了，一串串远远地望去，就真有点儿喜鹊搭桥的味道。

之所以有这样的习俗，原因在于最初孩子们是利用这个节日向织女祈求一双巧手。传说中的织女心灵手巧，“七夕”的时候她夫妻相会，心情自然很好，这时候向她祈求，自然被允准的可能性很大。中国古代也有同样的习俗，因此“七夕”又称为“七巧节”或者“乞巧节”。然而，随着时间的推移，日本的织女责任越来越大，已经不但要赐给孩子们巧手，而且要负责满足他们的各种愿望。

根据调查，小孩子写在纸条上的愿望五花八门。比如有个电视记者采访的时候，就看到有个孩子的请求是“希望天王寺动物园的大象到我家来”。感动于孩子有一颗保护动物的美好心灵，记者采访了这个小家伙。结果问道为什么有这个请求，孩子的回答令人啼笑皆非——“大象的屁股很大，如果坐在我的门口，爸爸就不能进我的房间来检查学习进度了。”吃惊的记者接着问：“那要是你爸爸赖着不走，等大象不小心的时候偷偷进来呢？”“那我就加上一句，让大象看到我爸爸就放一个大屁……”

从这个角度说，织女成了天界的“鞠萍姐姐”，只是年年看这种愿望，大概织女会头痛死。

日本的“七夕”还有一个习惯，就是人们会到商店购买黏米做的小点心来吃。这个小魔女每年也会买来给全家吃。吃这个小点心是有讲究的，一来是喜鹊搭的桥怕不结实，为了保障牛郎织女的交通安全，要弄些黏的东西来把桥粘得结实点儿；二来牛郎织女好久不见，难免有些情不自禁的情节，喜鹊们看在

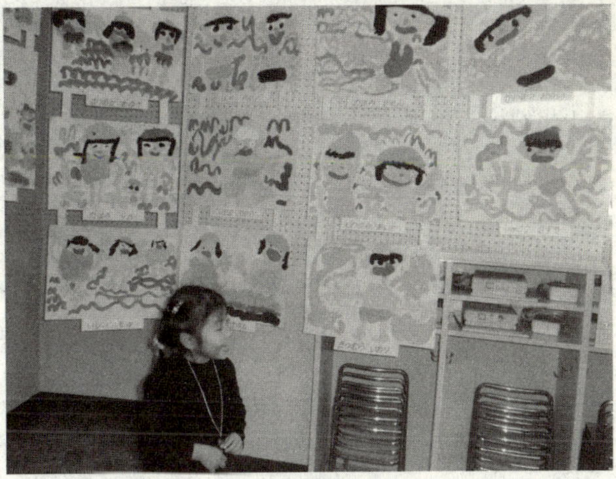

◎ 小小魔女和她的得意画作

眼里，不免乱说，为了避免影响安定团结，也要弄些黏的东西把厮鸟们的嘴巴粘起来。

由此可见，日本的“七夕”和中国一样，都是来自牛郎织女的传说。日本古书《古今要览稿》、《古事类苑》等中，对这一点都有记述，按照这些资料记载，“七夕”在日本盛于奈良时代，最初是宫廷节日，叫做“七日盆”，用于祈求婚姻美满，仪式相当复杂，充分显示了日本人惯于制造麻烦的特点，要求一天吃七顿饭、洗七次澡……

好在，传到民间以后，“七夕”变成了孩子们的节日，也就没有了这样多的烦琐。不过，仔细看看，就会发现日本的牛郎织女传说和中国的虽然相似，却微妙地反映了两国文化特色的不同。

中国的传说中，牛郎是穷苦放牛娃，受到老牛的指点，偷了下凡洗澡的织女的衣服，从此做了夫妻。只是王母娘娘震怒，划簪为河，将两人分隔银河两边，两人在喜鹊相助下得以每年相会。这个故事带有的中国特色不少——老牛代表老年人的智慧在中国很受重视，放牛娃得美妻反映了下层人民的美好愿望，而王母娘娘代表了昏庸凶恶的上层恶势力。人们多多少少地期待着下层人民的代表牛郎能够打败王母娘娘，表现了对于反抗和自由的追求。

日本的传说就是另外一个味道了：织女不叫织女而叫织姬，翻译过来就是“织公主”的意思；牛郎有了个日本名字叫夏彦，身份是天上的牵牛星，玉帝的畜牧场场长。这首先就把两人的地位交代了，门当户对。牛郎织女日久生情，玉皇大帝知道了。日本传说中没王母娘娘什么事，因为他们虽然历史上不得已出现过女天皇，总的来说女子的地位还是低下得多，日本人无法忍受玉皇大帝身边有一位神通广大、富有权力的王母娘娘。玉皇大帝的反应令人吃惊：他帮着牛郎织女办喜事了！如果这故事在中国或者欧洲，下面就没法讲了，“王子和公主从此过上了快乐的日子”，但在日本还是有办法讲的。结婚以后牛郎织女如胶似漆，于是怠慢了本职工作，牛郎的牛跑了，织女的布也质量下降，于是玉帝大怒之下，将两人分开劳动改造，并且仁慈地允许他们每年一次相互探视……

这一段充分反映了日本的社会思想：上面总是没有错的，有错的肯定在下面；自由恋爱是不好的，个人幸福不能超越工作需要；惩罚是必要的，每年能见一面要感谢领导仁慈……

我想起了一个外国学者和一个日本学者讨论社会问题，日本学者对其他国家的一次次农民起义非常不理解，外国学者觉得哪里有压迫哪里就有反抗嘛，于是启发他：“如果你们的天皇昏庸无道，做尽残暴勾当，你们会怎么样呢？”

他想这样你也不得不揭竿而起了吧？结果，那日本学者苦苦思索了半晌，道：“那我们只好一起跪到樱田门外痛哭，希望他悔悟吧……”

真是文化不同啊，就是可惜了牛郎织女的好故事。

最后说一句，我为什么历年没有注意过日本的“七夕”。原因是这个节日是属于孩子的，萨早已过了可以在儿童节放假的年龄，与我无关自然高高挂起，偶尔在商店看到柳树和飞鸟结，还以为是什么新鲜的促销活动呢。然而，每年，小小魔女也会有自己的愿望吧，如今的“七夕”，不能像过去那样过了。

这实在是一个让人头疼又欢喜的变化。

朋友评论

1. 盂兰盆节在南方还是有很多人过的，我奶奶就把它当成一个大节，当然我们都已经不知道是什么节了。在中国香港应当是一个大节日，会派“平安米”，很多老人家排队等派米。

2. 我以前还早晨跑步，那天突然注意到未名湖边随处唧唧喳喳的喜鹊怎么都不见了，我一起跑步的同学笑说，你不知道今天七月七，喜鹊都搭鹊桥去了，我听了真吃一惊，不过到现在也不知真的还是假的。

3. 日本的“七夕”是公历7月7日。那天经过寮门口的时候，看到绑满五颜六色纸条的柳树，心情很复杂，很多年前的7月7日，日本发动了卢沟桥事变……

繁缛的送礼事件

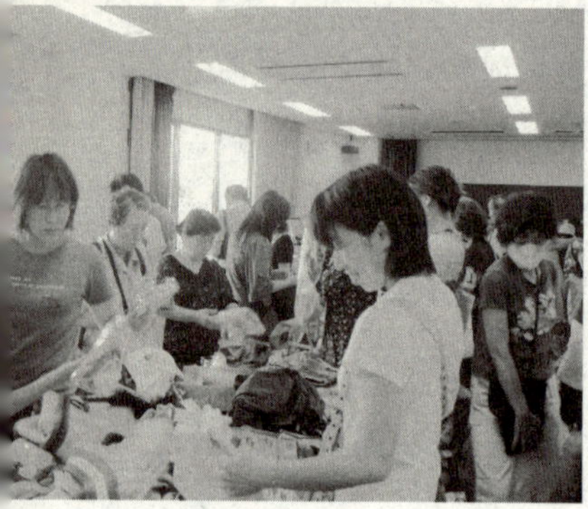

◎ 日本巴扎的热闹

在日本我很喜欢逛巴扎。

俗话说“破家值万贯”。日子长了，用不着又舍不得扔的东西总得处理。在美国，这种事儿都是在自家车库里进行，所以称做 garage sale，显然是小打小闹；在北京，我们管这种活动叫做“跳蚤市场”，据说是德国传来的叫法。怎么会从德国传来呢？听说早年有批学数学的被派到德国，见识了这个玩意儿印象深刻，回来后在中关村组织了几次，风评很好。知识分子卖杂货当时被认为有伤风化，不久取缔，但这个带点儿幽默色彩的名字却随即传开。而在日本，这种个人出摊，处理家庭旧物的二手货市场，则称做巴扎。

老实说，我对日本人用“巴扎”来形容旧货市场感到十分困惑，因为“巴扎”这个词来自维吾尔语，直到今天在新疆还把赶集叫做上巴扎，这日本人怎么也不会和维吾尔族拉上关系吧？至今不明原理，估计是某个到中亚地区旅游的日本人惊叹于维吾尔人集市的热闹，带回来的吧。

巴扎不是常设的，每到秋高气爽或者春暖花开，日本地方政府就会选个神社或者广场，通报市民某日在某地开巴扎，欢迎大家报名摆摊。虽然要交费，这种时候报名的还是很多，家庭主妇们很少会有人放过这样既能把旧物处理掉又能赚些银子的机会，而据我看来，很多日本人来摆摊的时候都是拉家带口，举着遮阳伞带着汉堡热狗，简直就是一种变相的全家出游。这种“经济之旅”应该说有些道理，开巴扎的地方往往是当地名胜，孩子们自然可以乘机玩耍，而那几百个装满各种杂货的摊位，看在女主妇的眼里，总让我想起赵忠祥老师在《动物世界》片头的旁白：“这，就是野生动物的节日”。

难怪，很多主妇卖货卖了半天，回去的时候车里却装得比来的时候还多；而很多摊位看摊的只剩下奶声奶气的孩子，让你空有一肚子的砍价技巧无法下手。

后来我想想把巴扎安排在这样的季节颇有道理，假如寒冬腊月或者赤日酷暑办这个东西，无论买的还是卖的都得有咬牙玩命的精神才会到场了。

而我之所以会有逛巴扎的兴致，是因为在巴扎上可以买到意想不到的好东西。自然，各国的二手市场都有意想不到的好东西，这不新鲜，但日本的巴扎还有独特的地方，那就是“新品”特别多。

所谓“新品”，指的是进了家门即没有用过，多半原装的包装都没有拆封的东西。在巴扎上“新品”的价格比用过的东西贵一些，但比商店里要便宜得多，尤其可贵的是，这些“新品”多是质量上乘、有钱没地方买的好东西。

您说日本的主妇不都是以精打细算著称的吗，怎么会弄出这样多占地方又不用的东西进家门呢？其实这不怪日本的主妇们，而是因为日本有一个要命的传统——送礼。

送礼，是传统日本人生活中一件必不可少的事情，而且名目繁多。比如搬家，就要给所有邻居送礼，包括一个楼道的所有住家，还有楼上楼下，自治会的会长，因为这些都算是和你有关系的人。比如节气，这可不是中国仅仅春节中秋送个挂历，就拿夏天来说吧，入夏要送礼慰问，提醒对方注意季节的更替，到了中秋要送中元礼，到了天特别热要送“暑中见舞”礼，到了天快凉了要送“残暑见舞”礼……就算是丧葬，都要送礼，而且，对方还要当场返还准备好的还礼。

这样一来，许多日本人家里就塞满了不得不收、又派不上用场的精美礼品。

无奈之下，就给送到巴扎来了。

巧的是，这对萨来说是正中下怀。

因为今天很多日本人也厌烦了这些烦琐的礼节，到该送礼的时候发个明信片或者电子邮件就算完，但仍然有不少日本人坚持这种自己的文化传统。不幸的是日本还有一个习惯，收到礼物当场就要给人家还礼，否则就是失礼（若在中国人家送你点儿什么，你当场就还礼给人家会被当做一种对友情的侮辱，真是风俗不同）。

可我怎么知道在日本给人家还什么礼物好呢？小魔女讲过不少这方面的忌讳，萨听得头晕，后来发现她自己也是一边上网查一边讲，敢情她对这些也是二把刀啊。

得了，我自己解决吧。解决之道，就是逛巴扎，临走，总会收集一批价廉物美的礼品回去，至于这些东西是不是会犯什么忌讳，那就不是我的问题了，是最早买礼物那家伙的修养问题。于是皆大欢喜，用这个办法萨在日本应付送礼的事情总是游刃有余。

不过，也有出过乱子的时候。

有一回，家里来了一个小魔女的师兄，两口子一块儿来的，带了阿苏的点心送来，萨不敢怠慢，赶紧取一盒上回巴扎上买来的夏威夷巧克力作答，却见那女的忽然捂了嘴，仿佛活见鬼一般。

这个表情不对嘛，萨装着出去倒茶，给了两口子一个说悄悄话的机会。

果然，萨刚出门，两口子就开始嘀嘀咕咕：

女（迫不及待）：这个，这个好像是上次咱们旅游回来买的那盒嘛。

男（拿巧克力的声音）：很像哦，嗯，会不会是人家也去夏威夷旅游了？

女（急切）：不会不会，你看上面销售日期的戳儿，就是咱俩买的那天嘛！

男：有这种事儿？这盒巧克力咱们好像……

女：送给你妈妈啦，怎么跑到这里来了？

男：%￥#？？？！？ #%%

萨一回头，发现小魔女也在那儿一脸尴尬地偷听，连忙拍拍她的肩膀，别担心，看我的，拐卖不出去，一盒巧克力还忽悠不开？

萨走进屋，故作潇洒地给两位倒上茶，两口子连连道谢，对巧克力自然作出一副若无其事的表情来。天南地北地聊了一会儿，萨主动拿起那盒巧克力，说道："这东西送给您二位说来有些惭愧，本不是我买的，是友人送的礼物，不过我们两口子都不吃巧克力（这倒是真的，怕坏牙长肉），只好请二位笑纳了。"

回避开两位若有若无地对送巧克力的友人情况的关心，送眼中遗留一丝困惑的两个家伙离开，萨长吁一口气。

谅老太太也不好意思承认，把儿子买的巧克力给卖到巴扎去了吧。

慢来，我怎么记得我是从一个老头子手里买的巧克力呢？

天，这巧克力在进我们家前，到底倒过几次手啊？！

朋友评论

1. 老萨讲的这个巧克力的故事。有点儿像我们这里中秋节送月饼，元旦前送挂历。还真遇到送出去的东西转一圈，又回来了。

2. 最大的巴扎在土耳其的伊斯坦布尔，就是大集市的意思。新疆大概也是从那边传来的。

3. 挺像送月饼，过年送礼品的。国内我们那儿虽然不会拿去卖，但是的确有商店回购，还有礼物被送来送去，旅游一圈儿后又被送回来的。

日本鼓励高中“早恋”

◎ 日本的女大学生，如果入学的时候还没有男朋友，那事情就有些不妙了。

炎炎赤日连续了几天，第十号台风总算带来一场痛快的降雨。下班回来，一路享受着雨后凉爽的空气，便想起小魔女来。

这倒不是萨具有随时都会想起老婆来的“妻管严”情结，而是关于台风我曾经把这东洋小魔女弄得哭笑不得。

刚到日本的时候，因为每到台风必有降雨，喜欢凉快的萨苏对台风就有些情有独钟。一天，谈到若是能通天的话许什么心愿，萨就说希望夏天多来几个台风，若是加俩海啸更爽。说完之后只见座上日本人表情都颇为怪异，赶紧住了口。

事后小魔女问萨：你怎么能说喜欢台风海啸呢？这样说在日本很成问题的。

萨作无辜状，我喜欢凉快嘛，你们为什么不喜欢？

魔女一脑门儿官司地给萨解释，我们会喜欢台风海啸？这种东西每次登陆都要吹死淹死几十到几百口子不等，吹塌的房子无数，你倒凉快了，住在南边九州的人怎么办啊？

萨问：你们家有亲戚住九州？

魔女摇头。

萨说：那就没关系了……

魔女当场晕倒。

玩笑归玩笑，那一次算是领略了日本人思维其实有不少与我们不同的地方。自幼生活在中国北方的萨苏眼里，台风实在看不出可怕的地方来，而岛国日本的臣民们感受就完全不同了。

正想着，已经到门前，忽见有人拄着雨伞在门口等，一边等，一边还在转圈。

这当然不是小魔女了，而是邻居的林大姐。这位林大姐是天津人，三年前随丈夫来伊丹，附近中国人不多，林大姐两口子经常带着儿子小龙上我们这儿来聚会，双方关系极好。看林大姐这个表情，八成是有什么事需要兄弟帮忙了。

一问果然，事儿还挺复杂，林大姐很紧张地告诉我小龙早恋了，说他两句还不听话，敢顶嘴！

萨一时沉默。说实话，早几个月就看见小龙和他们学校一个叫由纪的女生骑着一辆自行车在街上跑，勾肩搭背关系很不正常。不过，这个事儿没跟林大姐说过。理由也很简单：第一在萨上中学那个时候，对早恋管得跟犯法一样，难免落下些逆反心理；第二，那个叫由纪的小姑娘明眸皓齿，是日本少见的大眼睛女孩儿，本着肥水不流外人田的原则，让咱小龙娶回去也不是坏事。

既然这样，咱就没有理由做法海了。可是小龙事机不密，“臣不密失其身，君不密失其国”，小龙不密捅了马蜂窝。事情落入老太太眼里，林大姐是很传统的人，双方的交流不太顺畅，结果顶撞起来。听林大姐一五一十地叨唠，萨赶紧把她让进屋，倒了茶消消气，一边琢磨着替小龙说话：“大姐，那女孩儿我见过，人蛮不错的，您着什么急？反正……咱小龙也不吃亏。”

刚坐下的大姐噌又站起来了：“哎呀小萨啊，话可不能这么说，你看小龙才上高一啊，15岁，这个岁数的早恋有几个真能成的？不是浪费时间吗？这再过两年就考大学了……再说，那女孩儿也太大胆了。”

“怎么大胆了？”

“小孩儿早恋我不是没见过，哪个不是偷偷摸摸的？这丫头看见我居然大模大样地自我介绍是小龙的女朋友！而且还天天早上给小龙做盒饭便当，哼哼，我说小龙这些天怎么不让我给她带午饭了呢。”大姐一边说，这话就带了几分醋味，“她那个父母也有问题，不但不管，她妈出差还给小龙带巧克力，要是我的闺女，我能放心？”

哎，别说林大姐还真有点儿道理，那您找我干吗啊？原来是因为我给小龙当过家庭教师，估摸着小龙比较服我，找我去做思想工作呢。那就不好推辞了，只好点头答应，告诉大姐吃完饭就过去，让小龙等我。

不一会儿，小魔女也下班了，听到这件事，问我：“萨老师，您准备怎么做工作啊？”

“这个，”我还真没当回事，“摆事实，讲道理呗，大不了我弄几盘《红楼梦》或者《十面埋伏》给他，让小伙子对陈晓旭或者章子怡单相思，不就完了？”

小魔女答道：“要照你这样，过些年非挨骂不可。”

“啊，那你说怎么做好？”

“做林大姐的工作啊，让她别干涉，对人家女孩儿好一点儿，平时多让人家来家里玩……”

“停，我说你这是制止早恋吗？我怎么看是要当小媒婆啊？”

小魔女大笑，这才一五一十地道来。原来，小龙的“早恋”，在日本是再正常不过的事情，要是这时候不“恋”起来，闹不好就一辈子打光棍了。

日本高中生的“早恋”，成功率极高。

之所以如此，归根结底，原因还在日本社会的习惯上。和世界大多数民族不同，日本传统成年人的脑子里，生活和工作是分属不同性别的。男人加班成性，只有工作没有生活，女人专业主妇，只有生活没有工作，所以两性没有交集。虽然这种情况近年来有所变革，但日本男人上班以后接触异性的面儿特别窄这个特点是没法改变的。除了办公室的几个女同事，日本男人就没有什么机会正常接触其他女性了，连上舞厅跳交际舞的机会都没有，因为日本人没有接受交际舞，舞厅里都是独舞，根本没有男女拉手跳的。这个萨能理解，我刚到

◎ 小龙和由纪，正请我下次参加他们的婚礼呢！

大阪的时候参加一个晚会活动，结束的时候听见音乐，习惯地请旁边女同事跳一支曲子，却把对方吓得花容失色。事后才知道人家是原谅你外国人不了解情况，否则就要大叫非礼啦！

而日本这个地方，古代缺少“媒婆”，现代没有介绍对象的。所以日本人要是在大学毕业还找不到对象，基本就找不到了，只好没事上酒馆泡女招待，那当然是没法娶回来当老婆的。日本的高考压力不大，日本人的黄金恋爱时间就是高中。

你说这么早？为什么不等到大学呢？原因很简单，不少日本姑娘小伙子高中就定情了，往往确定恋爱关系后，上什么大学“小两口儿”要商量着来，以为将来人生作计划。就我看来，其中女孩子作牺牲的比较多。这样一来，等到大学，那条件好的GGMM已经被“批发”，剩下的多半歪瓜裂枣，挑选的余地可就不大了。至于上了班以后……那连歪瓜裂枣都不好找。那么，变态地说，怎么不更早开始谈呢？原因是日本中小学讲求户外活动，孩子们在初中的时候都是晒得如同非洲人，加上发育未成，形象可怕，恋爱的条件还不成熟。只有到了高中，少男少女才出落出大孩子的样子来，当然是恋爱的好时光了。

所以，由纪的妈妈并不觉得女儿做的有什么出格，相反觉得小龙不错，还要认真笼络这个“小女婿”，免得女儿错过了这个村没这个店，嫁不出去变成女光棍啊。据说就是因为当学生的时候自由自在，上了班就变成“工作奴隶”反差太大，日本的孩子们普遍有着不愿意长大的心理情结。

原来如此，真给搅黄了那人家将来还不骂我？萨吃惊之余，想想自己的高中生活，不禁愤愤不平，极想在小龙这家伙屁股上狠狠地踹两脚。看来中日之间思维不同的地方，还不仅仅是对待台风海啸呢。

魔女自告奋勇地去说服林大姐，萨就乐得清闲了。等魔女走了，萨忽然想起一个十分严肃的问题，皱着眉头琢磨了好久，最后决定还是找魔女问问清楚。

晚上 9 点多小魔女才回来，一副志得意满的样子，还带回来了几个甜瓜，说是任务完成，林大姐高兴，送给我们吃的。

看着小魔女高高兴兴地找核桃夹子，萨终于期期艾艾、不吐不快地问道：“这个，有个问题问你一下，一不许生气，二不许撒谎啊。”

“没问题，什么事儿？”

“这个，你和我碰上的时候，可是大学毕业两年多了吧？你那时候还没找着主儿，是不是也属于歪瓜裂枣类的呢？……”

“喔……”

不是说好了不许生气的吗？为什么用甜瓜砸俺的头？！

朋友评论

1. 日本人的学生时代真开心啊。想想我在高中连女孩子手都没拉过……

2. 现在的情况是大家对小小魔女的兴趣比小魔女高，对小魔女的兴趣比老萨的奇闻趣事高，对老萨奇闻趣事的兴趣比老萨的历史探究文章高，对老萨历史探究文章的兴趣比老萨本身高……

3. 魔女嘛，就是比萨聪明，甜瓜省得还用刀切，哈哈！

猫狗为奸

萨刚刚搬家完毕，一场台风带来 250 毫米的降水，门前的河水一夜之间涨到了门槛。怕旧房子屋顶漏水，匆忙赶去看看。刚到门前，就看到邻居家的大肥狗爱狗强（日语“爱子”的发音）大人在我家门口转来转去，不时还嗷嗷地叫两嗓子。一愣之后恍然大悟，下雨了，爱大人是来找我家的“猫”去抓鱼啊。

“猫”，就是一只猫的名字，这有点儿怪吗？不应该奇怪吧，就像我们人也可以叫张人李人马人牛人驴人一样并不犯法。这肥东西在我们家吃了三年左右的白饭，前些日子因为家里一些特殊情况不得不送到朋友那儿去了，走的时候这厮上了人家的车又蹦下来，若有所思地在房间里转两圈，把萨那口子小魔女掉在桌子下面的一颗加应了咬来吃了，然后满意地打个嗝，头也不回地登车而去。那份无情无意弄得我们担心出现伤别离惨景的心灵为之怦然错位。

肥猫“猫”是胖狗爱狗强大人的朋友，这种关系很多人理解不了的，因为大多数情况下，猫和狗是前世的冤家，想来所有的猫妈妈都讲过大灰狗和小红帽猫猫的故事。“猫”没有机会接受这方面的教育，它生下来没多久就被我们弄来了，猫妈妈来不及给它讲故事。而这一点即便“猫”知道，大概也不会放在心上，因为肥猫“猫”是个极有个性的家伙，向来我行我素。换一只猫可能完全不会想到去挑一条狗做朋友，而“猫”和爱狗强走在一块儿了，甚至从来不屑表现一丝惊讶，就好像爱狗强不过是一头长相有点儿怪的猫一样。

“猫”是朋友家一只北京母猫最小的崽子，叫猫崽子可能有点儿罕见，但形容“猫”就比较贴切了，因为我们老家都把小猪叫做猪崽子，大家可以想象我们第一次看到的“猫”是个什么德行。“猫”吃奶的好胃口赶得猫妈妈可怜兮兮

◎ 都说猫和狗是死对头，但特殊的情况也有。

地东逃西窜，猫哥猫姐也都饿得追着妈妈跑。朋友不得已，又不忍杀生，贪吃也没有死罪啊，求着我们收留这个短尾巴的小怪物。小魔女一心软，“猫”就到了我们家。岳父岳母不支持我们养宠物，说你们人都忙不过来呢，净吃麦当劳，猫跟着你们不是受罪吗？只好告诉二老最近家里闹耗子，这个是朋友那儿弄来的“捕鼠猫”，才算报了户口。

“猫”来了以后毫不挑三拣四地一通胡吃海塞，牛奶也喝，橘子汁也喝，菠萝汁也凑合，肉也吃，鱼也吃，实在没嘛了，胡萝卜也可以啃。

这下子，不出半年就胖成了一个球球。如此一来，小魔女就跟萨商量：可不能再死劲儿撑它了，倒不是怕撑死了，这厮从来没表现出这方面的风险，而是怕它肚子再往下垂，四条腿就够不着地儿了啊！

按照兽医朋友的建议，我们决定对“猫”进行饮食管制。

“猫”的胃口很好，情商却似不高，瞅瞅我们俩不再给吃饱，号了两嗓子以后，也就不再有伤心的表现，悻悻然地夺门而去，回来便美滋滋的，竟大有茶饭不思的意思。

我和魔女吓了一跳，按说这么小的猫不会有怀春的意思吧，可现在孩子都早熟，猫又怎么说得准，过了几天跟踪追击，却发现这狗东西哪里是怀春，原来是打野食去了。

日本街上常有野猫，没有人轰赶，却有些慈善的老太太喜欢弄了食物定时定点地喂它们，弄得野猫衣食无忧，皮毛油亮，日子过得蛮惬意。两条街外三木老太太就是这样一位施主，每天用米饭拌了小鱼给野猫们开斋。也不见有人指点，我们那肥厮就大模大样地跟着野猫们去享用，大概那一副肥头大耳还挺讨人喜欢，三木老太太每次喂完了都要把它抱起来抚弄一番。我跟魔女说这三木老太太也是弱智，有野猫肥成这个模样的吗？愣分不清！这肥厮每次回来都是一副得意扬扬恬不知耻的德行，害得我和小魔女从来没有勇气告诉三木老太太那肥贼是我们家的“捕鼠猫”。

我曾经想把这没起子的东西弄回来臭揍一顿关起来算了，这个打算让小魔女给拦住，告诉我两条理由：第一是在日本打猫犯法；第二是我们俩都忙，谁也没工夫陪它，“猫”已经够不幸的了，还不让人家自己在外头找点儿乐子吗？转头看着那厮四脚朝天睡得直打呼噜，一副幸福模样，萨也真有点儿下不去手。

放纵的结果就会引发更大的问题，过了几天，我们就发现“猫”和爱狗强大人混到一块儿去了。

爱狗强大人是邻居家的一条北海道种大肥狗，肥到什么程度呢？反正走路都不利落了，得一条腿一条腿地挪，连链子也不用拴，它也不跑，大概很明白对自己来说回归大自然和进入火葬场只有一线之隔。每天看着邻居家太太牵着爱狗强大人在小道上艰难地遛狗，我们都忍不住想琢磨日本安乐死方面的法律。除此之外绝大多数时间，爱狗强大人都是趴着，而且越凉快的天儿越好。每到饭桌上小魔女就常常慨叹：萨，看到了吧，再吃肥肉，你也会变成爱狗强的样子啊。我跟你打赌，爱狗强肯定有心脏病、高血压、动脉硬化……

“猫”这个不长进的就交这号朋友，时不时地在爱狗强那狗窝里起腻；爱狗强呢，我看它倒不是唯独对“猫”友好，它那个体态大概也不允许它有任何的暴力倾向，而是从来没有别的猫敢跟这么大的狗靠得这么近。

“猫”是不在乎的，还常常大模大样地分享爱狗强大人的狗粮，完了就跟着爱狗强一样往地上一趴，看街上的车水马龙，一猫一狗相安无事，好像也都懒得交流。只是有的时候“猫”会突如其来地把这大胖狗带回家里来，弄得我们手忙脚乱，怎么办呢，又不能赶出去，只好弄出点儿点心什么的招待一下吧。看着爱狗强大人憨憨地傻吃，这个时候萨就常常阴险地注视着此獠圆滚滚的腰身，真想问它一句，你知道我们怎么做狗肉火锅吗？当然爱狗强大人肯定是不理解萨的意思，否则只怕早就嗷的一声从窗户蹿出去了。

据我们观察，其实这种“非凡”的友谊无非基于两点共通之处：第一是两个家伙都比较寂寞；第二是两个家伙都有旺盛贪婪的食欲。

“猫”比较寂寞有它的道理。这厮虽然生在日本，却是一只地地道道的中国猫，刚来的时候，小魔女给它娶了个名字叫“斧头狗”（日语里“胖子”的发音），无奈三呼不应，倒是萨一声“猫”，那厮就屁颠屁颠地赶过来，看来还是就听得懂中文。当然也有可能另有原因，小魔女心粗，大多数时候猫粮都掌握在萨的手中。不过和日本猫的交往中，这沟通的确有点儿问题，肥贼一开口就是“喵喵”，日本猫一开口就是“捏捏”，一块儿争食问题不大，吃完了交流感受，便是日本猫聚在一起神侃而那厮在一边灰头土脑。人有交流的需要，猫也有啊。看见好几次那厮腆着脸往人家日本猫堆里挤，“捏呀捏”地掐着嗓子装蒜，看着也挺可怜。

自从和同样寂寞的爱狗强大人交上朋友，这个问题就没有了。这肥厮吃完就走，那肯定是奔爱狗强大人的狗窝去了。假如事情只是这样，这不过是两个寂寞的家伙穷极无聊在一起饱吹饿唱而已。要不是我们偶然发现两个家伙联手解决自己旺盛的食欲问题，还真没看出这种交往里面有着令人惊讶的积极意义来。

爱狗强大人其实也饱受饮食控制的折磨，它倒不是量不够，而是那家太太坚决给它吃素，希望通过这种办法让它减肥。想着我们大学的女同学都让北方大馒头催肥得一塌糊涂，萨对这位太太的理论颇为怀疑。这位太太无疑是好心，无奈爱狗强大人虽然温顺，但毕竟是一条狗啊，这大胖狗到我家拼命啃鸡骨头的样子让人看了都心酸。

当然我们谁也不知道爱狗强大人和“猫”有着自己解决问题的雄心壮志。直到有一天，那肥厮在萨脸上又舔又亲的时候，忽然闻见一股鱼腥味，问问小魔女也有同感，才引起了我们的怀疑。

这种奇怪的鱼腥味时有时无，慢慢地就让我们总结出了规律：只要下大雨，这猫就有古怪。

于是，一日雨晴之后，那肥厮看看满地积水，不疑有它，又是兴冲冲地夺门而去。萨和小魔女就当了一回克格勃，跟猫追击。

那厮蹿沟过路，没有一会儿便来到街口，只见那大肥狗爱狗强大人正在那儿恭候呢，一边嗷嗷，一边喵喵，互致问候以后，两个家伙就大摇大摆地向前而去。

这下子萨和小魔女都有些兴奋，哈，还是联手作案呢。同时又感到一阵轻松，因为“猫”虽然肥，毕竟是一只猫，蹿房上树的本事还是有的，真的越墙而过，你说我们是跟着跳呢还是不跳？爱狗强大人可就不行了，就它那个体重，走大道都喘，对跟上它我们有绝对的信心。

果然，两个家伙规规矩矩地沿着大道一直走下去，到了天神川大桥旁边，爱狗强大人忽然往下一趴，肚皮贴地，顺着草坡滑了下去，一直滑到水边，然后扑通一声迫不及待地跳进涨水的河里。猫可就灵活多了，三蹿两跳，也跑到岸边，拢拢短尾巴，道貌岸然地坐下来，两眼一眨不眨地盯着水面。

这个时候，爱狗强大人就开始在水里扑腾。狗刨狗刨，这大肥狗下了水变得灵活了很多，四肢乱扑，平静的水面顿时水花飞溅。

小魔女带了望远镜，两个人一人一只眼地凑上来看，难道两个家伙来体育锻炼了？也不像啊。小魔女和萨对望一眼，正在疑惑，只见猫忽然快如闪电地扑向水边，连扑带咬，几下就叼起一条大鱼来。

我们顿时恍然大悟，哦，原来这两个狗东西合伙到这里来抓鱼啊。日本河川里鱼很多，常常长到一米多长，而且很傻，随便哪个新手一天都很容易钓上来十条八条的。像我们附近这几条河也颇清澈，没有污染，但日本人不吃。起初我们以为是习惯问题，等到自己钓了一两次，才明白日本的河鱼土腥味大，脂肪多，实在是不好吃，也就不再感兴趣。而这两个家伙显然没有这样挑剔，只见爱狗强从水中扑上岸来，抡起大爪子一下就搞定了那条还在拼命挣扎的大鱼，两个狗东西兴高采烈地一个叼头一个叼尾，把战利品叼到树丛里享用去了。

半个小时以后，两个家伙心满意足地从树丛里钻出来，互相瞅瞅，沿着桥下一个缓坡爬上公路，又屁颠屁颠地跑回去了。

萨和小魔女没急着走，溜到两个家伙开荤的树林里细看，只见尸骨狼藉，一条两三斤重的大鲤子被吃得只剩一个头，周围不远处还有几条大鱼的残骸，显然猫和爱狗强在这儿作恶已经不是第一回了。

◎ 与狗较劲的小魔女

回来的路上，萨和小魔女分析，这一猫一狗的智商都够高的。桥下的地方是个回水沱，下大雨后水流急，鱼们可能争相到这里躲避，不知怎么地就被两个家伙发现了，但是，猫只能干看着眼馋，因为它不会游泳啊，爱狗强大人倒是会游泳，但是它动作笨拙，想抓住活鱼那可是没门儿。两个家伙的战术很对头，爱狗强下水扑腾，把鱼赶到岸边，然后猫来下手。当然，战利品是同享的。这种狡诈的战术谅爱狗强这种大傻帽儿想不出来，只怕是那肥厮的主意。一时我们对猫竟产生了几分佩服。

不过，回到家中，看到那肥厮面对寡然无味的一碗剩米粥汩汩大吃，活像三个月没吃东西的样子，这种佩服顿时化为乌有。

回来和小魔女一说爱狗强大人来找猫，魔女心软，说两个小家伙也够友情深重的，要不你给雯打个电话，把猫接去让人家好友重逢一回？雯是我过去一个女同事，苏州小姑娘，性格极好，总说我们不给“猫”吃饱是虐待她，所以这次听说我们有意转让，就欢天喜地地迎了去。

萨想想也是，便拨通雯家的电话号码。刚说一句，那边雯的声音突然转高八度带了哭腔：“啊，萨，你那个猫是不是什么都吃啊？月饼火腿也就罢了，昨天一个没注意，我爸给我带的一瓶鲜王浆就全让她给吃光啦……”

小魔女：“萨，你怎么了？”

萨：“"————————————–#$&('%&$##"#"""!!"##$$#$"!!!!!★”萨在琢磨一个可怕的问题，难道这狗东西连开瓶子盖这种智力活儿也学会了？那下一步它会不会学上网买罐头啊？！

朋友评论

1. 我们家兔子跟隔壁的猫玩上了，那猫经常大摇大摆地翻墙到养兔子的院子里。兔子看到别的猫跑得比什么都快，唯独跟这只猫友好相处，两个还一起啃玉米——兔子的口粮。

2. 想起了家中的伙伴……

我家隔壁养了条“四眼狗”，叫龙龙，每天送我妈上班，三里路，送到团部大门口，叫一声“龙龙，回去”，乐颠颠地回家……

司务长家有头超级母猪，大概有普通门板那么大，还有只猫，冬天冷的时候，狗睡在猪怀里，猫睡在狗怀中，连环三套……

“小心不要风邪”

许是加班多了一点儿，又可能是贪凉受了点儿风，居然感冒起来。

日语里面，感冒叫做“风邪”，这个古怪的词儿常让我想起半身不遂来。大概在日本古代，感冒是件很可怕的事情，以至于到今天聚会散去的时候，日本人不会像中国人似的说：“您慢走”，却会一本正经地告诉你：“小心不要感冒。”

而送个明信片，有限的几句话，最后还是一句：“小心不要感冒。”

这件事情曾让萨觉得有趣。应该说人类要面临很多可怕的疾病，感冒算不得大毛病，就算日本人注重健康，为何不说“小心不要得肺炎”、“小心不要得猩红热”呢？

曾经问过教日语的小老师。日本人脑筋比较死，能教外国人的绝对算其中头脑灵便的，但听到这个问题还是看天看地晌晴白日地找了半天星星。最后，终于想了一个答案，对我说，这个啊，我们从祖上传下来就是这样。大概……古代医学不发达，得了感冒还有希望，肺炎、猩红热之类的除了跳跳大神就没啥办法了，所以问候人家不要得肺炎容易带来心理阴影。

听了这个答案不禁暗笑，想起白石桥派出所梁大盖儿同志讲到给动物园当差的事儿了。人家园长说了，园子大，难免跑出去个啥，请警察同志们多看顾着点儿。于是梁大盖儿认真地询问：

我要是在房上看见跑出来的猴子怎么办？

您赶紧找人把它围上，控制其活动范围。

我要是在水沟里看见跑出来的大王八怎么办？

您赶紧把闲杂人等轰走，别让谁抓去给炖了。

我要是在街上看见跑出来的狗熊怎么办？

您……园长顿了一下，要是街上看见狗熊，就该我卷铺盖了。

萨估计是关于感冒这个问题太过邪门，挤对得小老师胡说八道。

咳嗽发烧，一问大夫肯定是疯了也邪了。人家给了点儿药，但是说得明白，感冒属于基本不治自愈的，吃不吃药就是个感觉问题，没太多本质帮助。

倒是 LP 比较体贴，问要不要吃点儿顺口的。

想了想，说你给我买瓶橘汁吧。

LP 不解，说你每次感冒都要橘汁，平时也没见你喝，怎么有这个癖好？

萨笑笑，说你记得爱因斯坦吗？不是头发跟鸡窝一样那个，那个是时空管理局的。我说的是我们公司那个老美。对，就是他。老爱每次感冒就要一大听冰可乐，喝着就见好。他说可乐治感冒。我呢，是橘汁治感冒。

可乐和橘汁治感冒？LP 是药学研究生出身的，

◎ 洋娃娃当然算药，日本现在就在卖“治疗感冒”款的娃娃呢！

涉及专业领域不肯含糊，道，从药理学角度，好像看不出什么道理……

哦，从药理学角度可能未必有道理。我说。只是我们小的时候商店里的东西比较少，每到生病的时候，若是有人来看，必会带上一瓶果汁、两个水果罐头。水果罐头可能是桃子也可能是山楂，但果汁清一色是橘子汁。那年头你想买芒果汁、菠萝汁也没地方卖的。这样一来，橘子汁就成了生病时候比较让人高兴一面的代表——发烧固然不好，但肯定会有橘子汁喝了。久而久之，生病时候看到橘子汁，就会有精神大振的感觉，估计老爱看见可乐的感觉也一样。

药理学上未必有道理，心理学上，可乐和橘子汁都是药。

看看夹着一个玩具熊蹒跚爬楼梯的小小魔女，LP若有所思，过了一会儿，慢慢地问：

要是小东西“风邪”了，声控芭比娃娃算不算药?

这个……当然算。

反正，这年头儿，什么都涨价……

朋友评论

老萨太天才了，看得我也想“风邪”了，中五百万的彩票算药吧！

日本八卦传播力

前两天参加一个活动，遇到以前一起工作过的一位吴大姐，吴大姐到处向人介绍："这就是当年散布谣言，坏我清白的那个小萨。"弄得我哭笑不得又无从辩解，谁让人家说的是真事儿呢？

那么，萨到底把人家吴大姐怎么了，以致得了这样一个坏名声？其实，真的是很无辜。

当时，萨到日本不久，和吴大姐是一个办公室，多受她的照顾，正在感恩图报的时候，机会就来了。一天忽然有个电话打进来找吴大姐，其他的就什么也说不清楚了。吴大姐恰好出去办事，大约因为在地铁里面，手机也接不通。接电话的秘书脑子还算快，对话一番以后，终于猜出对方是个中国人，于是把电话转到了萨的桌子上求救。

原来，是吴大姐的丈夫打来的，这位姐夫前几天刚刚从国内飞来探亲，大大咧咧地出门转悠，一下就找不着北了。他心里大概以为日本的城市道路也该像北京一样横平竖直，谁知道吴大姐住的神户市一面是山，一面是海，所有的道路都像蚯蚓似的，两个钟头以后姐夫发现自己上了一座一百多米的桥，再不敢乱走，只好找当地警察帮忙。

日本警察还是负责任的，拿了姐夫记的地址，到地方以后怎么看姐夫怎么摇头，这楼好像陌生得很，尤其是地址记的单元居然还住着一个日本老头儿，这……

这么重要的东西居然记错了！姐夫没了辙，想起钱包里有吴大姐一张名片，就打到公司里来求救了。萨一看这个忙肯定是要帮的，马上找公司人事部的斋藤要吴大姐的住址。

斋藤是个很严格的人，说这属于个人隐私啊，如果没有足够理由不能随便给你的。谁要呢？

这可就麻烦了，萨的日语非常有限，我怎么形容姐夫和吴大姐的关系呢？丈夫？不行，“丈夫”这个词在日文里面含义截然不同，是“结实”、“坚定”、“好汉”的意思，“大丈夫”是日文常说的话，意思是“没事儿”、“没什么大不了的”，很豪迈，就是和中文的“丈夫”拉不上关系。那么，说“先生”？“先生”这个词日语里面也不能乱用的，只有教书的，特别是教授才可以叫先生。日本的教授地位崇高，走大街上管谁都随便叫“先生”，那位多半会红着脸表示不敢当。老公？日文肯定没这个字，要斋藤认真起来去查，闹不好和太监拉上关系。

怎么办？用手比画长头发，表示吴大姐，用挎胳膊表示姐夫，比画半天，看斋藤还是两眼发直。这日本人的脑子怎么长的？榆木的？这么明显的事儿就是理解不了。

灵机一动，忽然想到中国对丈夫还有一个说法，萨就用上了，这位啊，是吴大姐的爱人。

嘿，别说，斋藤的榆木脑袋立即开了窍，露出理解的表情，却又带点儿狐疑，眼珠一转，好像要确认一下，比画了一个房子的样子问我，他们……他们住在一起？

当然了。不过，吴大姐的爱人是从中国刚来的，所以没有记住住址。

斋藤作恍然大悟状，一面连连点头，一面忙着找吴大姐的住址去了。

萨把地址告诉姐夫，他写在纸上给警察看，此事果然顺利解决，原来为了迎接姐夫前来，吴大姐特意换了个宽敞些的公寓，而马大哈姐夫呢？还拿着过去的旧地址呢。

大姐回来，当然是一番致谢。这事本来圆满解决，萨觉得自己做了件积德的好事，但唯有一点让人放心不下，这斋藤的表情怎么有点儿不对劲儿啊，看着有些鬼头鬼脑？

不料，没两天，吴大姐就打上门来了，好你个小萨啊，有这么拿你大姐开涮的吗？那天你姐夫来电话，你说他是我什么人？

爱人啊，有什么不对？

我说嘛，这几天公司里同事看我老跟看失足青年似的，原来是你搞的鬼，你这不是造谣生事嘛？

怎么，难道我说错了？姐夫当然是您爱人嘛。

那是在国内，他是我爱人；在这儿，他可不是我爱人……

大姐，这可就是您的不对了，见异思迁也得先把手续办了吧，现在您和姐夫可是合法夫妻，何况姐夫这人还不错嘛，说扔就扔，您也太狠了吧？

嘿，我让你气糊涂了。吴大姐这才解释起来。原来，这两天吴大姐总看日本同事眼神不对，还偶尔听到有人说她养了个情人在公寓里。不但养了，还公然把电话打到公司里谈两个人同居的事情。中国人对涉及两性关系的事情一向严肃隐晦，居然有这样大张旗鼓的，堪称新闻……吴大姐属于那种爱惜名誉的人，这还了得，赶紧找了个熟悉的扫地大妈旁敲侧击一番，才知道是萨惹的祸。从吴大姐找扫地大妈打听小道消息，可见日本人传谣言八卦的本事绝不亚于国人。

萨大叫冤枉，我可没说过这话啊，我说姐夫是您爱人。

哼哼，回家问问你媳妇去，日语里头，“爱人”的意思，就是情人啊！

……

事后，向我家小魔女讨教，才明白果然是犯了错误。在日语中，“爱人”可不是什么好词，表示的是包养二奶一类的关系，我这段连比画带说，的确可算得上吴大姐的“污人清白”了。此后，吴大姐带着姐夫出席了几次我们公司的聚会，通过他的反复自我介绍，才算抵消了萨“造谣”的不良影响。斋藤后来很不好意思地对我说，你看你看，这个误会，我还以为吴女士在搞“不伦”呢。

不伦？萨又吓了一跳，心想包养情人毕竟和乱伦还不是一个概念吧，难道还有更厉害的谣言在飞？那可不关我事。

看萨一副要杀人的表情，斋藤一愣，问发生了什么事情，等明白过来，急忙解释，不要误会，我们日语里面“不伦”的意思就是你们中国人说的包二奶啊，和乱伦没有什么关系的。

◎ 难道他们也传播八卦吗？

因为用错了一个词，造成这样的问题，萨回家忍不住问小魔女："那，在日语中表达中文'丈夫'的意思，比如你介绍我，应该用哪个词呢？"

"嗅筋。"小魔女一本正经地回答道。

"嗅……筋？"听着这个怪异的词，萨的脸色不是很好，"怎么发音这样古怪？"

看到萨脸色不豫，小魔女连忙解释："这个啊，是简称，还有表示尊敬的说法。"

"那你说说看。"

"狗嗅筋。"

"狗……还嗅筋？！"岂有此理，萨勃然大怒，"消遣老爷我不是？拿咱家大勺来，我要执行家法！"

"慢，慢。"魔女一副笑得肚子疼的样子，一面解释。原来，日文中表示尊敬的"御"字，发音正是"狗"，而"嗅筋"一词，写出来却是"主人"。

在日本，妻子要称呼丈夫为"主人"，如果尊敬的说法呢，就是"御主人"。

天，从这一点看，男性在日本的地位真不是一般地高。虽然说发音有些不幸，竟然是"狗嗅筋"。

不过，地位高，萨这个"御主人"吃完了饭，还得刷碗。

敢情再怎么称呼，它也就是一个马甲……

朋友评论

这玩笑开得真够狠呀，一句话搞出这么大的乱子。

中国的鱼是一种马

北京虽然是世界级别的大都市，但这儿到我国最大的渔场——舟山渔场的距离超过了从东京到大阪的路程。所以这里虽然可以买到海鱼，新鲜的程度却无法和日本相比。鱼呢，总是越新鲜越好吃。作为很重视吃的中国人的一员，我当然会对日本的鱼印象深刻。

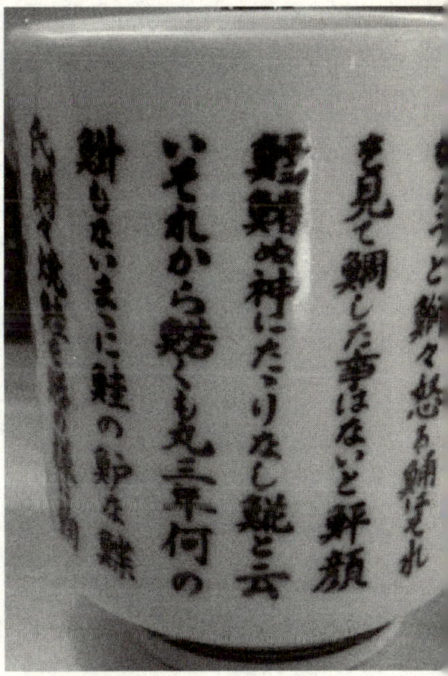

◎ 看看日本带“鱼”字旁的字，您能念出几个？

刚到日本的时候，曾买过一个杯子，上面烧制的汉字都是各种鱼的名字，比如鰺、鯛、鮎、鯖、鰤、鮃、鮭，等等，竟有几十种，看得我目瞪口呆。说实话，这些汉字大部分在《新华字典》里可以找到，但我这个中国人大多念不出来。看着这些字，萨想到的是陈独秀那篇关于“鱼鳖不可胜食也材木”的盖世雄文。

那么，是不是日本人找了一些字典上的怪字给大家猎奇呢？问起来，发现不是这样，大多数日本人能够很好地读出这些字，甚至还能够津津乐道每一个字代表的鱼是什么样儿的，怎样做好吃。比如鯛是过年的时候烤着吃的，鮎用签子穿了，上面撒一点儿盐烧最鲜美，等等。

要是看看日本带“鱼”字旁的字，您能念出几个那就不好说了。

最初以为能够这样讲的日本友人都是学问高深之辈，后来发现他们在读其他汉字时也经常犯错。最后还是一个日语老师给了解释：“日本人自古以来是吃鱼的民族，日本料理里有一半的菜和鱼介类有关，当然会很关心鱼的品种了。我想，中国一定不像我们这样有很多常用的带‘鱼’的汉字吧。”当时虽然随声附和，但心里觉得这话似乎不太对，只是想不到哪里有问题。

直到下一次回北京，走在市场门口，看到卖胖头鱼的摊子，才恍然大悟。胖头鱼，正式的名字，叫做“鳙”。中国的汉字里不是缺少带“鱼”的常用字，而是和日本所用的不一样而已。比如鲢、鲫、鲥、鳙、鲶这类淡水鱼的名字，在中国很常见，而日本人看了，多半不知所云。

日本人吃鱼不少，但或许因为住在海边，有足够的海鱼吃，所以除了鲤鱼以外，很少吃淡水鱼；而中国人吃淡水鱼很多，内地的人却不常吃海鱼。所以，双方使用的汉字中，虽然与鱼有关的字都很多，却不一样。这大概就是海岛国家与大陆国家的不同吧。

有趣的是，那天见到一个北京大学的教授。说起日本的鱼好吃，这位教授笑着说：“其实，在古代中国，鱼还有一个意思，是一种马的名字。”

咦，这个说法倒是新鲜。我半信半疑。

教授找来一本将近两千年前，汉朝人许慎编的书《说文解字》，翻开一页给我看。只见上面写道：“马一目白曰驹，二目白曰鱼”，解释成现代汉语就是：“一只眼睛周围是白毛的马，被称做驹；两只眼睛周围是白毛的马，被称做鱼”。

“这样的话，如果古代中国有人说自己家有一群鱼，难道表示家里养着一群两眼周围是白毛的马？”看完书，我有些吃惊地问教授。

“可以这样解释。”教授说。山东临淄的东周殉马坑，全部殉马当在600匹以上，可见当时马匹在中国的重要性。

好啊，以后可以把这作为一件趣事讲给朋友听了。但是，仔细一看，我又烦恼起来，那个“马一目白曰驹”的“驹”字，我不知道该怎么念，给别人讲这件事的时候，念错了要让人笑话的。

连忙请教教授。教授说你不要担心。要知道，当时中国人形容马的字，足有将近一百种，比如前腿都是白色的马，叫骙；黄白杂毛的，叫驱；尾巴根白的，叫骙；整个尾巴毛白的，叫骁；但你不需要琢磨这些字怎么念，今天已经没有人用这些字了。

一个马，古代中国人为什么把它的品种弄得这样麻烦呢？

教授说你看这就是中国与日本不同的地方了。中国是大陆国家，对于鱼的品种不会像日本那样讲究，我年轻的时候，市场上卖的鱼通通拿来红烧，从来不琢磨它的品种。但是，作为大陆国家，古代中国人出门要靠马，打仗要靠马，甚至有时候食物和饮料也来自马，对于马当然要重视，比日本人对

◎ 要论个头，日本的鱼真和马可以有一拼。

于鱼还要重视。因为这个原因，才有了这样多形容不同种类马匹的字。今天马不那么重要了，很多字也就被忘掉了。

至于那个时代尾巴根白和整个尾巴白的马有什么区别嘛，教授说，都是凌志，600SL 和 IS 有什么区别吗？一个日本首相用的，一个我们家用的……

原来古代中国的马相当于今天的轿车啊，难怪这么讲究！

最后问一句：今天，你家养鱼了吗？

朋友评论

菜好不好吃，和原材料有很大的关系。

看一下地图，日本海的位置，那里的鱼应该很好吃。

我国的海鲜，北海和嵊泗的好吃，没在日本吃过鱼，无法比较，不过在嵊泗岛上连吃三天海鲜以后，就想啃新鲜蔬菜并想念水果。

淡水鱼得往高寒高海拔的好吃。吃过两次记忆深刻的鱼，一次是在大足，岷江的江团；还有一次，是老家的农民挖地，把地下河挖通了，地上河的水一下子流干，留在小水坑里的好多石巴鱼，油炸了很好吃。

第五章

用日本的镜子照照中国

日本·社会

其实，对东邻所有的纠结都来自于一种阿Q情结——『我们先前——比你阔得多啦，你算是什么东西。』然而，我们是否有敢于正视现实的勇气，正如日本战后迅速投向美国的怀抱一样，雷厉风行地改进我们的弊端？

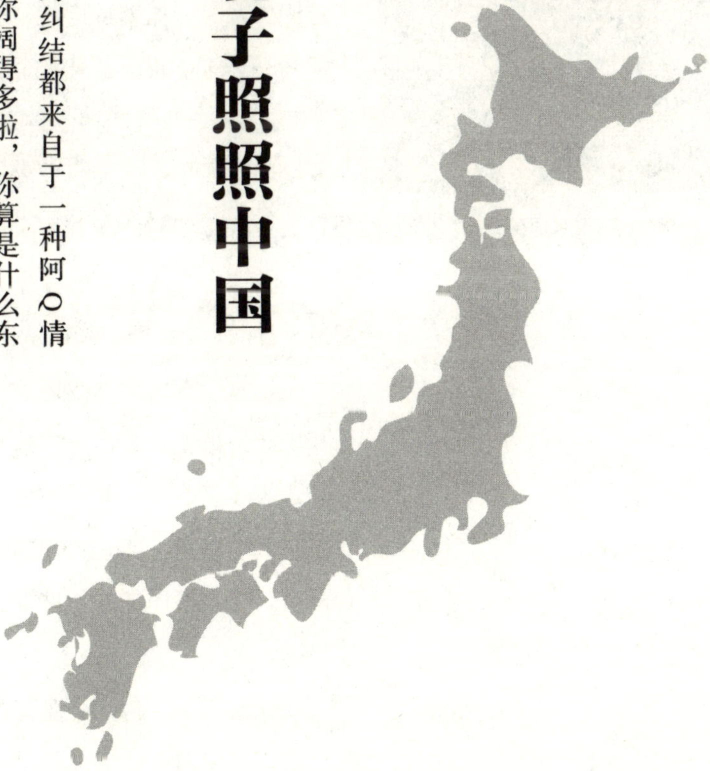

日本政府养狗捉猴子

◎ 得寸进尺的猴子

昨儿晚上小小魔女去了动物园追鹿，累得一回家就人事不知地进入准昏迷状态。那鹿估计也够戗，得喝两瓶营养补液啥的才能缓过来。这样萨就有了些空闲，本来，抓着这个空，想写写朝鲜战场上杨大易师长行军不许大小便的一段逸闻，不料却被人搅了局。

搅局的人是小魔女，有事没事地拿了市役所的预算案子来要我看。起初不大明白，我又不是他们市长，看这个有必要吗？案子被人家打开一页，拿起来看看，心里琢磨小魔这是啥意思。

那是关于本地车站改造的部分，要说日本这预算和设计还真是认真，连梁柱顶上要加两排铁刺都计算进去了，那样可以避免鸽子在梁柱顶上筑巢，真被它们搭了窝，鸽子粪会随时轰炸排队等车的男女老幼。是，够详细的，日本人做事细致，这是他们的一大优点，可是也没有什么特别的啊。

看到老萨不开窍，小魔女点点其中一处，略带怨意地说，你老说日本人都是一根筋，看看这个设计，你看，这个设计师能说人家一根筋吗？以后不要说所有的日本人都是一根筋，也有不是的……

哦，是因为老说日本人的脑袋是“一根筋”，人家找场子来了。

细看，原来这一页是个上下站台楼梯的设计，这个车站的站台在二楼，要上去才能乘车……哦，有趣有趣，这位设计师把楼梯用栏杆分成左右两部分，可以将上下楼梯的人流分开，但上的部分只有下的部分一半宽。这是什么道理？按说上车下车的总人数一样多，为何厚此薄彼呢？

小魔女看老萨上道，得意扬扬地解释道，那是因为这位设计师发现，虽然上下楼梯的总人数相同，但其实上下的人流有不一样的特点，下楼梯的人，都是随着列车进站一下子涌到站台上的，短时间内流量大，但没有列车来的时候就近乎为零。而上楼梯的人，是随时前来的，流量平均，并没有明显的波峰波谷。所以，为下楼梯的人留的宽度必须足够大，以便大量乘客可以迅速地走下站台而不必滞留，而为上楼梯人流留的宽度，完全可以比下楼梯的窄一些，并不影响使用。

小魔女得意扬扬地告诉我，因为这个设计窄化了上楼的楼梯，整个车站的建筑宽度减小了若干，由此乘以长度，节省的土地面积就价值好几亿日元，纳税人的钱得到了极好地珍视……

真的很不错啊，萨赞叹一声，不过干吗不把中间的栏杆取消了，大家都靠一边行，不就可以自动调节人流所需要的楼梯宽度了吗？你们……要栏杆干吗？

小魔女：%##？？？？ #￥…………—%￥#

太座一脑门儿黑线地收了文件要走，俺说等等，还没看够呢。

你还要看什么？魔女纳闷儿。

我看见你们那文件后面有一页挺有意思的，说是什么养狗……市政府养狗干什么？

养狗？我们市政府养狗干什么？小魔女看来也没注意这一段，饶有兴致地跟我一块儿开始在文件里找。很快，就找到了，不过，看完这份需要市政府提供数百万日元购买若干条良种狗，每年支出千万日元进行养护的提案，俺俩都陷入了石化状态。

因为，这养狗的目的太神奇了，居然是用来——抓猴子！

有听说过狗拿耗子的，怎么还有狗拿猴子的？这里面有很大的问题，而且，至少两个：

第一，我们这儿有猴子吗？从来没听说过啊。

第二，狗能抓住猴子吗？

这是怎么回事儿？看来，是日本的猴子生活得太自在了，已经达到了让某些人看不过去的地步。

面对日本政府养狗抓猴子这件事，小魔女到底是高学历的，目光只呆滞了片刻，就给出了两大问题的答案。

对于第一个问题，魔女的回答是清楚明白的，没有，俺们这儿是文明地方，现在没有猴，以前也没有过猴，要有，可能得到江户时代以前找了。

也是啊，到大阪市中心才十几分钟车程的地方。要搁北京大概也就相当于南银大厦一带，想想北京要是三环路上冒出一猴……没猴，它养狗是要抓啥呢？

这问题暂且搁置，没有不要紧，逼急了日本政府不会专门买俩猴来养着让狗抓吗？问题是狗能抓猴子吗？这个咱感觉可是匪夷所思。

对于第二个问题，魔女的答案同样清楚明白，狗，肯定可以用来抓猴子的。

狗能抓猴子？！谁说的？

你们中国人说的啊。

嗯？我们中国人什么时候说过狗能抓猴子了？

你们那《西游记》里面，孙猴子大闹天宫，最后不就是让那啸天犬抓住的？怎么别人就抓不住呢？

张了张嘴，这回轮到老萨一脑门儿黑线了。看得出这小魔是拿老爷我寻开心啊，来，拿咱家大勺来，咱要行家法！

惧于家法，小魔只好乖乖地说正经话。原来，在日本的民谚里面，猴子和狗真的是死对头。日本人若是形容王安石和司马光这样的关系，用的词就是“猿犬の仲”，意思说两个人的关系弄得跟猴子和狗一样，谁看谁都不对付。这个形容，与西方人说 like dog and cat 是一样的。至于为何会有这样的说法，小魔女也不清楚。找了些资料，对这个问题喜欢较真儿的日本人有各种各样的解释：

“在动物界，猴子是崇尚智力的草食派首领；狗，是喜欢动用暴力的肉食莽夫，在世界观上有很大的分歧，彼此自然谁也看不惯谁。”这个，给小小魔解释起来好像差不多。

“从前有一个猎人，养了一只狗一只猴，有天他带着猴子和狗外出打猎，遇到一头熊，猴子掉头逃跑了，狗却为了保护主人拼命抵抗。从此以后狗和猴子不断口角，关系就变得恶化了。”这个，毫无疑问小魔女会相信的。

“古人类来到日本的时候，已经开始驯养狗，生活在平原地带的猴子和人类为了争夺生存空间发生冲突，最终猴子败北，不是被杀死就是逃入深山。这中间狗作为人类的忠实助手经常承担驱赶猴子，把猴子轰出来让猎人杀死等任务，因此，双方形成了天敌的关系。”这个，琢磨着还比较适合给网友们做答案。

不过，这应该是发生在远古的事情了，是什么原因让日本政府在编制预算时，出现了这种返祖现象呢？

在日本这倒没什么奇怪的。由于对环境的大力保护，近年来日本的各种野生动物，比如狗熊、浣熊（日本人叫狸）、兔子、野猪、猴子等数量不断增加，而且逐渐习惯了和人类和平相处的生活。这本来是一件好事情，至少俺家小小魔在公园里追鹿追到吐舌头，省了老萨大量哄孩子睡觉的工夫。但偏偏日本是一个人口稠密的国家，这野生动物一旦多了，就难免和人狭路相逢。有些不怕人的野生动物如今经常到城市近郊出没，已经不是新闻了。

这下好了，您出门散步，碰上俩兔子或者狸倒不要紧，如果碰上个野猪或者狗熊呢？这种场面在日本可不稀奇。

于是日本各地，近年来屡屡出现标题“熊害”、“猪害”的文章，内容不是伤人就是把某个小孩儿堵在家里一天出不来，令人触目惊心。这日本国民还得感谢国土狭小，没有什么狮子、河马之类的超级猛兽出没，不然这日子可真是没法儿过了。

◎ 农民对于猴子的劝告。不过这位地主先生可能是不懂中国话“对牛弹琴”的意思。

在各种动物造成的灾害中，“猿害”算是最让人头疼的。

这是因为猴子智力很高，而且性格无赖，惯于得寸进尺。比如，在和歌山的那智胜浦，山中的猴子逐渐发现人并不是可怕的动物，于是开始进入田地活动。这帮家伙可不仅仅是来觅食的，而且边吃边糟蹋，拿农户的橘子练投掷，掰老玉米活动筋骨，都是猴们发明的运动方式。看《西游记》的说法：“一个个抢盆夺碗，占灶争床，搬过来，移过去，正是猴性顽劣，再无一个宁时，只搬得力倦神疲方止”，吴承恩可算是个懂猴子的。猴们是自在了，可这个小村 2007 年一个夏天损失就达 390 万日元。

这下子，日本的农民不干了，纷纷告到政府，要政府官员去抓猴子。

话说日本猴子下山骚扰，日本民众要求官员抓猴子。这日本官员都是经过公务员考试的，厉害的时候十七八个才能录取一个，本事肯定不小。但捉猴子的本事肯定没练过，自然，也就没法满足群众要求了。没这个本事的官员召集有本事的技术人员，一番商议以后，下面的招数就出台了。

日本式防猴网，用尼龙网子把田地罩起来，猴子就进不来了……要在中国，出这招儿的，肯定让农民给扔出去了——尼龙网子？那得多少钱啊？你种过地吗？！

可是在日本，这个费用还是比较可以接受的。一方面政府补贴一点儿；另一方面日本人多地少，保护有限耕地的政策之严厉，投入之多，和咱们的计划生育差不多。日本嘛，发达国家，比我们有钱……

问题是，仅仅一年，日本的技术人员……也让农民给扔出去了。理由很简单，这种设计防个野鸡兔了还可以，那猴子攀爬能力极强，有根棍儿都能上去。这样的网子，人家正好当秋千玩，不但能进去找食儿，还能锻炼身体，正中下怀啊。

就这玩意儿，还想拦住咱兄弟？而且，屡屡发生猴子进入民宅滋事的报道。这帮家伙看出人不能把它们怎么样，已经不满足于在地里刨食儿吃的日子了，人家也要吃熟食啊。

投诉不断增加，日本政府召集专家，筹措对策。当然，还有死心眼的专家，继续在“严防死守”上动脑筋，比如，给防猴子的网上通电。这肯定不是好主意，闹不好猴子没事，把下地的农民放倒了，那麻烦可就大啦。

一筹莫展之中，不知道哪里的聪明人就想到了那句古代的谚语“犬猿の仲”，既然古人都说了，猴子跟狗是死对头，那肯定是有道理的，干吗不把狗请出来对付猴子呢？

这个主意好啊，第一是自己没责任，说狗能抓猴子的早死了不知道多少年了，您要说这招儿不好您跟他讲理去；第二，这是动用天敌对付猴子，纯绿色解决方案，很环保的；第三，还可以收容一些流浪狗干这个，一举两得。于是，现在日本很多地方政府为了对付“猿害”，纷纷开始养狗抓猴子，并专门给这种狗起了个名字，叫做捕猴犬（猿追い犬）。秋田、青森、和歌山、宫城各地政府都编制了这项的预算。

那么，效果如何呢？据说运用的结果，比预期还要好。比如前面提到的那智胜浦，因为饲养了七只捕猴犬，去年一年猴子的骚扰和损害就降低了80%。在宫城县大町村，三只狗就吓得二十多只猴子一年没敢下山作案。

看来，古人诚不我欺也。

以上这些资料，大多是小魔女找到提供给我的，不过，看完之后，我们共同发现了一个问题：咦，这么多地方放狗抓猴子，怎么没见到有被捉住的猴子给押出来示众呢？

的确，尽管日本各地政府把养狗抓猴子当成了一项政绩来抓，真正抓住猴子的例子，在各种资料里却遍寻不着，不免让人对这一政绩的成色有些怀疑。这个疑问，直到碰上了在更高一级日本政府内部工作的一位熟人，才算真相大白。

所谓的熟人，就是小魔女家姐大魔女的老公，此人正在兵库县当县知事秘书。按照日本法律，这类公务员是不能随便加班的闲人，每天下了班没事干，这家伙只要我有空就会带着清酒跑来。来吃中华料理自然是一个原因，既然“家内”都是魔女，沟通沟通对付巫术的手段，也不失为国际交流活动中的一项重要业务。

周末此人来喝酒，放下大勺和面板，萨顺口问起狗拿猴子的战绩。秘书先生哈哈大笑，把食指和拇指圈起来一比，道：“这就是战绩。”

“零？！一个也没抓着？”

“嗯，不过这个正是我们所期待的啊。”

看我面露疑惑，秘书先生才略带得意地解释了起来。原来，日本政府养狗抓猴子，并不是因为古代传说中认为这两种动物是天敌。这种传说不定是哪个日本古代的故事大王编出来的，真假难辨，不能当真。古人还说猴子可以避马瘟呢，也不曾见有赛马场养猴子的。日本人虽然有点儿僵化，还不至于糊涂到依靠古代传说制定政策的份儿上。

猴子刚开始成灾的时候，日本政府并没有想到狗，他们首先想到的是用警察来对付猴子。这是顺理成章的想法，警察是武装到牙齿的专业人士，人犯罪是警察管，这猴子犯罪，难道让警察来管不正常吗？不过，对野生动物不能跟对罪犯似的，所以抓住了，惩罚不过是押送回山里放掉，放掉之前还要给吃给喝，比当年遣返盲流还客气。

问题是，谁也没想到一交手，装备精良的日本警察却败下阵来。原来，这猴子和人不一样。

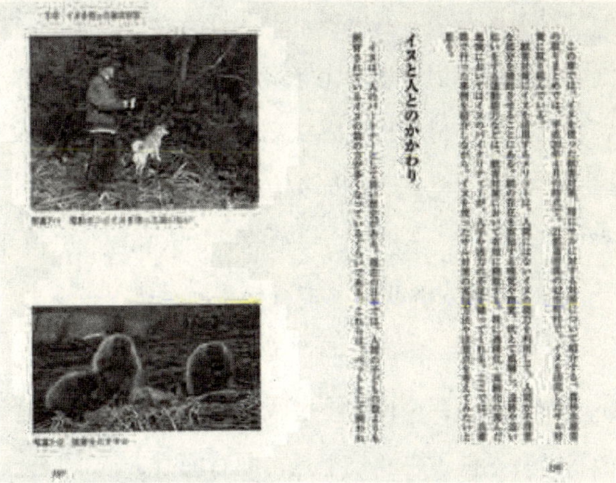
イヌと人とのかかわり

◎ 日本政府报告中的一页，讨论用狗防猴子的问题。

首先，猴子没有足够的理智理解警察的警告和威吓，至少，它没有服从社会执法人员的自觉，也不会因为自己触犯法律而心虚，见了警察只有好奇没有畏惧。所以日本警察在猴子面前远没有犯罪分子面前的威慑力。

其次，警察在对付猴子的时候，没有足够的执法武器。您说，等等，你警察要枪有枪，要催泪弹有催泪弹的，这不是胡说吗？

事实上，这些兵器倒是有，但日本警察还真是没法用。催泪弹不用说了，日本地域狭窄，人口众多，你对猴子用催泪弹？一阵风就能把催泪瓦斯吹到旁边的人家去，要是熏趴下一个俩老头老太太，你警察可承担不起。那么动枪？要知道如今日本“要爱护动物”的宣传早已深入人心，估计哪个警察真敢一枪把偷吃苹果的猴子毙了，那血淋淋的照片第二天就能上报纸头条，这肯定是一副人类，不，世界公敌的形象。

想想一群义愤填膺的小朋友举着猴子的照片围攻警察所，那场面足以让警界人士退避三舍。

相对来说，要是日本首相偷吃苹果让警察给毙了，可能倒有不少人叫好呢，就算不说是民心所向，日本也从来没宣传过“要爱护首相”不是？

日本地方小，人口多，报纸也多，竞争激烈，记者素质高。所以猴子出来闹事的时候，记者来得比警察还快，使警察们根本不可能让猴子们玩俯卧撑或者躲猫猫一类游戏，也无法在众目睽睽之下使用大规模杀伤性武器。只好依靠绳子、警棍之类不带刃的原始兵器和猴子奋力搏斗。

石器时代，还没学会弓箭的原始人和猴子的搏斗，真是胜负难料啊。

日本警察装备世界一流，但是面对猴子……

一来二去，猴们也明白了，哦，这些戴大盖儿帽的家伙连狐狸、貉子都比不上啊。爬树，他也爬不过我，互挠，他也挠不过我，万一抓住了他还不敢不放我。我怕他干吗啊！于是，面对警察，猴子们连起码的尊重都没有了，甚至警察来抓反而越发兴奋。这样一来，警察抓猴子的战绩惨不忍睹。可你要抓不住猴子呢？报纸又会对警察的素质大发感慨。

这不是老鼠进风箱，两头受气吗？

有理智没有武器的日本警察，与有武器却没有理智的猴子打成了持久战。慢慢地，日本警察也不干了，我们也是受法律保护的公民，凭什么让我们跟猴儿肉搏啊？换你去试试？这样，警察抓猴子的游戏就进入了死胡同。

于是，日本政府里面的聪明人想出了依靠狗来对付猴子的办法。

当然，狗和猴子的确有一点儿天敌的意思，狗会通过嗅觉迅速发现躲藏在树丛中的猴子，而且很自然地发起攻击，比警察的工作效率高多了。更重要的是，狗也是没有法制观念的动物，而且比猴子更加没有理智。于是，狗在追捕猴子的过程中不遗余力，毫不留情，会使出全身解数，完全是一副置猴于死地而后快的嘴脸。如果狗咬了猴子，记者和舆论显然不会像警察咬了猴子那样一边倒。再说了，狗又怎么会考虑记者们怎么想？！

实际上，日本政府的聪明人早就替猴子想到了退路，他们也力争避免出现血淋淋的场面，猴子如果遇到狗，爬上树就会安全，狗毕竟还没有学会爬树的本事。这也是至今没有猴子被狗抓住过的原因。然而，想想猴子们爬到树上，看着下面一群严阵以待、张着大嘴狂吠的家伙，不知道会多么怀念那些善良的警察呢。

这下子，猴子到村庄周围活动的压力可就大了，这可不是和警察的游戏，而是变成了生死之战。猴子们骚扰居民成了一项十分危险的活动。既然这种游戏成了生命危险的事情，猴子的理智比狗还要多些，“君子不立危岩之下”的道理还是懂的。于是，猴子们纷纷避开有狗的地方，曾经“猿害”严重的田园村庄又恢复了安宁。

晚上把这个道理讲给正给小小魔女洗澡的小魔女听，魔女先是听得新奇，听到后来忽然作恍然大悟状，哦，我明白咱们这儿为什么没有猴子也要养狗了！

为什么？萨的脑子一时没转过弯儿来。

你还记得咱们住北京东四的时候，有一回居委会要大家集体抓大老鼠，正好咱俩都出差吗？

记得记得，不过那不叫集体抓大老鼠，是统一放置灭鼠夹。那一次咱俩都不在，结果四邻的老鼠都跑到咱家开 Party（聚会）来了……哦，哦，哦……

虽然本市还没有发现猴子，但我们已经严阵以待。

看到萨也明白过来，小魔嘿嘿一笑，抱着包成粽子状的小小魔女上楼而去。

一向说日本人一根筋，中国人脑袋灵活，今儿俺家的事儿怎么好像颠倒过来了？

朋友评论

1. 怎么没想起来“杀鸡吓猴”的典故呢？

2. 我国现在一些地区好像也有类似情况出现，似乎主要是野猪或者大象，而且也没有太好的解决办法啊……

3. 老萨你就吹吧！还家法伺候，估计平时没少被嫂子收拾。记得最近一次，是因出言不慎被魔女嫂金瓜击顶来着？

对罪犯也人道
——慢镜头捉飞车党

◎ 活捉日本暴走族

上星期，回家的时候，忽然看见楼下门厅里重新支起了小小魔女两年以前用的摇床，隐隐里面传出阵阵小儿啼哭，不禁心里一阵发寒，赶紧揉揉眼睛。最近穿越小说看多了，难道我家也出现了时空错乱？要俺们小小魔女恢复到襁褓时可真就惨了，老萨不是辛辛苦苦忙两年，一夜回到解放前？

胡思乱想中看到小魔女手持奶瓶从楼上下来，身边还跟了一个面色蜡黄、神情忐忑的女子。

连忙打招呼，才发现这位后来我称为小任的陌生女子中文十分流利，带着少许东北口音。这样三个人说了一阵，终于弄明白摇床里那小家伙确和老萨无关。

原来，这位小任是个归国者二代（指侵华战争失败后流散在中国的日本侨民所生后代，多在中国长期生活，但按照日本法律，有到日本定居的权利），夫妻俩去年刚来日本，今年生了个儿子……

生儿子是好事儿，那怎么送到老萨家来了？

小任呢，只是一个劲儿地说：“给大哥添麻烦了，就搁大哥大姐这儿一天。”萨一边赶紧说不麻烦不麻烦，一边赶紧抓空问了问魔女，奇了，这孩子怎么进了我们家，她居然也有些莫名其妙。

原来事情是这样的，这小任一家到日本最初日子过得不错，但前几天平静的生活忽然被打破了：她家的房子临着公路，本来略有嘈杂还能忍受，这几天忽然来了一帮骑摩托的小伙子，也不知道怎么搞的把这段公路当成了赛车场，每到半夜都要来疯狂大游行，又叫又闹，而且车的声音鬼哭狼嚎不是正经动静。小任家旁边正好是个斜坡，摩托上坡都要加大油门，震耳欲聋，小任的心脏不太好，每听见这个动静就要心悸，几天下来奶水都没有了，孩子也经常被吓哭。

开始想去跟那帮小伙子讲理，可是远远看去，只见这帮飞车党个个脑袋都染成红绿色，奇形怪状，不似人形，小任终于没敢出去。任家先生比较懦弱，日语不好又是刚到这个地方，意思是让小任忍着。看到孩子这个样子小任觉得忍不了，和丈夫吵了一架决定去找日本政府的麻烦。

这本来是警察的事儿，不过，小任的日语不灵光，只好到了本市的国际课求助，萨家的小魔女就正好在这儿工作。都是有孩子的人，小魔女听了义愤填膺，带上小任就去了警察署，一番陈述之后警察方面态度很好，说这个是暴走族啊，会马上处理的。可见日本警察受到的监督还比较有效。

警方派出了三名警察处理此事，负责的是金子警长，另外还有两个小警察吉川和浦边，既然这些人每天都来，当晚就去处理。

事情到此一切正常，但此后的发展有些古怪。从警察局出来，小任的情绪不太好，脸色也变得蜡黄，扭扭捏捏地问今晚要配合警察破案，能否把孩子放我们家一天？魔女觉得不太能理解这个要求，警察去抓暴走族，也不用他们出面，有什么“配合”要做呢？但是人家既然说得恳切，她也是个爱孩子的，不就一天吗？好吧，正好和我家小小魔女做个伴。就这样把小小任送到我家来了，别说，这孩子除了刚见着我的时候哭两声，别的时候都很是安静，蛮可爱的。

看看小任，神色中除了忧虑，竟然还有一丝壮烈。

壮烈？！

带着疑问和小任一起给孩子换尿布。发现兄弟的中文比魔女流利（废话，在北京活了 30 年，中国话还不流利萨不成残废了），小任大为欣慰，一来二去，才弄明白她干吗要把孩子放到我们这里。

原来，她是抱着不成功则成仁的决心呢，就想着出了事儿别连累孩子。

一个暴走族，抓住了也不过罚几万日元，不袭警连拘留都不会，这就是最平常的交管，犯得着如此紧张吗？

小任说，大哥你不知道他们的厉害啊，闹不好是杀人不眨眼的暴徒啊。

不会吧，暴走族和暴徒还不是一回事。在日本暴走族大多数也就是问题儿童，不至于这样疯狂吧？

警察说的，那还会错？

警察怎么说的？萨觉得这里头肯定有误会，因为小魔女说这事儿很平静，要真是碰上一帮杀人不眨眼的大盗，这丫头得兴奋得说胡话。

小任就说了，警察讲了，这帮人是“犯罪集团”啊。犯罪集团，肯定是干过杀人放火一类的勾当正通缉呢，警察抓不着，正好让我举报了，倒霉啊，这帮人最少也是黑社会团伙！你说如果警察和犯罪集团干起来，发生个枪战什么的，大人豁出去了，孩子呢……再说看这几个警察不是胖得跟球儿似的就是肚子跟面口袋似的，实在不敢信任他们能打得过十好几个二十啷当岁的“犯罪分子”。日本警察怎么这么大意啊？

听到这儿萨才松了一口气，误会啊，误会。

原因是这“犯罪集团”的含义，在日本和中国还真不一样。日本的法律观念与我国不同，我们把犯法的分为“违法”和“犯罪”两类，比如你杀了人，那叫犯罪，因为你犯的《刑法》杀人罪；你要在王府井煮大粪，那属于违法，因为你犯的是《治安管理处罚条例》“禁止在繁华场所蒸煮恶臭物”的规定。所以中国人听说的“犯罪”就觉得是很严重的事情。

而日本只要违法，就是“犯罪”，刚到日本的中国人常常感到莫名其妙，怎么倒垃圾的时间弄错了也是“犯罪”？！按照日本说法，一点儿都没错。小任举报的这帮不良少年，所为在日本叫做暴走，车子声音之所以如此古怪，是因为这帮小子把摩托车的消音器锯掉了。他们的这些事儿无论是超速，噪声扰民，还是私自改造车辆，按照日本法律都是“犯罪”，而十几个人当然称得上“犯罪集团”了。不过，这和中国往往做出连环杀人案或者连续抢银行的犯罪团伙根本不是一回事。敲打几个不良少年，去三个警察可不少了。

后来事情的发展果然如老萨所料，二个警察把十几个飞车“暴徒”耍得跟猴似的，看来这种活儿没少干。

这事儿应该怪小魔女，她对“犯罪集团”这个词根本没走脑子，照着翻译，没想到中文日文不同的含义给小任带来这样大的心理压力。

不过，照我的看法，日本警察自己心里对于“违法”和“犯罪”也是有数的，比如你要抢了一家商店，那警察肯定紧追不舍，而乱倒垃圾，则多半睁一只眼闭一只眼。我们家附近也时有这样的“暴走族”出没，只是并不太频繁，距离远影响也小，因此没人报警，而警察只当没这回事。我的看法是日本警察对于比较轻度的“犯罪”，抱的是民不举官不究的态度，当然你要是真的举报，他还是肯认真对待的。

事情说清楚，小任感到很有些不好意思，脸色也好多了，我怀疑她之前后悔过报警，中国人的习惯是多一事不如少一事嘛。

不过，看看我家小小魔女盯着她家小小任很好奇也很友好，我说孩子既然已经放在这儿了，就不要带走了，等明天事情都结束了再送回去不妨。俺哪好意思说借你家儿子让我闺女玩一天吧这种话呢?

小任倒是很高兴，连声道谢。正聊着，小任的丈夫来电话了，说警察到了，自己没跟穿官衣儿的打过交道，让小任快回来坐镇。

骂了她丈夫几句窝囊，小任告辞了。

晚上 9 点多，我正在写东西，电话铃忽然响起，拿起来一听，是小任万分兴奋的声音——逮住啦逮住啦，抓的可好玩呢。

怎么个好玩法?

你要没睡，过来看看就知道了，可好玩呢。

算了，看看表，开车到小任家也就10分钟，正好把她儿子送回去，那就去看看呗，萨披上衣服就赶过去了。

远远地只见那个坡上灯火通明，到得近处才看到下坡路上有两辆汽车，一辆是警车，一辆是清障车，金子警长正开动吊车把路上的几辆大摩托逐个往清障车里扔呢。另一边，两个小警察控制着十几个小伙子往警车上送，个个小脸煞白。其中一个头发染成大葱色的小伙子抚摸着倒在地上的大摩托哭得呜呜咽咽的，就这“犯罪集团”啊。

小任在一旁张牙舞爪，咋咋呼呼地指认，全没了下午的拘谨，一副春风得意痛打落水狗的样子。

暴走族的摩托车跑起来一百多迈，怎么抓住的？好奇之下和那位金子警长打了招呼，就去问小任。小任很兴奋地拉着我又说又比画，这才知道日本警察抓“暴走族”也有很专业的办法。

等到暴走族飞驰而来，警察们在路上拉出一个

◎ 活捉暴走族是日本警察的基本训练科目。

临时的横杆，上面挂着黄色的横幅，标有“停车”和“检查”的字样。有的暴走族看到警察，赶紧停车，有的或许是速度太快，或许是吓过头了，毫不减速，直撞向横杆。高速冲向横杆，那不是很容易出人命吗？放心，日本人力资源紧张，警察抓人都是很小心的。那横杆是充气的塑料管，跟小孩的玩具一样一碰就开，暴走族们毫无障碍就冲过去了。

跑了？哪儿那么便宜，只见冲过横杆的摩托车速度立即下降，引擎发出难听至极的吼叫，终于渐渐停了下来，对骤然停车没有思想准备的暴走分子纷纷从车上掉了下来，可是此时的速度又完全不会让他们受伤，都说日本人善于钻牛角尖善于计算，这怎么抓暴走族看来也是反复计算过了。

这是怎么回事呢？原来，就在横杆的下面，警察早设了埋伏。那里放了一块横贯公路的塑料板，上面粘着几十条很有韧性和弹性的线绳，后来听那个金子警长讲，线绳的材料很昂贵，是专门开发用于抓飞车党的碳纤维。摩托车一过，就有一根或者两根线绳和车轮粘住，随着车轮转动被绞进车轴。然后……碳纤维材料的特殊性就表现出来了，它很韧，所以越缠越紧，最终变成了一个特殊的刹车装置，让摩托车停了下来，同时，它又很有弹性，所以摩托车不会一下停住，那会把飞车党摔死的。于是，暴走族们不情不愿地终于一个个像慢镜头一样倒了下来，倒的地方，正停着警察的清障车和警车，看来这个金子警长的确是有经验。

够有效也够人道，日本的年轻人虽然打扮稀奇古怪，实际上多半是为了“酷”，并没有太多社会经验，碰上警察当场就拉稀的居多，所以事情处理得很圆满。不过据说这样做对车辆破坏比较大，所以才有那个大葱头的暴走族抱着爱车痛哭流涕的场面。

星期天在路上碰到那位金子警长，好奇地向他打听案情，知道这并不是什么大案子。那十几个年轻人都是初犯，罚金都应该在五万日元以下。说来也是他们倒霉，按照日本人事事都喜欢郑重其事的习惯，这些小子自己成立了一个名叫“武藏”的暴走俱乐部，而且本来有自己的固定地盘，那是一条偏僻的等级公路，周围很空旷，怎么折腾都没人管，已经暴走了 年多。前些天这段公路要修，本来忍两天也就罢了，无奈年轻人对自己控制能力比较低，终于铤而走险，跑到小任家门口折腾来了，结果通通留了案底，再被抓就成“常习犯”了，罚金要翻番的。

最后，我问那个大葱头后来怎样，金子警长说，呵，那个小伙子要当警察啊，昨天还和我讨论了半天怎样通过招聘考试呢。

啊？被当暴走族抓了就想当警察？不是开玩笑吧。

不是，他说了，我当了警察，开着大白车（日本警察骑白色摩托）抓暴走族，开多快也不能抓我了吧？

嘿，世上真有痴心不改的主儿啊。

朋友评论

1. 日本的确是一个注重细节，讲究专业社会分工的国家。因为学校搞活动要搭一些只用一天的户外帐篷，今天请的外面的建设公司来了四五台车，七八个人，忙活了一天才干好。要是在国内，找几个民工半天就搞定了。但质量当然不一样了，远远看去，十几顶小帐篷排列整齐，外观优美，就像新建的小平房。

2. 这才叫以人为本。

日本教育时刻危机

一大早的，就看到萨那口子小魔女在梳妆台前搔首弄姿。反常即妖，忍不住喝问一声，才知道魔女今天上午要去听汇报，参加汇报的层次都不低，当然要打扮一番喽。从没听说还有人要向她汇报，难道升官了？

一问，才知道是列席而已。

原来，我现在日本所住的小城，和广东佛山是友好城市，今年，双方搞了一个中学生互访的活动，日本方面派出十六名学生到当地学校学习，并于日前返回。回来的日本中学生需要在市政府向市长和当地教育界人士作一次汇报（看来搞汇报不是中国

◎ 发现中国学生们学习刻苦，给小小魔女带来了灾难——到处给小小魔女报名补习班的小魔。

的专利，至于是不是从日本引进的则待查）。魔女在市里挂了个国际交流的职务，事情多少算沾边，就把她也拉去听汇报了。

听到这里，萨来了兴趣。记得几年以前，曾经看过一篇对比中日孩子的文章，说的是中日学生同组夏令营，结果中国孩子的表现令人失望。比如，生病的时候，日本孩子会顽强地坚持下去，而中国孩子往往急于要求被送回去；吃饭的时候，如果不好吃，日本孩子也会坚决地吃下去，而中国孩子则因为口味不好而放弃。总之，整个夏令营期间，“小皇帝”、“小公主”们颇为狼狈。这篇文章让很多中国教育界人士发出了改革现有应试教育弊端，提高素质教育的呼吁。

到日本以后，看过日本小学生冬天穿着短裤跑来跑去，感到在培养自理和吃苦能力等方面，日本的教育的确有其独到之处。再想起这篇文章，我的心中有些不寒而栗的感觉，对多年以后这一代中国孩子成长起来以后的竞争力不禁深感忧虑。

然而，在日本待得久了，也不时听到一些相反的说法。比如，我认识的日本教育界人士中，有一位浜崎先生（2005 年日本国一等教育勋章获得者）就干脆称下一代日本孩子为“八嘎”。他的看法是，传统的日本教育以严格著称，强调教师的权威。但是近年来，日本大力引进美国的教育模式，按照美国的自由教育方式，教师既不能要求孩子们去争取第一，也不能轻易地管教孩子，因为那样会影响孩子的自信，使日本的教师无所适从。于是，现在的日本孩子吃苦耐劳精神大不如前了。言下之意，对中国的应试教育、题海战术倒是颇为羡慕。

这种说法毕竟是一家之言，不乏片面，至少，对于题海战术，谁要说它的好就该背上中国小学生的书包绕城走上两圈体会一下。不过，这说明了从中国人或日本人的角度，看同一个问题大概可能会有相当不同的结论。

当然，也可能是因为和我这个中国人讨论问题，有意高抬一下中国的教育制度？那么，真实的日本人眼里的中国孩子，又是怎样的呢？对这个问题，虽然一直很有兴趣，但日本人暧昧的民族性格让我屡问而不得要领。

单田芳先生说得好“要知心腹事，需听背后言”。像这次，由于参加和听取汇报的均为日本人，其内容应该比较客观地反映了日本孩子们走马观花后对中国的认识和看法。于是，就拜托小魔女借这个机会了解一下。

等到小魔女回来，看着却有点儿发呆的样子，问，怎么样，是不是日本学生太傲慢了？有些日本人对中国的看法颇为负面，总觉得《红高粱》里面的中国人才比较真实，为这种事情，魔女也曾与人争执过。

不是，魔女说，我在想，照他们的说法，日本的教育恐怕是出问题了……

难得难得，即便平时没心没肺的家伙也有忧国忧民的时候啊。

怎么回事？问下来，才知道这次汇报中，日本学生讲自己对中国学生的看法是，有一点儿“畏惧”。

畏惧？FS这地方男出黄飞鸿，女出十三姨，难道是打了日本学生？不能吧，以我的了解，现在老广好像不太喜欢直接动手的……

别瞎猜了，这畏惧与打架无关，是在学业上面。

于是听魔女慢慢道来。首先得承认，汇报中负面的内容并不少。日本学生对中国的负面印象主要有这样几个：第一，中国的污染太严重，在FS期间，很难看到蓝色的天空；第二，中国的贫富差距显然是比较严重的，在大街上随处可以看到崭新高档的房子与陈旧破败的房子间杂（对此，市长先生倒是给了个评注：日本30年前也是这样的），第三，中国学校中的设备往往比日本还要先进，但是要么很少对学生开放，比如音乐教室的琴看起来都是新的，要么给学生开放但缺乏维护，比如电脑教室里的计算机，有一半已经不能使用。

但是，更多的是正面的评价，也正是中国孩子的实力，让日本学生产生了“畏惧”的感觉。对中国孩子，日本的中学生们在三点上深感惊讶和自愧不如。

第一点，就是中国孩子的英语水平普遍比日本孩子高一截。到FS市的日本孩子也在中国的中学（重点中学）随堂上课学习了两个星期，结果发现中国的中学生在英语课上居然都是用英语发言，令日本孩子大吃一惊。这在日本的学校是不可想象的。因为即便日本的大学生也基本是哑巴英语的水平。想起我们上中学的时候，也是以“哑巴英语”著称的，看来中国在改善英语教学方面的确是收到了成效。在这段汇报的时候，有人问去“见学”的日本学生，那么你们有没有和中国的学生说英语呢？日本学生回答说：“我们说了，但是他们听不

◎ 访日的中国学生 个个心灵手巧，令日本的学生颇为惊讶。

懂，于是以后就再不好意思说了……”

（听到这里，萨不禁莞尔，日本人学英语的致命弱点是日语没有 R 音，所以发音比较成问题。这使得日本学生的英语水平在亚洲总在倒数几名徘徊。所以，日本学生英语比不过中国学生，倒也不能说中国学生多么优秀。）

第二点，是中国学生的求知欲和主动精神。日本的民族性不善主动，所以，日本学生在 FS 的中学里，发现中国学生纷纷主动上前招呼的时候很有些不适应。而中国的学生不但上来招呼，而且很快就毫不客气地抓紧时间，向日本学生学起日语来。起初，日本学生觉得中国学生这样做颇有些不自量力，因为中国学生的日语发音显然十分生涩，按照日本人的习惯，外语水平不高的时候，是绝不能开口的。然而，两个星期以后，当日本学生准备回国的时候，发现中国学生都能用相当流利的日语和他们打招呼和告别，不禁第二次吃了一惊。

（对此，萨倒是十分能够理解。我们上中学的时候，学校要来几个“老外”，大伙儿也是追上去对话不休的。要知道如果找外教对话，人家可是按钟点收钱的，有这样不要钱还能学外语的机会，精明的中国人怎么会放过？）

第三点，是中国学生似乎每人都有特长。大家开晚会的时候，日本学生表演节目往往靠集体，内容以小品为主。但中国学生几乎每一个都能表演出一些独特的艺术节目来，比如有的能弹琴，有的能表演魔术，有的能即席绘画。这些显然是课程中没有的内容，让日本学生感到吃惊，难道每个中国学生都是艺术天才？一时，对一起上了两个星期课的普通中国同学产生了莫测高深的感觉。

（日本学生不知道，在望子成龙的家长的期待中，中国学生从小就要享受每个周末都要去上各种课外班的特殊待遇，以致对很多孩子来说连看蚂蚁搬家都成了奢侈。如果知道，他们就不会对这种天才表示惊讶了。这种做法被称做扼杀了孩子的创造力，并且使孩子的童年成为噩梦。说起来，中国学生很羡慕日本学生这方面的轻松呢。然而，由此获得的一技之长，对中国学生，看来也确实是一种财富呢。）

最后，日本学生的总结是：中国的学生很厉害，日本必须克服自己教育的弊端，否则……以后……竞争……危机……生存……死亡……

结论很严肃，至少日本的几个教育界人士走出会场的时候都是面色凝重，明年继续进行这样交流的意向，也就顺理成章地被批准了。而且，还增加了5月份邀请更多的中国学生来日本"见学"的内容。

听完这个总结，萨不禁又想起当初看的那篇中日学生夏令营的对比。看来，中国和日本对彼此的看法实在很有意思。老实说，我颇怀疑中国FS方面的教育部门搞了一点儿面子工程，比如专门集中了一些好学生和日本学生编成一个班上课。不过这个工程的成本应该不大。想想中国家长们省吃俭用为孩了买钢琴，拿棍子逼着孩子背英语的那种精神，恐怕选拔一点儿这样的学生并不是难事……

所谓种瓜得瓜，种豆得豆，想想中国家长们的付出，孩子们的大书包，一时茫然。哈姆雷特说，生存还是死亡？我们该怎么说？或许……成功还是失败？

朋友评论

美国的也好日本的也好中国的也好，没有什么优劣之分。重要的是在不同的生存环境下面临不同的竞争形式，自然会有不同的教育方法。

中国现在是经济腾飞阶段，首先人民手里有钱，社会上成功机会也比较多但是竞争激烈，自然家长会投资教育避免孩子在竞争中被淘汰。美国、日本在发展过程中也有这样的时期吧。

自然选择的结果，说到底人类还是动物啊，逃不过物竞天择。

“硬脑壳”的日本人碰上中国代表团

上个星期，晚上回家的时候，刚用钥匙打开门，就听到楼上有人在跺地板，闹得砰砰作响，好奇之下赶紧上去一看，却把自己吓了一跳。只见萨那口子小魔女，手举一面五星红旗，正在像闹兔子大仙一样上蹿下跳。

这个形象未免怪异了些，在做柔软体操？不对，魔女一贯懒惰成性，才不会随时随地作体育锻炼。再说这家伙祖上三代都是日本人，也没有举我国国旗进行体育锻炼的道理啊。萨一时发愣，想问竟不知道该如何开口。

倒是魔女看见萨上来，收了式子，照着日本的传统作小女子状问候一声：“您回来啦。”

萨这才清醒过来：“嗯，你……怎么回事？你这个是刘令姝老师的健美操？”萨琢磨兴许是学中国的健美操要求举着中国国旗？不对，我国好像没有这个传统啊，自己觉得这逻辑也有点儿混乱。

魔女悻悻地摇摇头：“哪里啊，是课长交的任务。”

“什么任务还得举着我国国旗啊？”

“是这样的……”魔女一番叙述才把事情搞明白。我们住在日本关西的一个小城，魔女的中文好，因此在本市政府的国际课客串了一名兼职公务员。近日，这个小城在中国的姊妹城市派了个代表团来访问，日本方面颇为重视，组织市政府的职员们在对方到达的时候举着中国国旗夹道欢迎。

事情到此一切正常，但是课长大人看着欢迎的预演，感觉气氛依然不够强烈，眉头一皱，提了一个问题：“你们能不能一边挥舞中国国旗一边鼓掌呢？”

周围的日本人纷纷摇头，说没试过，不知道。课长大人回头看见了小魔女，吩咐下来："你，回去试验一下，看能不能做到，明天向我汇报。"

于是，魔女回家就开始试验起来……

听到这里，萨想起了侯宝林先生《关公战秦琼》里面的相声台词："您吃多啦，撑糊涂啦。哪儿有这么出戏啊？"一只手挥着旗，怎么可能同时鼓掌呢？这又不是演杂技，你们也没长第三只手，你们课长怎么就不用肩膀上长的那个玩意儿想想？这还用试验吗？

魔女委屈地说："可不是嘛，我也是这么觉得……"

就这样的智力水平，在日本能当课长。试验举着旗子拍手这种事儿，在中国根本就是笑话，然而在日本却不算奇怪。经过多年循规蹈矩的生活，今天日本人往往想事儿不知道拐弯。在中国，把这种思维一根筋的做法叫做"花岗岩脑袋"，日本人也不无自嘲地形容自己"頭硬い"，意思是"硬脑壳"，不知变通。

我们所住的这种小城的日本人，每天日出而作，日落而息，连法国人在家是不是说英语都得琢磨半天，这脑袋，就不免更硬得厉害些。

应该说，这次中国代表团的来访，给本地"頭硬い"的日本人不小的冲击。这个姊妹城市位于珠江三角洲，社会、经济发展迅速，能够在这样的城市执牛耳者，自然不是等闲之辈。代表团的成员大都思维敏捷，才华不凡，中方带队的市长是哈佛毕业生，幽默活泼，比日本这边的市长还要年轻几岁，一时让以发达国家自诩，本来对中国有些成见的日

◎ 孩子没有政治隔膜，日本学生对于同中国同学交流表现出极高的热情。

本接待人员跌了眼镜。

欢迎晚宴后，目送代表团的巴士离开，几个日本女服务员站在市政府门口不免品评一番，便有人大发感慨，说真是不明白。旁边的友人问她什么不明白。这位说：“你看，我们的市长能耐可以不谈，长相总应该要胜过一筹吧，毕竟他是咱们看着海报选出来的嘛，可是你看人家中国那边的市长又年轻又精神，（我）要嫁也会挑中国那个市长吧，这是怎么回事？”哄笑中，日本市长正好走过来，板着苦瓜脸讪讪地插上了一句：“我妈妈就把我生成这个样子，我也不知道怎么回事。”

这样一说，大家笑得更厉害了。这位市长倒不是那种等级森严的传统日本人，看来当选还是颇有些手段的。

有人笑就有人哭，女服务员是笑的，魔女则属于快哭了的。原因是她给中方担当现场翻译，做得险象环生。

这其实不怪魔女，双方的稿子都是写好的，头一天看过，以她的水平做翻译很轻松。没想到的是中方市长发言时随手就抛开了稿子，自由发挥起来，而且不时穿插几句连珠妙语，顿时让魔女脸似苦瓜——“前事不忘，后事之师”还好说，这“不经风雨，不见彩虹”可怎么翻法？！

老实说这在中国不过是领导作报告作习惯了的基本功，要在国内难免有人在台下打瞌睡的，但是日本人可能很少有机会听报告，反而觉得大为倾倒。可是看看中方小翻译背书一样轻松自如（日本市长可是恨不得稿子里面连“仰天，做感叹状”都写好的，绝不会这般出格），魔女不免咬牙切齿，深恨社会不公。于是回来就有点儿打蔫儿。

第二天，从打蔫儿就变阴天，还发脾气说这样下去就不干了。

魔女的脾气一向还好，要撂挑子显然是碰上了很不顺利的事情。向她询问，才知道这两天她是和本市的教育委员长一起，陪同中国代表团中的中小学生代表参观访问本地的日本学校，但这个教育委员长言语无味，态度恶劣，整天板着一张臭脸，魔女觉得跟这样的人合作简直是受罪，所以才大表不满。

工作嘛，难免碰上不顺心的人和事，勉劝两句，顺便骂骂那个教育委员长为她出气，也就作罢。

不料，过了两天，魔女的面孔渐渐阴转晴，阳光灿烂起来，还带回来了一套漂亮的积木，说是那个教育委员长送给我家小小魔女的。

“挺善良和气的一个人。”魔女这样评价那位教育委员长。

“咦，你不是说他脾气不好、难相处吗？”萨感到奇怪。

“是啊，不过看来是我误会啦，最初那几天他的心情太糟糕，一点儿也不奇怪。这几天心情好了，人也就正常了。”

“这是怎么回事？”

“还是和接待那个代表团有关呗。”

原来，就在前面这几天，魔女刚刚经历了一次“頭硬い”日本人的开窍过程。

这次中国代表团来访之前，日方也曾派出一些学生到中国访问，回来以后的叙述让日方很是意外，中国学生的英语水平、计算机水平都让日本学生羡慕而又惊讶。这一结果引发了若干相关人士对于本地教育的反思，这位负责教育的委员长首当其冲，接连中炮。但是他当时比较冷静，作了一次很精彩的解释。他说中国的学校分成重点学校和普通学校，教育水准相差很大，这次安排日本学生参观的，肯定是重点学校，因此水平高并不代表整个中国的教育水平高。这是中国方面应付检查，接待外宾惯用的操作手法，其实，日本的教育还是远在中国之上的，请大家放心。

应该说，这个说法让本地各方稍感安心。

这次中方来访，也提出了参观日本中小学校的要求。对此，这位教育委员长表现了非常的风度：他让属下把本地中小学校全部排列出来，自己用抓阄的方式决定哪个学校接待中国客人。按照他的说法，日本的学校不分重点普通，任何一所学校都能够体现相同的教学水准。

这位委员长大约不乏想“光明磊落”地教育教育中国同行，看看，这才是实事求是的真功夫。不料，等参观开始以后，事情却完全出乎他的意料。

在参观中，中日学生不免进行交流，而中日双方观看这种交流也就不免带了一点儿比较和比试的意思。结果，在交流中，中方的学生多才多艺，多半能够讲极好的外语，表演节目有模有样，作个演讲也落落大方，而日本的学生仓促上阵，不但交流的时候多半是闷葫芦，玩游戏打篮球也完全不是中方的对手。这个中国城市地处开放地区，教育水准本来就比较高，而中国的教育制度虽然存在应试为主，高负担、实用性不明确等种种问题，但“填鸭教学”之下，痛苦的中国学生倒也有自己的长处，中国学生的基础学科素质在世界都是可以信赖的，何况这种到外国交流的学生，肯定是各校的尖子。严格地说普通学校的日本学生输得一点儿也不冤。

私下里，还有中方学生悄悄地问团长，怎么日本的学生傻里傻气的？

这种现象持续了几天以后，这位教育委员长忽然发现自己成了王成式的英雄人物。跟随观摩的日本各方代表，眼看中日学生之间的比较，对本地的教育方法和水平大起疑心，外行是很少仔细研究社会制度区别之类深刻问题的，解释中国学生都是精挑细选的尖子已经不足以平息大家的疑惑，再加上这帮代表也都是“頭硬い”的典型，个个只看表面现象，根本不去琢磨什么“通过现象看本质，通过本质得认识……”，对这位教育委员长的攻击便越来越强烈起来，使他承受了极大的压力。

自然，那几天他的心情非常不好，自然总是板着一张臭脸，让小魔女感到这人实在面目可憎。

最后，这位委员长也终于觉得，这样一边倒的交流持续下去，日方实在面上无光，而且估计自己后面也要干不下去了。教育委员会不得不紧急开会讨论此事。就有日方的教师强调中方来的学生都是选出来的精英，让普通的日本学生和他们交流根本不公平，日本这边也要精选参加交流的学生才是，不应该拘泥于“光明磊落”的原则。

教育委员长心中明白此人言之有理，但真的要从各学校抽调好学生来交流，实在没有这样的准备，彼此不认识的学生仓促地凑到一起是否合宜谁也不知道。真是谈何容易，若是这样做漏了馅不是更会让人笑话。

众人都没了主意，一群“頭硬い”的日本人默然不语，一时都想不出来办

◎ 中日互相参观留影

法。想啊想啊想啊想……想啊想……终于，有一位参加会议的委员忽然脑子转了弯，说我们的学校虽然不分重点普通，但是生源不同啊，X中学的周围，居住的都是各大学的工作人员和教师，学生素质好，拿出来肯定可以和中国的学生一拼的。

真是冷锅里爆出个热栗子，众人纷纷附和。

教育委员长沉吟半晌，最后拍了板："还是和以前一样，各学校抽签抓阄吧。"说着，把代表X中学的那张签角上折了一个印……

此后的参观中，中日学生的对比，果然不那么强烈了，双方可谓各有攻守，其乐融融。毕竟日本的教育水平还是很可观的，前两天全都抽上的是乡下的中学小学，也是这位委员长的手气太背了。教育委员长的面孔也阴转多云，多云转晴，继而阳光灿烂起来。最后一天，中方在送别会上特别给予了日本教育相当高的评价，并有"在教育的很多方面要向日方请教学习”的说法，这位委员长含笑致了答词，谦逊一番以后，下来竟想起了给我家的小小魔女买积木。

看来，花岗岩的脑袋，也不是不可以开窍的，特别是如果碰上一把中国榔头的话。

多来几榔头吧，俺家小小魔女的积木，就不用自己买了。

朋友评论

1. 如此呆板的日本社会，浸染出来的小魔女应该也是比较“硬脑壳”的吧？脑袋活络异常的萨大为什么会爱上她呢？可不可以说说？

2. 萨，回头你跟小魔女说一声，把国旗拴在手背上，就可以一边鼓掌，一边挥舞国旗了……

3. 不养儿，不知父母恩。我儿子四岁半，要学钢琴、珠心算、英语、《三字经》，还要练习打拳。孩子快乐固然重要，但他再长几年，什么本事也没有，恐怕也快乐不起来了。现在小孩营养好，精力也旺盛，瞎玩，看电视虽然是他的最爱，不控制是不行的。每个孩子天赋禀性不同，因材施教，不过，锻炼一下，吃点儿苦是应该的，小树也要体验体验冬天的寒冷。

身边美女竟是机器人

小魔女是学药的，接着又在医院工作多年。人干到这个份儿上，基本上也就是半个方舟子了，油盐不进，百毒不侵，半夜碰上鬼都要上去踢两脚。

这话口说无凭，还真见过实例。一次我们俩去看望小魔女的姐姐大魔女。大魔女当时在大学工作，正从事某种颇为尖端的研究。于是身穿白袍，两手插兜，施施然地带着我们从研究室走到材料室，从资料馆讲到展览厅，口说指画，得意扬扬，炫耀其经天纬地之功绩，反正我俩也听不懂，她一个小助教在教授面前平时大概也蛮压抑的……

谁知，走到实验室的时候，打开大门，经天纬地忽然顿住，变成了一串带着嘟噜的颤音儿。

怎么回事儿？

萨刚要问，大魔女腾的一个回身，一头撞进小魔女怀里，脑袋往下一埋，抱着她妹妹开始高分贝地尖声惨叫。大魔女可是空手道有段位的，拿手包打过痴汉的主儿，这是怎么了？

小魔女也是一愣，探头往实验室里看了看，点点头，恍然大悟的样子。

魔女拍拍她姐姐的脑袋，把她挪个地方，改去抱一根柱子，然后从手包里取出一块纸巾，走进实验室，再出来的时候，手中纸巾里捏了一只壁虎，举到萨的面前，说："真没办法，她从小就怕这个东西……"

"这种脏东西怎么用手抓？你又不是小小魔女，快扔了去！"萨摇摇头，劝说道。

其实，面对这只举到偶的脸前，还在挣扎中的爬行动物，老萨也是花了很大的力气才让自己保持理智。在一只壁虎面前，无论退却还是惊恐，都是很丢面子的。

壁虎，据说是一种吃蚊子的善良动物，奇怪的是，即便那些不太善良的女性，在它的面前也常常花容失色。小魔女把壁虎丢到窗外放生，拍拍手，做出一副无辜而人畜无害的样子来。

不过，昨天这个小魔女出去，为国内某姊妹城市访日代表团联系参观事宜，回来却大呼见了鬼。这种学医的家伙，虽然也会去拜神社，也会读安倍晴明的小说，但谈起鬼神问题来，一向无视得很。什么东西会让她觉得像见了鬼?

和往常一样，不需审问，小魔已经自顾自地开始招供了。

话说，如今日本的政府机关安排与东土的友好活动，是越来越不容易了，奥运开了，杨利伟到天上散步了，你说中国人还有什么没见过的呢？就拉去广岛原子弹爆炸现场，人家也不当回事，一开口就是："这算什么，前两年咱那个电视台着火……"

可总得安排些让中国人觉得有特色的东西吧。

应付那些老同志还好办，弄点儿花道、茶道、艺伎也就可以了，那叫文化，可这次来的代表团主要是学生。中国如今的学生都极不安分，教育局长讲话也敢在下面打电子游戏，对这些慢节奏的东西实在难以感冒。

总算被日本国际课的干事们想出了办法，魔女昨天的任务，就是到大阪大学一个黑什么教授的实验室，去联系中国学生的参观事宜。黑教授这儿玩的都是高科技，大约会让访问团成员们产生一些新奇的感觉。到了才知道，黑教授的实验室不是一个室，而是一个区，门口有厅，厅里有前台。虽然有预约，但预定接待的教授助手正在开一个会议，前台的小姐把小魔领到"候见室"等待。

小魔倒也无可无不可，科研人员有时候忙起来，是不大在意社交礼节的，而且，候见室里，已经有一个女的坐在那儿等了。那个女的膝盖上摊了本书在看，看来像是个来面试的秘书之类，已经等了不少的时间。无奈之下，小魔和那个女的点头致意，就坐在她旁边等待。

那个女的似乎对小魔颇有好感（小魔没想到后来会把她和贞子联系起来），见到她进来，也不看书了，欠欠身子，问小魔是不是也来拜访黑教授，然后问小魔现在几点了。两人天气、季节、衣着之类天南地北地聊了起来。聊了几句以后，那女的可能等得有点儿不耐烦，也就不再多说话，只是附和着小魔的话题点头摇头，随口跟上两句，似乎有点儿心不在焉。

转眼间，十几分钟过去了，要找的人还没有来，小魔几次走到门口去看，也不见端倪，那个女的倒是有涵养得多，一直坐在那里，就是看着小魔起来坐下的样子微微发笑。

看看还要等一阵，小魔也就安下心来，随意地瞟一眼那女的在看什么书。这一看，小魔忽然觉得浑身一凛：

这女人看的书，怎么是倒着放的呢？

看到小魔女注意自己，那女的马上转身，微微点头，问小魔女认为这两天会不会下雨。

这下小魔更觉得不对了，因为这问题两人刚刚讨论过好几分钟，怎么又聊起来了？而且，看她那个眼神儿，一本正经的，好像刚才那句“大阪啊，这几天恐怕一直要下雨，小孩子，又要天天带雨伞了。”根本不是她说的……

这可真是见了鬼了。

小魔女脑子里觉得不对劲儿，嘴里还是习惯成自然地按照日本的“挨拶（寒暄）”程序，和对方一来一回地讨论天气问题。

“大阪啊，这几天恐怕一直要下雨，小孩子，又要天天带雨伞了。”那个女人转头看着窗外，气定神闲地说，又低头去看那本倒着放的书。连语气都和刚才没有任何变化！

嗯……贞子，一定是贞子跑出来了，小魔女毛骨悚然地想，目瞪口呆地看着这个穿着白色制服的女人，不知道是该跑还是该报警。

让小魔做梦也没想到的事情发生了：那个女的回身一笑，忽然换了一种腔调，抑扬顿挫地说了起来：“给您添了麻烦，非常抱歉，我是大阪大学XX研究室的产品，机器人理莎，随时为您服务。”

……

事后，小魔女回忆，那个“贞子”也不是全然无懈可击，她的皮肤有一点儿像凝固的橡胶，两眼看人的时候有些发直，待了十几分钟，腿也没有动过一下……可是这样的日本人在街上也很多啊。你碰上一个会说会笑会眨眼睛，身上有香水味，还能跟你讨论天气问题的家伙，你会想到她是一个机器人吗？！

这件事，负责和小魔女联系的研究助手小岛一个劲儿地道歉，说每次有客人来访，他们都把“贞子”搬出去，看看要多少时间才会被识破。这是请大家帮助试验的一种方式，事先不好通知，请原谅，等等。这次中国学生来，“理莎”也是表演的主角，不知魔女大人是否满意，云云。

据说，这已经是第三代“贞子”，前面两代，一个可以带 9 种表情，一个可以带 13 种。“这个理莎呢，”小岛说，“还是 13 种，但是每种可以与另外两种组合了，能表达更复杂的感情，看起来也更真实些。”

下一代“贞子”和她的原型，要分出哪个是活的已经不太容易。虽然道歉的话说了很多，看他的表情，却是恶作剧的快活居多，道歉的成分颇为有限。看来，干这种事情，该研究室肯定已经不是第一回了（这个分析被证明是有道理的，因为后来发现那个黑教授还做了一个外观和自己一模一样的机器人，只是限于经费，没有贞子那么大的能耐罢了）。不过，小魔也没有深究，只是好奇地表示要仔细看看那个“贞子”。

你别说，小魔回来说，假如“贞子”躺在那儿睡觉，你很容易会把她当成一个活人的。这个“理莎”真有原型，据说那位当原型的姑娘看到“理莎”一代的时候，就说她活像自己的妹妹了。如今，“贞子”三代神通更加广大，当小魔伸手去捏她的脸，看看是什么材料做的，“贞子”居然会伸手挡开，略带无奈地摇摇头，说：“真不好意思，怎么大家都要这样干啊？”

这句话把小魔女逗乐了。根据介绍，“贞子”脑袋里存着三千多句会话，能够智能地跟你讨论问题，实在搞不懂的话题，她也会做出一副莫测高深的表情看着你点头，足以把人搞糊涂。研究人员曾经尝试让她行走，但动作始终不自然，所以展出的时候始终让她坐在那儿（估计走起来如同跳大神）。

◎ 一代“贞子”和她的原型，要分出哪个是活的已经不太容易。

她的传感器带有影像分析能力，假如发现你一直对着她看，就会主动挑起话题，随机从 47 个话题中挑一个和你谈天。这回，随机挑选话题居然两次都挑了天气，看来设计上还是有问题的。

按说，这种经历很值得纪念，不过，我看小魔总有些若有所思的样子，好像有什么事情很纠结，就问了问。再三打问之下，小魔才不好意思地说出了原委。

原来，那个三代“贞子”，通常情况下被认出是妖精的时间是 5 分 47 秒，而小魔居然用了 15 分半，要不是研究人员大意把书放反了，只怕她会开始和机器人讨论化妆品问题！

“萨，这是不是说我情商或者智商有问题啊？”小魔认认真真地问我，表情竟是有些苦恼。

这个问题可不好回答啊，太座……老萨只好岔开话题，问问她什么人识别得最快。

答案有些让人想不到：男人总是比女人更快地发现“贞子”是个妖精，大概因为男人总会更细致地观察女性。

当然，小魔女是去办公事的，所以双方的话题，最后还是落在接待中国代表团上。

“对中国学生，怎么能把他们搞晕呢？”小魔若有所思地问，“让她说‘你吃了吗？’还是‘你有女朋友吗？’”

朋友评论

1. 小魔女那是心无旁骛的，一次只能专注一件事情呢～

哈哈～～机器人能做到这个份儿上，的确值得学习～

2. 男人喜欢女鬼、女妖，想和她亲密接触一下，哈哈！

3. 想起美国电影《人工智能》的画面。如果人类真的实现了智能人的理想，恐怕要悲大于喜。当这些智能人可以用人类的思维思索问题时，会不会也问人类要权利？当后续的检修与必要地毁灭他们时，会否要遭到智能人的一致反对？孰是孰非也显得不那么重要了。

谁知道呢：)

市长骑自行车上下班

こんにちは。
市長の藤原保幸です。

◎ 伊丹市官方网页上的藤原保幸，民主党，性情活跃，精力充沛。

因为在《日本政府用的什么车》这篇文章中，曾经提到有个日本市长在办公时使用的交通工具不是专车而是自行车，有些朋友感到好奇。日本的市长骑自行车上下班吗？日本公务员有没有开私车上班呢？作为市长，他家离办公室有多远呢？那里的房价又是多少呢？老百姓买不买得起呢？这个市长有没有私家车呢？

其实，这些问题，我刚到日本的时候也很好奇，观察之后，发现还真有不少有趣的地方。比如，日本当然有开私车上班的，不仅是公家机关，就像我所在的公司，每月的车贴也有两种方式：你乘坐电车呢，就是电车月票的钱；你开车呢，就是油钱。核算是有公式的，比较严格。但是你不能开私车去办公事，如同不能开公车去办私事。

文章中提到骑自行车出门的市长，实际就是我家魔女的上司——日本伊丹市现任市长藤原保幸，这个人作为市民我还算脸熟，所以才用他举例。

藤原保幸，现年56岁，民主党，性格活跃，精力充沛，也是他当选的一个重要理由。其实就我所知道的范围介绍介绍这个市长的生活，也是件挺有趣的事情。他也不算特殊，大多数日本这个级别的官员，过的日子都和他差不多。

在日本当个市长并不容易，藤原为了当选是这样满街发小广告过来的。为了拉选票，站在街上就要开讲自己的政治主张，也没几个人听。

别以为就藤原这样，小池百合子也是出身伊丹的，我刚到这个城市的时候正赶上下雪，赶上选举，小池也站在车站上逮谁跟谁握手，冻得脸上一边一块向阳红。

这个藤原保幸住在市内的下河原地区，是土生土长的伊丹人，小时候上的本地白百合幼儿园。小小魔女选择幼儿园的时候，那个幼儿园就是打着“市长也是我们幼儿园出来的”这样的幌子，才让崇尚官本位的小魔女动了心。

他所住的地方并不太好，虽然环境不错，但是到电车车站的距离有点儿远，步行要十几分钟。日本人出门基本靠电车，所以，这个地方只能算是二等地段。一般的日本老百姓能够在这里买得起房。

那里有比较好的独居小楼，藤原家就住这样的房子，房价大约 3000 万日元，含地。这种房子一般老百姓买要犹豫一下，不过也不是很过分，你想他们的白领平均一个月进账 50 万日元，这个费用还是可以承受的。当然，更多的人会买这一带的单元房，三室一厅标准价格在 2000 万左右。当然你要买二手房那就便宜了，1996 年的房子，三室一厅也就是 1000 万出头。所以，藤原住在这里，倒是没有人怀疑他贪污。

不过，在这个地段，也有些人不用买房子，在这里租房子住就可以，而且价格低廉，只有几千到一万日元一个月。这是日本政府提供的“县立住宅”，专门供年收入不足 400 万日元的低薪阶层居住的。以前，这种房子比较紧张，需要申请，抽签。现在，由于前一阶段日本大造房子多少造成了刚性过剩，偏远一些的这种县立住宅经常是空的。

这个市长是拿工资的，唯一多了的收入就是市长特别费，跟中国台湾那个马英九的特别费性质差不多。不过藤原是个比马英九小心的人，每个季度都在网上公布自己的特别费使用情况。链接出处，挺透明的。

从公布的情况看，他每个月的特别费也就是办公费支出，在10万日元左右，约合7000元人民币，大部分特别费是花在红白喜事的送礼上了，日本风俗如此，下级要是有了红白喜事，上司得送钱。

藤原骑车上班很正常，因为骑车挺方便，他上班骑到办公室只要十几分钟。伊丹是一个只有15万人口的小城市，他当市长只是这次选上来，下次选不上就什么也不是了，也没人会暗杀他这个级别的官员，你说他摆什么谱呢？

说到那一次我看到他骑自行车，是去参加欢迎佛山市代表团来访的仪式，仪式的现场选在了本市的一家大宾馆，环境还是挺不错的。

不过到会场他并不是从家里去的，而是从办公室去的，要一刻钟的时间。我是在欢迎活动结束后，大家纷纷回家的时候，看到这位市长去取了自行车蹬上就走，才注意到他使用这种交通工具。后来问起来，才知道他平时上下班都是骑自行车。

你别看藤原在场面上人五人六的，其实，就是一骑自行车的上班族。这个市长家我曾经路过，看到他家的车库是半露天的，有一辆丰田轿车。不过和很多日本家庭一样，这种私家车通常只是用在假日旅游和走亲戚上。

这件事情开始我只是有点儿觉得有趣，后来有一次到伊丹市的市政府办事，看到门口花坛里头有个老头戴了顶草帽，挽着裤腿儿给花浇水，仔细一看原来是市议会的议长。

那时候，就是有些感慨了。

附：日本政府用什么车

近来，人们注意到，美国奥巴马政府提出的政府用车采购提案中，预计全部采用美国车辆，不包括任何日本或者欧洲汽车厂商的产品。一些日本民众将奥巴马这一政策视为贸易保护主义的手段，并呼吁日本政府也明确规定政府用车全部从国产车中采购。

事实上至今为止，日本政府的确从没有硬性规定政府用车从本国购买。不过这种硬性规定实际是不必要的，因为日本的汽车工业已经足够发达，能够为

◎ 今天日本首相的座驾——凌志600SL

日本政府提供各型所需要的车辆。日本政府目前采购最多的车辆，来自于丰田公司。在小泉和安倍担任首相期间，两人的座车都是丰田世纪Century豪华型车。实际，从1968年开始，日本首相使用的就是丰田世纪轿车，只是不断更新其改型而已。日本政府规定为首相提供两台这种高级轿车用于公务。这种车型在海外很少销售，目前所知只有我国香港特区行政长官也采用它为自己的轿车。由于日本的经济情况一直不好，可能担心国民指责政府过于奢侈，到了福田康夫担任首相的时候，他的座车换成了一辆黑色丰田凌志LS600hl型公务轿车。这种轿车售价1510万日元，相当于人民币100万元，考虑到它还具有防弹装甲等特殊设计，这个价格可说颇为经济。同时，它也远比丰田世纪轿车省油，世纪车每公升汽油可以跑7.8公里，而凌志LS600hl可以跑12.2公里。更换这种轿车，也符合福田提出的建立节能社会的思想。

日本国家政府目前共拥有公用车4326台，这个数字远低于一些国家一个省级单位的用车数量。一个有趣的现象是，由于公共交通远比开车出行出现堵塞的可能性低，日本的公务员出门，如果不是礼仪性公务，通常乘坐公用电车，地铁的情况更为普遍。2008年佛山市友好代表团访问日本关西小城伊丹市，伊丹市长藤原保幸先生出席欢迎会并讲话，这位市长竟然是骑自行车前往会场的。值得一提的是这种现象并非特例，很多日本高级官员都有骑自行车上下班的习惯，并将其视为一种锻炼和亲民的举动。

由于日本政府的预算公开，将有限的税金用于有奢侈嫌疑的政府公用车可能招致反感，所以日本政府的公用车购买很是谨慎。2003年，日本政府提出在10年时间里将全国公用车辆减少600台；2007年，这一目标增加为890台，都是尽量表达政府不滥用国民税金的态度。在这一原则下，日本政府的公用汽车都很俭朴，基本色调为深黑色，尽量避免引发社会的瞩目。日本政府并出台计划，努力将公用车辆全部转入低排气型和使用燃料电池的车型，以达到节约能源的目的。

大约是因为这个原因，向日本民间人士询问对政府用车的看法，往往让人觉得不知所云，人家常常会反问，市政府也有自己的公用车吗？不过，也有一些对此比较敏感的人认为，政府购买丰田车还是有些奢侈了，更加实用的尼桑车或许更对得起纳税人的钱包吧。

朋友评论

这个市长比日本美女还可爱呀！知道小日本为什么会强大了。

跨国忽悠抗癌药

有个朋友问我，说能不能从日本帮着买些药材回来，说是家人患了癌症，西医化疗太痛苦，听说有一种提取自天然植物的新药可以治，只是太贵。这东西原产日本，也是在那里治癌治出名声后才流入中土的。原产地应该便宜些，你老萨家里有一个捣药的，或许有办法？

这是什么药呢？我也很感兴趣。因为我所见日本人生了癌症也是去医院开刀化疗，没听说有这么神奇的东西。或许是太珍贵了，普通人用不起？

当然珍贵，朋友说了，这东西叫灰树花，是日本的国宝，宫廷指定用药（人家大夫说了，你看日本上一个天皇死于癌症，这个也快了，全都靠这灰树花顶着才能活这么大岁数啊）。这东西十分珍贵，当年同等重量的价格和白银相等，日本人在深山采到了要当场跳舞庆祝的。

看，世界上最昂贵的“花”，日本宫廷国宝，就是这个灰树花。

据说，它连原子辐射都能治的，区区一个癌瘤，在这玩意儿面前简直不算什么。注意上面那张带 CCTV 字样的图片，当然后来我发现这图片与“灰树花”以及用它制造的灵丹妙药没什么关系。可见 CCTV 虽然被很多人骂，但大家对上了 CCTV 的东西，还是认为它保持了一份权威性。这是悖论，可就是现实。在日本好像没听说过这玩意儿啊。一边说一边扫了一眼。

眼熟！可是没琢磨出是什么来。会不会是骗子呢？

人家说不会的，然后送上一摞资料，最初据说是肿瘤医院住院时候有人给我这朋友发免费宣传资料。本来没当回事儿，闲下来一读，实在是大有道理。再去咨询，敢情古今中外治愈的例子，有关的科研成果太多了，都让我们这腐朽的医疗制度给压制着，才没法为广大癌症患者造福呢。

你看，这医疗体制多混蛋。

先试用，再来买，你还有什么好顾虑的？国际癌症研讨会上这玩意儿是热门儿！国际癌症研讨会是个什么机构？您老土才问呢，反正您听这名儿就肯定是联合国一级的，对吧？

对……我能说不对吗？不对咱就是老土啊！

看，咱中国人自己的抗癌国际品牌，吃这个药都是爱国。古今中外，理论感情，没一处照顾不到的，兄弟，好像我没癌也该买两盒预备着似的，这就让我家小魔到医院问去，没有的话找天皇他二姨夫帮忙弄两盒，您别担心，宫里咱有人，李总管……

慢来，这药叫什么？ Maitake？

Maitake？怎么这么耳熟啊？忽然恍然大悟，赶紧拿过第一张报纸上的照片细看。

没错，我认准了，就这玩意儿。

“兄弟，这玩意儿我买了你知道该怎么吃吗？炮制的功夫可复杂呢。”

“不知道。”

“不要紧，我教你。

看着啊：

第一步，把这‘灰树花’撕碎了，锅里加香油，八成热，爆炒加海带丝。第二步，加入日本杂货铺卖的现成调料。第三步，加入昨天家里的剩饭，炒。即成香浓美味的……”

“慢，老萨，你这做的是什么？”

“炒饭啊，日本家常蘑菇炒饭啊。”

“哎，这灰树花怎么能炒饭呢？它又不是蔬菜？！”

“你以为它是什么？这玩意儿就是一日本最普通的绿色蔬菜。哪个日本菜市场都有卖的，大名舞茸，Maitake，炒饭，加肉片烧，加萝卜火腿炖……味道鲜美，便于储存。

日本人采到这玩意儿会跳舞？算了吧，叫舞茸是因为这东西在自然环境下生长时带有轻微的致幻毒性（大多数毒菌都是从周围环境获得毒素，所以人工栽培后就无毒了），吃了的人有的会起反应，走路晃晃悠悠跟跳舞似的！跟我们吃的凤尾菇一个意思，还是最便宜的。我那岳母战后困难时期过来的，习惯买便宜菜，动不动就 99 日元（合人民币六块五）买三盒舞茸回来，大伙儿吃不了，上星期小魔女刚扔了两盒呢。

日本种‘灰树花’的地方，农村随处可见，瞧这国宝混的。这玩意儿能防癌吗？这个，据说也是有效果的。您没听说吗，芹菜能防癌，苹果能防癌，那这蘑菇凭啥不能防癌呢？以俺家小魔女纵横药界十几年的经验，在今天对癌症的研究水平基础上，什么东西都有防癌效果，什么东西都有致癌效果，但没听说哪个癌症患者靠吃芹菜把癌吃没了的。

也许您吃这蘑菇能给吃没了，您要信，那是您的事儿，这多好，还能下饭，还便宜……祝您万寿无疆。”

回过头来看那叠资料，真是让人汗毛凛凛啊，毛公说过，世界上就怕认真二字。这骗子要认了真，咱老百姓可真是巨大不易。

谁要信了，你不但得花成千上万的血汗钱买蘑菇吃，还得耽误治疗时机。

朋友评论

我是做广告这行的，经常碰到这种人，还有的拿些玩意儿来就叫你给修成假证的图好拿去忽悠人。虽然我们家拒绝，但保不准就有同行里见利忘义的，大家购买这些东西一定要谨慎！吹得越玄就越小心，他要真有能耐得诺贝尔奖，还用得着这小报宣传吗？

黑社会老巢在楼下

日本的黑社会是有名的，一般说法叫“暴力团”，尤其是“山口组”，在日本提起来就像本·拉登一样。神户滩区的六甲山麓有一座双子星形的酒店，豪华气派，到日本第一年年底，公司抽奖撞上狗屎运，我和小魔女去住了一天，才发现这里是山口组的老巢。

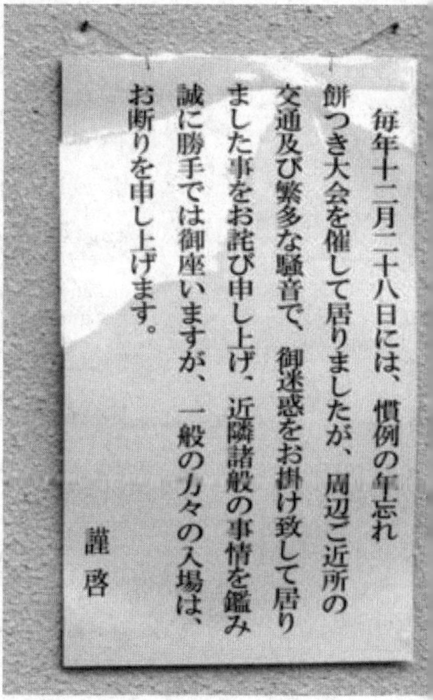

◎ 山口组给周围邻居送年糕的通知，山口组总部的邻居们对这帮家伙倒没有什么反感。

发现这个，是因为我们入住的时候，大堂里堆满了各种各样精美的东西，花篮、好酒、水果，还有新鲜的海鱼龙虾，外面的人还在不断地送进来。好奇之下一打听，才知道山口组关西支部就设在这个楼里，送这些东西是因为一位老大刚被人家一枪给打残了（原因好像是跟另一个什么组的老大的老婆“不伦”），底下各个分舵的弟兄送礼来慰问。这不过是小意思，据说阪神大地震的时候，来慰问的黑社会小头目把慰问品从酒店一直堆到山下，兵库县出动了好几十名县警帮忙维护秩序呢。

这地方风景如画，老大们真会找地方。

刚开始有些紧张，后来发现山口组的人虽然眼仁儿翻着一股子戾气，但对住客都彬彬有礼，绝不惹是生非，而且内部上下级等级十分分明，一副盗亦有道的样子。

在日本政府工作的小魔女告诉我，山口组这样的组织，内部管理很严格的，不亚于一家跨国公司，而且纪律如同正规军，热心公益不扰民，成员违规，惩处也很严厉。

那么，这些黑社会靠什么活着呢？日本的中小企业门口多有一个木牌，写着："暴力团追放"。翻译成中国话不那么通顺，意思还是可以明白的。真正支撑暴力团的，是高利贷、色情和娱乐业。暴力团为了争夺这些灰色产业、粉色产业的控制权，经常爆发激烈争夺，而一旦控制了自己的地盘，就可以日进斗金，吃喝不愁了。这三个领域说起来令自幼耳熟"腐朽的资本主义"如我辈，有时候觉得日本人挺可怜的。

先说高利贷，这在日本是合法的。借高利贷哪儿都有，但日本人是最好的对象，他们爱好虚荣，讲究排场，比中国人还厉害，朋友间还不借钱，于是高利贷大行其道。这个民族还有个特点就是死板僵硬，不知变通，借了高利贷，只要有契约，倒很少不还。经常借了五万十万，还到百万还没完没了。有时候在新闻里看到某公司职员贪污千万，贪污了腐败去了？没有，他还高利贷去了。这一点中国人可比鬼子厉害多了，碰上一个国内某公司的老大，说追款难啊，"欠债的是黄世仁"。

再说色情业，日本人自古对"性"不当回事，在东南亚被称为"色情动物"，这个不假。但日本国偏偏要"文明国家"的面子，国内对色情业限制严格，录像马赛克，红灯区不许动真格的。于是，上有政策，下有对策，日本的色情业中，最为广泛的叫做"水贩卖"，就是顾客花几万日元从小姐那儿买一杯矿泉水，所以，法律上这交易不是色情交易啦。然后就可以愿意干什么干什么……但是有个前提：两个人必须要隔一个桌子（当然桌子可以比较窄），不能坐在一起，更别说上床了。看到王小波那部《我的阴阳两界》，里面提到马大夫给王二治疗，用铅锤牵引的办法把王二那话儿拉得一尺多长，不禁狂笑，就是想到了日本这个古怪的"水贩卖"。不过，日本人依然如同飞蛾投火，乐此不疲，谁让他们是"色情动物"呢？所以这里面的利润高得惊人。

最后就是娱乐业，日本国同样“文明”地限制赌博，不幸的是日本人民的素质达不到“文明”的要求，于是，一种叫“扒金库”的变相赌场在日本就流行开来，其实就是电子游戏厅，只不过过关之后可以用筹码换奖金，既然是奖励过关的，当然不算赌博了。日本的电子游戏虽行销海外，在国内卖得可不怎么样，关键是没有盗版，而且在2000年IT革命之前，大多数日本国民，还不知道家庭计算机为何物呢（不相信？那我没办法，可这是实情啊）。每到星期六、日的清早，看着在“扒金库”门口排队等开门的鬼子，心中老是忍不住地想把计算机拿来让他们看看红色风暴或者盟军突击队什么的，馋馋这帮老土。鬼子们往“扒金库”送钱积极得很，即便是大萧条的时候，这里也是高朋满座。

有这三个靠山，依靠日本人民的“傻气”，暴力团当然吃香的喝辣的了，也没有必要扰民，抢根油条抓只鸡的够干什么的？于是，我们便和暴力团相安无事，有时候大街上看到暴力团老大上汽车，周围一圈儿鞠躬的，还觉得很有意思。但是暴力团终究是暴力团，有一天，办公室里忽然一阵大乱，鬼子们纷纷凑到窗前。赶紧放下家伙，跑到窗口跟着看热闹，好嘛，两家黑社会在我们楼下的停车场里摆阵开打了。

到底为什么开打，到今天兄弟也不知道，只是看着有趣。据说现在黑社会在城市里面公开对杀也是罕见的奇景了，今天让老萨开眼了。

只见两方都是一水儿的黑西服黑西裤，一人一根棒球棍，对喊口号，一边都有百八十人，中间两个老大手拄球棍，正叫阵呢！我问身边一个鬼子，这两边都是黑西服，打起来怎么分辨敌我啊？那鬼子白了我一眼，意思是你这中国鬼子少见多怪，他伸手指了指胸襟。哦，我明白了，不同的组织，佩戴的徽章不一样。好嘛，在日本要干黑社会，没有好眼神可是不行啊。

打了吗？没有。还没等打呢，只听警笛大作，防暴警察已经蜂拥而上，把这帮人给包围了。

一个老大见势不妙，把棒球棍一扔，投降了，其实我怀疑警察就是他招来的，官匪一家。另一个老大不干了，一声吆喝，百来个黑西服呐喊着就扑向了警察，抡起棒球棍猛砸啊！七层楼上，都能听见下面乒乒乓乓的声音。

◎ 日本黑社会的传统形象

奇怪的事情发生了。只见警察们根本没拿警棍或者枪，面对如雨的棒球棍，每人手举一面大盾牌，围成个圆圈，步步为营，向中央逼近，但只挨打不还手。暴力团们打得很凶，但这个盾牌刺猬不怕打啊。暴力团被逼得步步后退，末了，都挤成一团了，挤成一团，那棒球棍就抡不开了。这时候，警察掏出手铐来，轻轻松松地把人就抓了，带到警车上，远远地看去，活像一大队参加葬礼的。

我看了看表，从警察到达，到暴力团们被抓住，只用了7分钟，显然是经验丰富，训练有素。

我问刚才那个鬼子，这警察怎么不还手呢?

那鬼子苦笑一声：没办法啊，日本老龄化社会，年轻人少，这些暴力团的都是“社会中坚年龄”，而且身体健康，都是好劳动力啊，打坏了，那可就麻烦了……

朋友评论

看过一个日本在国际获奖的电影，里面的色情业就是搞隔着桌子这种，和你描述的情况一样。日本人真是好BT啊。

移民时代流风
——结婚纪念写真

在东瀛有了些时日，发现日本人对于“纪念写真”有一种近乎变态的偏爱。不过，我跟小魔女结婚的时候，却有一个协定是不去照日本的“结婚纪念写真”。有这个念头，是因为看了妻姐那时候的相片。

要说我们大姨子大魔女，那是大阪大学的博士，日本少有的英姿飒爽个性女子，直到今天我们那当省长（日本小，县就算省）秘书的姐夫一说老婆还是“托拉来敌”。上回有篇文章萨说过这个典故，“来敌”也就罢了，日本人英语发音不正，要说“Lady”就是这味儿，“托拉”呢？看过偷袭珍珠港的电影没有？那电影的名字，就叫《托拉，托拉，托拉！》，啥意思？《虎！虎！虎！》啊。

既然如此潇洒人物，婚礼自然办得花团锦簇，虽然不曾列席，听讲过来，大有惊心动魄的感觉。说完后大魔女余味未尽，又拿过“结婚纪念写真”的相册来给我们看。

这相册有一寸来厚，铜色硬封面一看就是上档次的好东西，及至打开，兄弟就觉得自己的眼睛不够使了，不是看不过来，是谁能告诉萨，我们大姨子在哪儿啊？

真是对面不相识，大魔女一手指着每张照片中间都有的一个白脸怪物，这个，不就是我吗？

萨语塞，那画面上的人物，脸上的粉只怕没半斤也有四两，白白的配上扇子状固定的发型，你说她是千年老妖也罢，是巫女作法也罢，就是没法和我们单车横穿美利坚的大姨子联系起来。与此相比，我国恶名昭著的“艺术照”只

◎ 日本的新娘化妆之后基本都是一个模子，估计集体结婚的话，拉错新娘的不会是少数。

能算是小巫见大巫。

经过解释，才知道这个是日本新娘传统的“花嫁妆”，用于“结婚写真”，也用于婚礼。有一班老婆子精擅此道，花上几个钟头，无论你是方是圆，保管在镜头前给您拾掇出一个一模一样的制式新娘子来，若是赶上集体婚礼，假如多有几个萨这样粗心大意的家伙，拉错老婆的事情在所难免。这种化妆颇为费时费力，好在日本的风俗是先拍“结婚纪念写真”，随即就办婚礼，新娘子一辈子多半只需要折腾这么一回。

大魔女的“结婚纪念写真”是在饭店拍摄的。按照日本的古代婚俗，婚礼前一天新郎去迎接新娘，而后要住宿在新郎家附近的朋友家，以便整顿车马，第二天风光回家。这个风俗到了今天有所革新，结婚前新郎新娘提前住进一家高档饭店共度良宵，第二天盛装直奔婚礼现场。照相馆的人便在他们换了婚礼盛装之后，为他们在宾馆的房间和附近风景优美处拍摄若干两个人的照片。传统的“结婚纪念写真”中，新娘穿着红白两色和服，头戴称为“角隐”的白冠，新郎则着称为“纹付羽织”的和服。这样照完后去参加结婚典礼，典礼后举行婚宴。典礼和婚宴间，照相馆还要拍摄参加婚宴的来宾与新人的合影。而后将两次拍摄的照片经过挑选，制成相册，即为新郎新娘永远的纪念。

日本的摄影师水平精湛，拍摄的照片光、影、物搭配得极为精美，令人叹为观止。不过，大魔女说人家这也是套路了，和中国影楼的婚纱摄影一样，该举怎样的伞，该举哪只手，早有规范，拍起来也是驾轻就熟。

翻着，挺厚一本纪念相册就完了，不觉一愣，回头看看，总共不过七八张的样子嘛，原来每一页的照片，都是如小佛龛般立体镶嵌的，做得极为精致。

看大姨子的意思，对照片上的人像不像自己，实在是不怎么在意的。不过，话里话外还是有点儿遗憾，那就是日本当时已经兴起了穿西方婚纱和西服的新婚纪念摄影，她心目中的婚礼应该是那个样子，不过因为姐夫家相当保守，只认为抹上半斤粉装修出来的才叫新娘，她也只好遵循这种传统的路数了。

干吗不多照一套西洋式样的纪念照呢？我疑惑地问道。

被小魔女在桌子下面踩鲶鱼鳍，明白这个话题不太好回答，算了，不问，岔开话题指着新娘头上戴的叫“角隐”的白色头盔向大姨子请教那东西沉不沉。

下来问这话题怎么犯忌，小魔女笑说你知道另照一套要花多少钱？日本的婚礼，都是包给固定的婚礼服务公司，属于一条龙服务，“结婚纪念写真”是包括在这一条龙服务中的。虽然每一项有分别的报价，二十万三十万地算，但相对来说类似“结婚纪念写真”这些项目都是不可或缺，类似“霸王条款”，若不选会让人笑话的，日本婚礼上的摄影师不但是工作人员，也是一道风景线。否则，以姐姐的个性，她才不会对这种看不出自己是谁的事情感兴趣呢。

当然也有些人现在不搞传统式婚礼了，可依然要到照相馆去拍“结婚纪念写真”，当然，那里的服务就灵活得多，可以选择不同的服装，很像中国的婚纱摄影了。只是这种传统可以一直追溯到明治年间，与我国近些年才满街影楼林立，四处发小广告相比，历史悠久得很。不过这样可能更麻烦，新婚夫妇自己要弄一套，新郎家要弄一套，新娘家要弄一套……

不搞婚礼也要不怕麻烦地弄几套照片，看来奇怪，其实，到日本没多久，我就注意到日本人的这个风俗，他们结婚砸锅卖铁也要弄一套漂亮的纪念艺术照。日本人对一切“纪念写真”都颇有偏爱，大概与爱好留痕的儒家传统有关，而对“结婚纪念写真”的越发异样着迷，还有一个不知是否权威的说法。

按照一位日语老师所讲，日本人的结婚纪念照片，当年曾经有特别的意义。在明治时代后期，日本崇洋媚外也很严重，有大量的日本人到美国等地洋插队，这些人多半是身强力壮的单身汉。在美国收入不少，而娶妻则成为他们的烦恼。日本人个子矮，在当地泡美国妞的可能性不大，而且，当时明治政府还明确法令禁止日本人与西洋人结婚，于是这些单身汉只好回乡娶亲。然而，以当时日本的法令，回国一不留神就会被征兵。在美国的日本人没了武士道的社会环境，这方面十分开通，几乎通通是反战分子，抑或称为怕死分子，能不回国就不回国，那就只能通过家乡的亲戚，用信件介绍对象了。这时，男方所见到的，不过是一张照片。这种情况下女方往往是急于攀洋亲戚，于是，在日本和婚姻有关的艺术摄影，突出优点，掩饰缺点，就成为一个很重要的职业了。这种奇特的婚姻，在日本历史上被称为“写真（照片）婚姻”。

有趣的是，美国政府这方面还曾经推波助澜。1908 年，于在美国的日本单身汉大力推动下，日美签署“绅士协约”，承认“照片婚姻”，允许日本新娘凭着一张新娘妆的照片入境。然而，大约是照片上的日本新娘都长得太相似了难以分辨，不久美国人就修改了这一协约，规定“照片新娘”必须在上岸后于入境处和新郎补行婚礼，由美国牧师带着宣誓，同时拍照留念。这种情况，一直持续到大正年间美国开始限制日本移民。

这样的照片传回故里，并没有日本人认为是美国佬搞一刀切形式主义，而作为文明上国的风俗大肆介绍，并成为了新娘家炫耀的资本。于是，眼红这种新玩意儿的本土新娘新郎们也就顺理成章地接受了结婚要照相的观念，并且发展成套路化艺术化的“结婚纪念写真”了。

那大姐为什么不去再补照一套西洋的呢，如果她喜欢的话？

嘿嘿，小魔女当时信手给我看了份报价，一时找不到小数点的萨终于看明白了，就拍一个老姐那样七八页的照片集，10 万日元未必下得来。这个价格至今也没多大变化；到网上查，以实惠著称的平民摄影馆 Laquan，挑个星期天去玩两人的婚纱摄影，价格是 25000 日元。哦，才合人民币一千多不到两千，不贵嘛，嘿嘿，照片，只有一张的说……

要想照像样的，十万八万算是少的，大魔女结婚的时候整个婚礼耗资几百万，把我们那姐夫折腾得中午连热饭都不敢吃，这种节外生枝的事情肯定是不会做了。

看了报价萨沉吟半晌。当时已经和魔女定了去江南旅行结婚，算算这十万八万的，还够再去趟海南的。

萨是个缺乏浪漫细胞的，尤其是涉及这些日本的礼节习惯之时，大脑直接宕机，就和小魔女商量，你看，要这个纪念写真呢？还是下海南呢？你看，我肯定是穿不了你们那个和服，穿上拿把扇子跟剃头的待招似的……

还是海南吧。犹豫半晌，魔女下了决心，不过看得出来很矛盾，毕竟是一生的事情嘛。

好办，只要你通情达理，咱就不能让老婆吃亏不是？

我们俩的婚纱摄影是在北京拍的，人民币一千多，换了四套衣裳，魔女也穿了和服，只是没抹白脸。虽然折腾了一下午，收获的照片却是老姐的三四倍，质量比日本的更好，还多了送的一个大油画效果，扛着上飞机，魔女得意万分，趾高气扬。风风光光地扛这么个大家伙下飞机，让接机的大姨子暴走差点儿就改劫机了。

结果就是魔女的几个小姐妹结婚的时候纷纷奔了北京，找我们拍照的那家影楼去照相，说中国的婚纱摄影便宜，花样还多。估计也就是现在了，隔几十年前，只怕路口的警察就得琢磨，这影楼不会是日本特务的窝点儿吧？要知道当年汪老板刺摄政王，王亚樵刺委员长可都是用照相馆打掩护，连瓦尔特保卫萨拉热窝里面，塞尔维亚蛮子吉斯都是开照相馆的，这可是危险的行业……

一笑。

想想，要是能把日本人对“结婚纪念写真”的热衷，转化为对我国影楼婚纱艺术事业的支持，那该是多好的一大块市场啊……

朋友评论

1. 被小魔女在桌子下面踩鲶鱼鳍（呵呵。国人是当面教子，背后教妻，这是日本式的桌下教夫吧）。

2. 好办，只要你通情达理，咱就不能让老婆吃亏不是（反之呢？道高一尺，莫非魔高一丈乎）？

结果就是魔女的几个小姐妹结婚的时候纷纷奔了北京，找我们拍照的那家影楼去照相，说中国的婚纱摄影便宜，花样还多（分明是萨做了有利的宣传，有意发展祖国的经济，爱国人士啊！敬佩）。

3. 强烈支持萨大在日本开个影楼，嘿嘿。

日本急诊向兽医倾斜

兄弟在日本没看过急诊，送过几次病人，早知道他们的急诊大夫是什么货色，休息时间的日本急诊大夫连兽医都不如。中国人大都久病成医，家里习惯带个小药箱的，你要是周末有个头疼脑热的自己料理不比找兽医强？

要说平时门诊的日本大夫还是蛮有两下子的，他们医学专业毕业的要求比较严格，能带上白帽子不容易。日本大夫多半有两下子绝招。有一次兄弟下15℃的池子游泳，弄出了心律不齐，萨那口子小魔女本身就是医院的，抬腿就把萨弄到隔壁，见了个心脏病专家，是魔女的师兄。做完心电图，魔女去拿药，那日本师兄冲萨一鞠躬，主动问："您是中国人吗？我学过中文的，你好，我们聊聊？"

后来想想直发寒，这日本大夫都一天到晚忙得跟狗似的，这位居然闲得找人聊天，是恰好没病人呢，还是有病人都让他的手艺给吓跑了？要是后者，小魔女找他给我看病是不是缺心眼啊？当时没细想，闲着也是闲着，侃呗。好嘛，整个一个日本侃爷啊。敢情这师兄是研究克隆的，做的实验十分有趣，居然是用培养基养细胞，希望能长出一个心脏来。兄弟的日语懂得有限，但想着一颗心脏跟豆芽菜一样长出来，丹田还是一阵阵地发热，想找厕所的感觉很强烈。

我想这位是吹牛呢吧。下来小魔女告诉我，说这是真的，长出心脏来还有待未来，但已经能长出黄豆大的心脏组织来了，可以拿去给患者补瓣膜。

我靠，一下子兄弟不齐的心律也齐了，走吧，别让人家当大白鼠给做了就麻烦了。玩笑归玩笑，实际上这说明日本普通门诊大夫中也不乏藏龙卧虎的人物。

但是休息日去急诊，那就差得不是一点儿半点儿了，送了几次病人，我觉

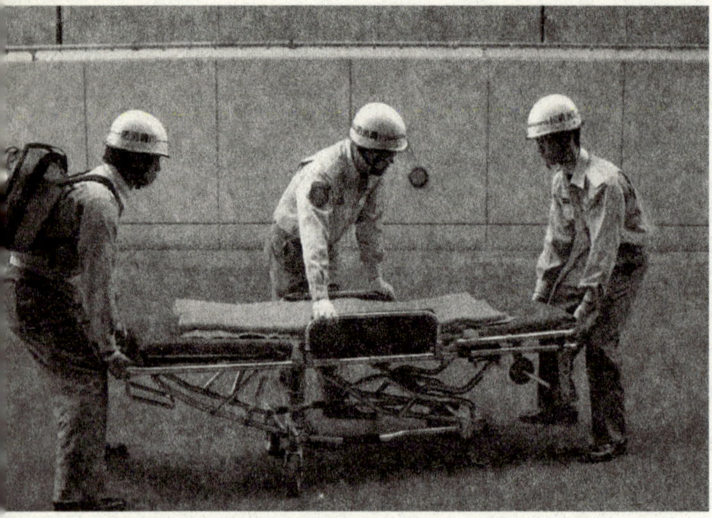

◎ 急救车内因为有较全套的设备，故此通常可以对病人进行第一时间的救护。

得自己都能去当急诊大夫了，绝对合格。要是看你没大事儿呢，抗生素、退烧药，加上一剂保护胃黏膜，告诉你坚持一下明天门诊上班再来吧。要是看你有大事儿呢？拿地图，告诉你这种病休息时间关西地区某某医院专门处理，您，去那儿看看？我就不管了。

只要注意别给马上要翘辫子的家伙吃两片退烧药打发回去就行了。这个我想并不难，你看那一边坐等大夫，一边还拿本黄色小说死看的日本老头儿，让他回家烧三天也死不了。

容易吧？

这是有些夸张，说起来，日本的急诊大夫也是平时门诊那些人，之所以到了急诊就类似兽医，和日本的文化颇有关系。

其一，是日本人的公共设施，包括医院、政府机关、银行，等等，别人休息的时候它也休息，不鼓励你休息的时候去办事看病什么的，包括周末的急诊，也是不主张你去看，能凑合就凑合。中国人有的平时忙，周末去开个证明什么的办事的比较多，这种习惯日本人没有。他们的看法是有事儿你就平时上班的时候来才对，为什么呢？日本人传统上女性不工作，平时闲着也是闲着，自然有条件去办各种琐事。因此，比如政府机关没有必要周末办公，这算是他们的传统。可是把这个延伸到医院，就属于日本人脑子僵硬的典型了，你生病了又不能让LP代替去看的……想一想就能明白的事，可日本人就是这种僵化的民族，你没办法。

其二，日本老龄化社会，很多老头老太有泡医院的习惯，反正医疗费都是公共福利（上班的就不行了，自己得交30%），所以医院总是门庭若市。到了周末大多数大夫都跑了，只有几个急诊大夫，而泡医院的老头老太照旧光临，能不忙得脚朝天吗？向兽医倾斜也就自然。所以日本休息时间的急诊质量比较差，平时还是可以的。

要说日本急诊，比较有趣的则是急救车。日本的急救车积极而且不收费，此外还能帮助你根据病情选择合适的医院。因此在这儿的中国人常有如此经验，就是不知道自己该上哪儿看病，干脆就叫急救车，来了让急救车的工作人员决定送你去哪儿。

唯一的问题是日本的急救车和救火车是一路的，电话号码也完全一样，而且常常是岁数较大又比较轴的老头子接电话，你得先说明白是着火了还是有人受伤，这对来日本时间不长的中国人的日语水平常常是个考验，已经听说了好几回打电话叫急救车把消防车招来的事情了。

那就成了宪兵队的干活，消防车是干什么的？灌凉水的啊！

朋友评论

急诊的医生都是排的班，国内估计也一样。有时候是内科大夫，有时候是牙科大夫……太复杂的问题解决不了。除非像大阪循环器病CENTER、阪大附属医院等一流大医院晚班，休息日留的也有精兵强将，为了应付真正的急诊。碰上连环撞车等大批急诊病人就要往这些一流医院发。医生不够还会把医生从家里叫去。老萨说的都是一般规模或者更小的私人医院，那些地方医生不够，急诊不好排人。从综合医疗系统上面来排的话，美国是第一位，英国第二位，日本占到第三位。

公立如爷，私立如孙
——也谈日本医院现状

◎ 日本的医院通常都比同一个市的市政府漂亮。

萨的那口子小魔女是学药的，而且为人比较热心，所以经常充当志愿者，帮助在日本的外国人看病求医。上个星期，小魔女就帮了一位肯尼亚来的黑人坎贝尔先生。

坎贝尔先生在当地是个牧师，还开了一所初级学校，这次到日本是来募捐的。坎牧师在肯尼亚空气清新绿色食品，每天和邻居的狮子大猩猩一块儿友谊第一比赛第二地做运动，吃嘛嘛香，身体倍儿棒，不应该和医院打交道。不料日本饭菜口味太甜，弄坏了牙齿，只好去看大夫，魔女就去帮着做了翻译。

第一次带坎先生去看病是上星期一，去了以后坎先生对日本的医学大为叹服，佩服得五体投地。原因是看一个牙居然可以把光纤摄像头放到牙洞里去，拍出几十张照片来分析，看得在非洲拿阿斯匹林当万能药的坎先生目眩神迷，口中连连称赞。魔女听到人家对她祖国的医疗事业如此推崇，回来自然转述一番，飘飘然颇为自豪之态。

第二天坎先生的牙就补上了，好像用的是一种什么类似快干水泥的东西，果然效率高。然而，这几天小魔女就不愿意再提坎先生的事儿了，说起来支支吾吾，似乎还有点儿脸红。萨开始也没在意，可巧今天魔女出门修车，萨就接到了坎贝尔先生的电话。问他什么事，坎先生说想麻烦魔女带他再去看牙。不是已经补上了吗？萨有点儿奇怪地问。

“是啊，补上了，可三天前我打了一个喷嚏，它就掉出来了啊。现在我的脸都肿了，像老家的河马一样，哎哟哟……”

其实摊上这种事儿并不是坎贝尔特别倒霉，前些天萨还在帮助一个中国来的兄弟打官司。这位老兄在大阪某医院开刀取胆结石，日本大夫态度极好，就是一个不留神把旁边的肠子碰破了，直到第二天疼得半死，重新检查发觉问题，差点儿把小命饶上。至于某人歪着脖子去医院看落枕，等上几个钟头照了几分钟紫外灯又给歪着脖子打发回去这种事就更司空见惯了，这只不过是日本存在的医疗问题的一角而已。

几次回国，听朋友说起国内的医疗问题已经成为千万人头痛的大事。谈论起来，朋友们对医疗腐败，“白衣魔鬼”等等痛切之极，至于原因嘛，有激进的兄弟则指责部分中国大夫病人都素质太低，大夫医德败坏，病人有便宜就占，素质上不去，那就没法解决这个问题。

谈过之后，就不免好奇地聊聊国外的情况，说起来，在日本这样的发达国家，应该早已解决了医疗上存在的类似问题吧？萨听了不禁苦笑，其实医疗问题在日本也是一样令人头疼，有些事情它的确解决得很好，但有些中国解决不了的问题，日本也同样没法解决。至少对于素质的看法，萨不太能苟同，其实，有好多事和素质的关系或许是不大的。看看日本医疗制度解决了和没法解决的问题，我觉得颇有借鉴的价值。

若说优点的话，日本的医疗体制堪称先进，涵括全民的保险制度、巨额的资金投入造就了遍布大街小巷的各类医院，而长期的人才培养又养成了一批具有相当水平的医生。这些拿到世界上任何一个国家都不逊色。在中国受到沉重抨击而至今依然屡见不鲜的天文药费、红包问题，在日本是看不到的。日本看一次病，通常药费在人民币一百元以下，如果对比收入的差距，这个数字是相当低廉了。

而且日本的大夫绝对不会收红包，哪怕是我因为女儿出生高兴给大夫送花，大夫也收得很勉强，最后弄了个花瓶把花插好，放在门厅里让大家欣赏。

日本解决这两个问题是靠素质高吗？当然这可能是原因之一，但我所见更主要的原因在于制度。

日本为什么不会有勒索性的药费呢？原因是日本大多数医院所开药物都要到附近的药房购买，而本院只提供少量必要的制剂。这样，腐败药价的致命原因——卖药回扣，在日本就根本没有立足之地。无论你开多少药，病人都不会让你医院的药房多赚便宜，既然没人能知道病人会到哪里买药，甚至买不买药，这回扣如何给起呢？

日本大夫不收红包，那更是严格的制度使然。日本大夫如果收礼，会受到开除的严厉处分，而有这个“案底”的大夫，再被其他医院雇用的可能性就基本为零。日本的大夫和律师一样，都是摇钱树一样的好职业，需要多年苦读，外加一系列严格的考核才能穿上白大褂，谁会舍得拿自己这样美好的前途当儿戏呢？

说起来，这些方面中国的医药改革要是能参考一下，无疑会有事半功倍的好处。不过，有些事情就微妙多了，比如泡病号。

中国泡病号曾经是一个大问题，不过随着今天国营企业的纷纷消失，这个问题也慢慢地不那样明显了。有趣的是在日本观察了一番以后，发现日本人居然也泡病号，而且方兴未艾。和中国不同的是，日本泡病号的主要人群是老头老太。

在日本，虽然医院众多，但照样人满为患，时常可见医院的门厅走廊里挤满了候诊的人群。仔细看来，老头老太占了大多数。是不是这些日本老人都身体特别不好呢？其实日本的老年人群可能是世界上最健康的，他们多半是闲不住，食物上由于长期习惯少油少盐，多食海产品，所以心血管疾病的概率相当低。我们邻居八十多岁的老先生还去存车处当义务管理员呢，风雨无阻。这么多老人光顾医院有不少纯粹属于泡病号，日本有报刊分析主要原因在于日本的医疗保险制度。

日本的医疗保险并不是负担全部的医疗费用，对不同年龄的人其比例也不一样，总的来说，是要照顾高龄者，这样，到七十岁，老人的医疗费用基本就全部由保险承担，不用自己掏腰包了。日本的老人和儿女关系比较淡薄，看孙子的事儿非常罕见。退休了空闲时间很多，人老难免这儿那儿有些不舒服，到医院又不用花钱，还能有一点儿社会交流，没事去泡医院当然不奇怪。

不过医院可是照样收费的，如此一来，就给日本国家的医疗保险制度带来了巨人负担。有人说当年中国人泡病号是素质问题，日本国民素质高不高评价不一，反正这件事上也没有高到为了考虑国家的保险制度不去医院的地步。这种弊病谁都看得出来，却没有哪个政治家敢于在此处动土，弄个制度来匡正一下，减少医疗方面的负担。因为这种“匡正”虽然有利于国，却不会得到好评。老人们不会喜欢不说，年轻人虽然是间接的受益者（医疗保险的资金都是他们纳的啊），也不会欢迎，因为谁都有老的那一天嘛。

于是只好让医院的门厅里继续充满读着小说等待和大夫、小护士交流一下的老头老太们。从这个角度说，日本的泡病号问题，只怕比中国的更难对付。

如果说泡病号这类问题应该归结于患者，那么，前面说到的坎贝尔先生那样的遭遇，责任则在医院无疑。

按说日本的医生都是经过高等医疗教育的，而且有严格的考核制度，一个喷嚏就掉出来的补牙技术或者取胆结石扎破肠子好像不应该是他们的手笔。然而事与愿违，这种事儿就真的发生了。分析起来，这又是日本医疗的另一个罩门——公立医院的大夫，不收红包不收礼，手艺却不敢让人恭维。

日本的医院分为公立、私立两种。公立医院往往都有极宏伟的大楼，市立医院常比市政府大，令人望之肃然起敬。这里装备极为精良，CT、核磁共振、阴极射线管等设备几乎属于必备之品，然而不幸的是，上面所说的类似讲笑话的事情，就大多发生在这些富丽堂皇的公立医院里。究其原因，却原来是中国多年前就开始叨唠的一个词——铁饭碗。

日本的大夫待遇优厚，然而还是略有区别。一般在公立医院的大夫，收入要低于私立医院，因为私立医院目的是赚钱，赚得多了，大夫们的好处自然也多些。而公立医院大夫们的收入是固定的，只要不贪污索贿，即便出点儿不大的医疗事故也是行内监督，不会丢了工作，那是有保障的铁饭碗。铁饭碗好是好，可从另一个角度看，看好看坏一个样，那大夫们还有多少提高医疗技术的积极性呢？于是日本公立医院的大夫们给人的印象就是循规蹈矩，但干活的积极性不高，至少患者是没有多少“消费者是上帝”这类感受的。没有积极性，那么日本公立医院的大夫们技术水平上出些问题，对患者敷衍一点儿，也就是正常的了（这一点，常有人抱怨中国医院的工作人员态度不好，不负责任，大概原因也差不多吧）。

当然，一些日本大学附属的医院，则普遍被认为医疗态度很好，原因也简单，那儿的大夫多半还有科研的任务，人生很有奔头，自然没有普通公立医院大夫那种暮气喽。

如果是这样，可能有朋友说，都搞私立的，不就好了？私有化，的确是一条好办法，打破铁饭碗嘛，中国人领教过了。然而有那么句话怎么说？“世界上没有万用良药。”

说到私有化，日本不是没有私立医院，而且到处都是，对比于公立医院的铁饭碗，私立医院的收入就该叫做金饭碗了。而这打饭碗的金子从何而来？当然是看病的患者带来的了。私立医院的大夫们对自己的手艺都是打起了一百二十分的精神，到私立医院看病，那感觉简直是“宾至如归”，护士们亲切恭敬，大夫恨不得跟你拍肩膀称兄弟，令习惯了国内医院服务的朋友常常感觉怪异。有趣的是往往你第一次去的费用还颇为低廉。不吓跑顾客，放长线钓大鱼，日本私立医院的大夫们都聪明得很。

不过，私立医院也有私立医院的问题。限于规模，设备往往不如公立医院是一条。“一切向钱看”就是另外一条了，萨就亲身经历过一次日本大夫“一切向钱看”的手段。

那还是刚到日本的时候，因为萨对日语一窍不通，需要学语言，小魔女也在读书，所以有半年左右，萨从生活到医疗都是日本政府包干。也就是这段时间，萨因为和坎贝尔同样的原因，到了一家叫做弓仓病院的医院看牙。

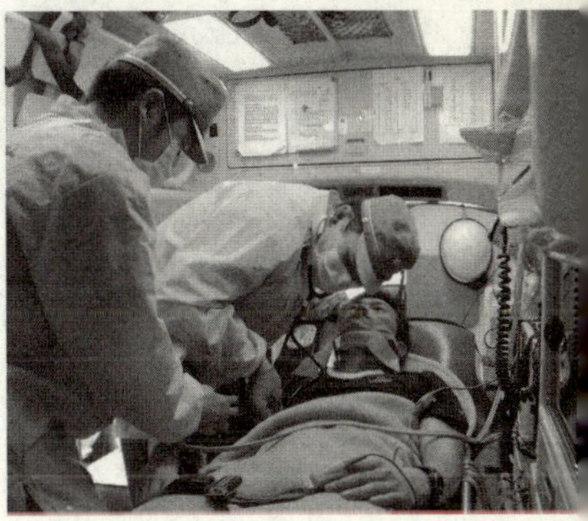

◎ 日本大夫还是比较负责的。

看病的大夫弓仓先生已经上了年纪，态度十分和蔼，看过我的那颗牙齿，便和我聊了起来，不一会儿弄清了萨看病的钱百分之百都是日本国库出，老头马上说你等等吧，我给你检查一下，看看别的牙有没有问题好不好？

这种事我干吗反对呢？于是弓仓大夫就叮叮当当地在萨的嘴巴里鼓捣起来。过了半天，老头住了手，萨抬头一看，感觉老头一副若有所思的表情，不禁吃惊，问大夫是不是咱的牙里有什么大问题。老头摆摆手，回答说小兄弟您的牙好得很啊，居然，嘿嘿，就这一个需要修的。

语气里面竟然似乎有点儿遗憾。咱也没多想，转眼间老头就和我侃起中国来，看来他好像对中国很有兴趣。接着就告诉我下个星期来复诊。

这次诊察就……完了？

完了。弓仓大夫点点头，牙的事情弄不好终生都会痛苦的，我要为你负责，下次来，我给你的牙消消毒，咱们看看怎样补。当然，我是不用付费的，这段时间我的医疗费用都是日本的医疗保险负担，老头自会去要钱。

好一个负责的大夫啊。萨心里赞叹，转身走了。到门口，弓仓大夫还殷切地追出来说，这个牙不治不行，一定按时来啊。萨道了谢，隐约觉得有些怪异。

几个月以后才想明白，让我觉得怪异的是弓仓大夫当时的眼神很不对，居然带着两道金光……

第二次去，就是消消毒，然后让我下次再来。

第三次去，做了些表面处理，用棉球擦了擦。然后让我下下次再来。

第四次……然后让我下下下次再来。

这也太慢了。不过萨也没什么可抱怨的，反正这些天也是赋闲，弓仓大夫工作认真，同时很友好地每次都和萨做几分钟日语练习，对中国的文化十分仰慕，经常讨论些诸如乾隆到底有几个妃子之类的问题。和老头家的狗也交上了朋友，大夫说这只狗可不得了，以前和狗熊搏斗过。讲狗斗熊的故事老头讲了两个星期，每次都是关键地方收口，等我下次去了接着讲，倒有些听评书的乐趣呢。

老实说，去国怀乡，那段时间倒是这位大夫那儿让我颇有些亲切感呢。弓仓大夫说，你这个牙问题不仅在龋齿，而且刷牙的方法不正确，这样吧，在我这儿看看正确刷牙的录像。

弓仓大夫说，补你这个牙，我要让你一辈子都能用它，咱们用什么材料好？用白金合金吧，这个东西最可靠。

真是个好大夫啊，让人感动。萨的眼里老头的形象越来越高大。

就这样一个牙补了几个月，补好后老头还不断地让我去复查，包括检查萨每天刷牙的习惯是否正确。

有一天，萨对老头说："我下个星期去上班了，以后可能不容易经常来复查，是不是可以告一段落？"

老头愣了一下，说恭喜恭喜，那样的话以后有事打电话来吧，随时候教。可是我分明听见老头叹了一口气，蛮失落似的。我还以为他舍不得我这个小朋友呢！回过头来，老头问我，我这儿还能配眼镜，你要不要配一副？两天就可以取。

看牙我配眼镜干吗？谢过了老头的好意，我还是拒绝了。

等到我要走的时候，感到老头有些欲言又止。

终于，老头开口了——你要是有朋友看牙，也是医疗全吃保险的，不要忘了介绍过来啊。

萨点点头，走出老远才觉出这话里面有问题。

后来才知道，那几个月，因为我那颗牙，每星期老头都从保险公司扣十几万日元的医疗费呢！日本的医保政府支持，一般情况下不跟全吃保险的计较，因为这种人多是穷人，一不留神得罪了就是给对立面送选票，谁说日本人脑袋不灵？这钻民主空子的本事学得快着呢！

怪不得老头舍不得我走啊！

直到今天，每当我用舌尖舔到那颗价值一百多万的牙，都有一种万分怪异的感觉。

虽然感觉怪异，但那牙用了六七年了，的确至今牢固异常。

那是，一百多万的牙啊。

朋友评论

1. 一百多万日元的牙，换算人民币，也有十几万了……嘴里镶着辆帕萨特……

2. 我看一个国家的基本医疗水平，基本就关注对方对麻醉类药品的管制程度，一般管理越严格，水平越烂；管理越宽泛，水平越好。

比如欧洲北部国家，大部分麻醉类药品，甚至大麻、海洛因都公开出售（药用）。而像中国，恨不得连止痛片都要处方。大部分人忍忍就过去了，真想不到有些受了重伤或癌症患者是怎么熬的。

3. 萨大也赚了，一去东洋就赚了小日本政府的一百多万，佩服加羡慕中。

住院部病房的三个“二百五”

本来一个不严重的呼吸道感染，在医院看看竟然得了个要留置观察的结论。不管大夫怎么说，所谓留置观察从我的角度来说就是住院。在中国都没住过院，到日本难道要尝尝鲜吗？我心里明白这是周末的时候，大大夫都出门钓鱼去了，剩下小大夫心里没谱，再看萨这出身地，担心给日本国来个非典灾难啥的，其实远没有这种需要。当然，我猜他没想到萨还有那么个奇特的笔名，否则恐怕当场就把老萨和谐到无菌室了。

其实我这个毛病根本和国内无关，几年以前在日本患上的，每到秋冬交替的时候多少会闹两天，用两天药，好好休息休息，也就痊愈，等着第二年接着祥瑞。但那大夫只是一个劲儿地晃脑袋毫无松动，不愧是日本人，轴啊。

好吧，那我找人帮忙好了。找的人就是萨那口子小魔女。

小魔女在国内医院干过，所以做事不免带了国内医学界胆大心细、悍不畏死的业务特征。比如开车送萨去某医院看病，到那里一看原来大夫是她师兄，立刻大大咧咧地告诉人家，这人吃药不看量，经常把一天的药一顿吃了，抗药性强，开药药量至少加一倍，不然不管用；又比如日本医院对于点滴极为慎重，认为属于万不得已的措施，轮到萨又是此人大手一挥，这人从小打点滴打惯了的，不用这个他吸收不好……

既然这样，我想她肯定能识破日本大夫的小心过度，从专业角度说两句，萨就回家了呗。

5分钟以后，萨以极度郁闷的心情败退回来。LP也就罢了，我算是领教了单田芳先生评书里所说的“柳眉倒竖，杏眼圆翻”是什么概念，连小小魔女也会跟着起哄，LP 问她："把爸爸留下？"小东西竟然是变颜变色地使劲儿推我，带着哭腔鬼叫："爸爸留下……"

很郁闷。

过后才想明白，此前几次小东西和白衣白帽的家伙打交道，从没占过上风，每次都是苦头吃够，所以一闻来苏水味就满脑子警惕了。忽听要把爸爸留下，小东西肯定感到喜从天降，既然如此就和她无关了，不用吃苦头留下个把爸爸算什么？于是迫不及待地说出如此丧良心的话来。

得，这丫头以后可不能搞什么秘密活动，根本就是一个墙头草，叛徒坯子啊。

无奈之下，我只好接受命运了。

不过这也是难得的经验，正好观察一下日本的医院是怎样布置病房的。

在中国虽然没有住过院，多少见过住院处，那就看看有什么不一样吧。

我所住的这个医院规模不小，住院楼分成五层，除了五层是办公场所，一层是各种设备间和处置室以外，其他三层都是住院处。二层是男性病房，三层是女性病房，四层是产科——医院里最让人觉得愉快的地方。这些都与中国很相似。我自然是住在二层。这里的走廊是椭圆形循环的，仿佛田径跑道，走廊的外侧是一间一间的病房，可以保证病房都能有窗户。这边是内科，另一边是外科，走廊的内侧本来是一个完整的椭圆，被一条横跨走廊两边的横廊截成两个半拉椭圆。厕所、盥洗室、水房、食品间等集中在底边中部横廊的两侧，而两个半拉椭圆的圆形部分则各是一个大玻璃房，左边这个是护士站，右边那个对着电梯，是受理病人家属来访的前台。

在走廊靠近探视管理中心那一端，还有一个图书室，附近如同沙龙一样放有桌子和椅子，周围挂着油画，旁边有精心筛选的花草，这一来是给病人和探视的亲属提供一个比较"正常"的交流空间，二来也让病房有了些生机。

还有一点值得一提，那就是一进病房，必须关掉手机，据说是手机的电波影响心脏起搏器的正常工作，可以致人于死命。那么，如果你需要手机办事怎么办？医院可以租给你手机，这就是经过检验、没有危险的了。我看了一下，功能和普通手机差不多，但是信号比较弱。医院的医生们也都挂着这样的手机。

而病房里面就颇有意思了，洗脸盆、刷牙缸等都要自己带来，我的自然只能是LP去取，想想她一边牵着孩子一边牵着老公，生病也成了让人抱歉的事情。而其他的设施很齐全，甚至可以上网！显示器虽然不大，还是液晶的。当然，你要用电视或者电脑必须买医院提供的卡，1000日元可以用10个小时，我犹豫了一下，对护士小姐说那我明天就走，用不到10个小时怎么办？

小姐顾左右而言他，相信是不好意思对我讲，您下次再来的时候接着用吧。

一个病房有病床六张，床头和中国的病床一样，也要写自己的名字，不过上面加标发音。日本很多姓发音古怪，如果不标出来，医生也不知道该怎么念。

在这里吃饭是有菜谱的，当然有的挑选，但肯定没油没盐，估计喂马也不见得有马会吃。就是这样可怕的菜谱还有一个非常恭敬的名字，叫做“献立”，实际上不给钱是吃不到的。一小碗米饭加上几块蒸胡萝卜，一碗没有酱的酱汤要收你1000日

◎ 医院里的患者还能上网。

元，和强盗一样狠。可气的是小魔女居然站在医院一边，讲这样的食物绝对让人放心，看来，叛徒也是遗传的。

日本病床的特点是周围有一圈轨道，用白布制作的幔帐顺着轨道一拉，一个病床就是一个从天到地封闭的独立世界。这样布置病房，我在北京见过，但医院的大夫告诉我这个功能很少用，因为我们的病床经常处于超负荷状态，需要加床，自然独立王国也就没法实现了。不过白天大家还是多半不拉上帘子的，人总有交流的愿望。

我这个病房不满员，只住了三个人，萨一个，是呼吸道问题；一个叫泽山的老头，是重度心脏病；还有一个哥伦比亚人，在日本传教的，叫马利奥尼，说是肺上长了癌，要动刀。听说萨仅仅待一天，都很是羡慕。很快我就发现两个人各有特色。

马利奥尼身材肥胖，橄榄肤色，看来很是健康，却一副愁眉苦脸的样子，我想是他的主抛弃了他，使他十分烦恼。而泽山已经七十多岁了，走路颤颤巍巍，笑容却让人很容易想起某种不良动物，而来给他量体温、送食品的护士，也都谨慎地保持着距离，甚至对泽山的目光还有些羞恼的神色。

护士站，主要的服务人员都在这里，一旁的玩具狗熊是病愈出院的病人送的。因为法律严格，日本医生、护士对于送礼如临大敌，但如果是送给全体的，比如一盆花或者一个玩具，那倒还可以。我的观察，日本的护士大体可分为两种，一种是很重视外观的，特别是 reception（接待处），一般都具备上镜头的水准，这一来是医院的门面，二来护士的形象也可以对病人产生心理影响，你总看见好东西，心里面负面的东西就会少一点儿，这对病人很重要，或许也有道理。另一种护士则五大三粗，一看就是为了体力活准备的。是啊，医院护士都是女的，可关键时刻扛一个氧气瓶过来也得靠护士，要都是娇滴滴的，那谁救谁呢？

不管怎样，泽山的目光让我远离此人，不过和马利奥尼还很可以聊得来。确切地说，是听他聊。闲着也是闲着，萨这个人闲不住。我和老马走到图书室，谈几句宗教，就进入老马表演时段。大概是好容易等到一个可以听他倾诉的人，马利奥尼用磕磕巴巴的英语对老萨一口气讲了一个钟头，声情并茂。不要误以为老马要对我传教，自从他的主抛弃了他，马先生已经不怎么在乎他那个教派的死活了。他倾诉的是对于手术的紧张和恐惧、心灵的创伤，等等。

因为听说他是早期，所以一个钟头以后萨就安慰他，说你别怕嘛，日本的医学水平还是不错的，早期的，处理一下不就好了？我认识某人，手术以后活了好多年，可以用手杖打趴下三四个我这样的呢（这纯粹是吹牛，可是给人一点儿精神安慰，有什么不好呢）。

马利奥尼瞪着眼睛听我侃，眼珠子滴溜乱转，最后对我说，不，我担心的不是这个……

那么，您担心的是什么呢？

我担心的是日本大夫如果是误诊呢？如果我那里根本就没有癌呢？我这一刀不就白挨了？马利奥尼一本正经地问我。

我靠！老萨国骂差点儿出口，老马祖上是西班牙人，可以相信继承了某种浪漫的基因。为了转移话题，我问他，那个泽山，好像护士们都有点儿怕他。

老马笑了，说是啊是啊，他来得比我晚三天，抬着进来的，好容易醒过来，第二天就说医院骗人，要砸护士站。

为什么呢？

他说医院卖给他上网的卡，可是他要去的网站上不去。

哦，有这样的事？萨想，看来幸好没买，难道医院是骗骗人的？

护士长不承认，要过来地址一看，果然是不能上去，只好给他退钱。

那是医院理亏嘛。

哪里，中国人你不知道，泽山还不依不饶，要医院赔偿。护士长回去在自己家试验了一下，那几个网站都能上去了，原来这个……这个泽山要去的，都是什么“强 X 美女护士”之类的地方。后来是医院管理层来人，和泽山谈了，说医院上网不允许进入十八禁网站，是为了防止病人过于激动，属于合理的管理。这样他才作罢，不过泽山好了一点儿，还不时地拄了拐杖到楼下小卖店买些杂志来，都是那种……那种护士的。

◎ 状似悠闲的患者

哦，原来如此，萨大笑，说原来是个制服控啊。

马利奥尼不明白什么是制服控，萨又花了半个钟头，才把从西西河呆鹅那儿学来的本事卖了。马利奥尼听得直画十字，是不是真的那样纯洁不知道，不过他看来面色比谈天之前好多了。

虽然医院有上网设备，但还有不少病人习惯使用自己带来的无线上网设备，在休息的地方浏览一番。其实，这玩意儿对心脏起搏器的影响只有更大，估计，以后也要被禁止了吧。

大概因为药物的作用，我这一夜睡得极好，清晨醒来一看，只见马利奥尼在床上看书，泽山的床上已经没人了，连名牌都不见了。

指着泽山的床，我问马利奥尼，老头怎么了？难道……

嘿，你真的不知道吗？马利奥尼一脸的不可思议：昨天晚上泽山病危，来了五六个大夫，抢救折腾了几个钟头，你不知道？

萨感到有些不祥，哎呀，我睡得太死了（是啊，什么抢救的动静能比上我家姑娘不甘睡觉时候的哭号呢？那个都能适应，我会在乎这种小 case)。结果怎样？莫非……

马利奥尼放下书，道，没事，没事，医生说了没有生命危险，拉住了护士的手几个钟头不放呢。只不过送去了特护病房。啧……

我看着老马，觉得他意犹未尽。

果然，老马收回看外面的目光，一笑，道：嘿嘿，这回老家伙可实现梦想了。老泽山送走的时候全身都插了管子，吃，也要人家用开关给他吃，撒尿也要人家用开关他才能尿……嗯，你说泽山是什么来着？这回，他可是百分之百的制服控了啊。

说的时候老马神采飞扬，兴致盎然，看着哪有半点儿像得了癌症的主儿……

难道这位老兄真的是误诊？萨忍不住在腹中暗暗地打了个问号。

好容易住回院，怎么还摊上这样俩……“二百五”住一屋呢？

朋友评论

1. 老萨那口子不也是制服，哈哈！

2. 知女莫若父啊，萨郁闷的分析还是挺有道理的，人家小小魔女这样做可是有典的，俗语说：舍不得孩子套不住狼。人家套用了一下，舍不得老爸怎么说来着？

3. 对付老鬼子之流，甚易，只需送国内医院来住上一礼拜，甭说拉护士的手，要不整点儿抑郁症、躁狂症出来，那都算白给。

日本奸商与吃草莓

在日本，或者说在任何一个地方，提到东瀛的饮食，大概都不免被人们说起其器皿的好看，同时也多半要说一说内容的不足。可不是，所谓一道刺身（生鱼片），往往鱼只有薄薄的三片，而下面垫着雪白的萝卜丝，美则美矣，假如用它招待东北或者山东的大汉朋友，就不免让人产生“茉莉花喂牛”的感觉了。

所以，在日本看到“放题”二字的时候，往往让人感到心中一宽。

所谓“放题”，与考试作弊无关，是日语独创的词汇，意思是“随便吃不限量”。只是，以日本商人善于小处精明的传统，大多数“放题”的价格都弄得颇为离谱，让你怎么也吃不回本儿来。比如神户的烤牛肉“放题”，就卖到一个人一万多日元，合人民币一千块，倒要请各位想象一下，您怎么吃一顿能吃下一千块钱的牛肉呢？

但是树林子大了什么鸟儿都有，也有看来很善良的，我们办公室的同事拉莫士就碰上过这样一位。不过这位不是开饭馆的，而是种地的。日本没有“农家乐”旅游，但到了季节大家去玩玩采摘也渐渐地形成一种习惯，特别是有孩子的家庭，对自己去摘橘子、苹果之类就特别觉得有吸引力。拉莫士倒是没孩子，他是从菲律宾来的软件工程师，一个人吃饱了全家不饿，看到一则采摘草莓的广告，就来了兴趣。

这是和歌山一家老板的广告，说是草莓熟了，欢迎大家来摘来吃，每位1500日元。一百多块人民币吃次草莓，要从中国的价格来看，这近乎天价，然而在日本却很有吸引力，因为日本一盒半斤装新鲜的草莓卖价在500日元左右，像拉莫士这样的大个子怎么还吃不了一斤半呢？从这个价格看，这兄弟应该是有杀无赔，于是乘着周末兴冲冲地杀了过去，还说给大伙儿认认门，下个星期一起去。

回来和小魔女一说这事，她马上说不可能，日本吃草莓没这个价。萨把广告递过去，LP 大人看都不看，摇摇头，说这里头有鬼。

真的？这能有什么鬼？

你不是对吃一向特有研究吗？自己想啊。LP 居然也卖个关子。

不说就不说，明天我去问拉莫士。萨不由得被吊起了好奇心。

第二天上班，第一件事就是奔拉莫士，问问这家伙感受如何，拉莫士有些意兴阑珊，说地方挺好，空气好，风景好……好……好……好……嗯，就是不知道怎么回事，摘草莓只吃了一盒就吃不下了，算起来加上路费，比平时市场上买草莓吃贵好几倍。拉莫士挠头啊，说我平时的胃口不错啊，怎么关键时刻跟钱包过不去呢？

◎ 带着孩子采草莓，多有意思的事儿啊，却不知已经被奸商算计了。

“是不是里面草莓太少，不够摘？”萨想想 LP 大人还真是有先见之明。

“不是，是我自己不争气。”拉莫士脑袋摇得像拨浪鼓，“草莓很多的，也很大，比市场上的好吃，嗯，我那天胃口不好。”

“那是不是没有地方让你好好吃？或者你先吃饱了别的东西？”

“没有没有，我开车过去两个小时，早饭都消化

◎ 当然，即便是奸商，面对此情此景，也是无可奈何的。

掉了，而且一次二十个人进去采，又排队一个多小时，应该可以吃很多啊。吃草莓是在大厅里面，每人一个小桌子，安静也舒服的环境，主人还给大家免费提供炼乳蘸草莓吃，很好的一个人。"

"嗯……"萨忽然脑子里灵光一闪，"是不是你排队的时候喝了饮料什么的？"

"是啊，主人免费供应橘子水。"拉莫士若有所悟，不过马上摇摇头，"我只喝了一杯，不会很占胃口的。"

……

这回我也想不明白了。

带着满腹疑问，回来向小魔女请教。魔女大笑，说这个是日本商人传统的把戏了，专蒙外行的，这个事情的关键在哪里呢？

告诉你，就在那免费提供的东西上面。

橘子水如果喝多了，自然就会胀肚，大多数人都明白这个道理，可是排队等待的时候，有免费的饮料，又有多少人能够控制住自己呢？像拉莫士足够聪明了，所以喝得少，但日本的奸商还有第二招呢，那就是炼乳。

的确，草莓蘸上炼乳，味道会大好，唯独一样不好——牛奶本身就容易引起胀肚，炼乳在这方面更是效果显著。而且，一旦用草莓蘸炼乳吃了，再吃没蘸炼乳的，因为不够甜，口感就会差很多，所以，拉莫士吃了一盒就吃不下，实在太正常了。

日本商人，用这个法子骗人摘草莓，已经有好几十年了……

听完老婆的叙述，萨不禁摇头苦笑，忽然想起了一句古话：天下没有免费的午餐。

一转头，看见小魔女在看公路交通图，忍不住问："你这是准备去哪里？"

魔女头也不抬："看看路，周末咱们也去摘草莓。"

"嗯？！"

"你明天下班从中国超市过一下，买两瓶开胃的山楂果茶带上，哦，对了，还有一袋儿小白面包。"

"小白面包？买那玩意儿干吗？"

"草莓那东西不经饿，就吃上两斤一会儿也就下去了。小面包蘸炼乳填肚子啊，吃完草莓吃面包，反正……反正他不是免费提供的吗？"

错愕间老婆已经转身而去，看着远去魔影，萨忽然产生了一个想法：星期天，假如那搞草莓采摘的商人懂得中文，只怕不免会想起那句名言来：

"道高一尺，魔高一丈"……

后记

最后一句，本来是"唯小人与XX难养也……"，后来怕魔女看见，所以就改了……

您说，咱自己干吗跟自己过不去呢？

朋友评论

1. 以您内人的中文水平，孔老夫子那句话就不该写……

2. 让传说中的张三丰老先生去，这位可以一次吃一桶，吃完还可以仨月不进食（这习惯怎么有点儿像蟒蛇呢）。什么？人家不吃炼乳？那就只吃草莓吧。

3. 我说嘛，这商家搞点儿小聪明还斗不过刁民。

“不发弹”跟堵车一样

星期天，按照给小小魔女“吃棒棒糖看大大象”的承诺，一早就开车出门，目标神户王子动物园。一边享受着小家伙兴奋兽化的唧唧呱呱（去过几次，她认识这条道了），一边感叹着当了“爸奴”再没有睡早觉的自由，上了从大阪通往神户的四十三号大道，走了一段，忽然觉得今天的路有点儿问题。

堵车了。而且一堵就是一个多钟头。

堵车在日本并不稀奇，但是，日本交通警很有经验，疏导一般比较及时，而且今天我出来的比较早，应该不会堵得这样厉害啊。难道前面发生连环事故了？

正想着，忽然手机响，是丈母娘打来的，小魔女接了，几句话后就是一声惊叫。

怎么回事？萨不安地问。上个星期去老太太那儿玩，一不留神小小魔女把袜了扔到肉汤锅里了，第二天才发现，那边到现在还吃素呢，这次难道又是她闯祸？

“那个，那个……”魔女明显牙齿打哆嗦，“萨，掉头，回家。”

“嗯？家里出事儿了？”

“有……有炸弹！”

“啥？！”

我妈来电话了，说前面路上有炸弹！

听见这话老萨第一反应是小魔女她娘让什么组织给发展了，第二个念头是老太太和拉登是不是有什么亲戚（据说老太太年轻的时候长得像阿拉伯人），前

◎ “不发弹处理”的标志牌，炸弹，就在左侧后方。

天刚看到老拉说要在全球扔炸弹庆祝生日，这还好几天呢就把那话儿整到日本来了，还通知了魔女家老太太，大胡子你有种！

正在发愣的时候，就看到路边的电子信息牌开始快速闪烁，仔细看去，只见上面打出一行字——“神户东滩区目前正在进行炸弹排除工作，四十三号国道从青木停止通行，交通阻塞，请各位原谅……”

难道那话是真的？日本不是把自卫队都撤跑了吗？这老拉的报复心还真够强的。

正乱琢磨，小魔女紧张地问到哪儿了？离得还有多远？萨对这段路不太熟悉，脑袋里骤然装进一啥弹也有点儿宕机，转头一看旁边恰好是神户大学海事学院，就告诉她，到你母校的海事学院了……

听到这个，小魔女又是一声惊呼。

敢情这儿就已经是东滩区了，从新闻看，我们已经开到炸弹边儿上来了。

刺激，除了博物馆，这辈子还没跟这个玩意儿照过面儿呢。

日本一个区可没法和北京的东城区、西城区比，袖珍的，问题是，这儿也没啥重要目标，也就有俩古坟还算文物，老拉对这儿这么下工夫干吗？恐怖分子的思维咱琢磨不透啊。作为和平居民，碰上炸弹不琢磨赶紧跑路琢磨拉登的心理问题，老萨是不是有病？

那倒谈不上，就算老萨有病，这带着闺女也知道孰轻孰重，问题是都堵在这儿了，你跑也没地儿跑啊。

这随着车流往前走了一百多米，路边骤然出现一道临时用帆布制成的幕墙。一时，除了没心没肺的小小魔女，没人再那么安生了。谁都明白，日本人缺乏浪漫细胞，没人吃饱了撑的弄这个东西作行为艺术。这只能说明，那话儿就在隔壁。

小魔女指指那个幕墙，问："这东西，能不能防弹？"

……

嗯，没听说帆布能防弹的，菜刀都能豁开，这整个一个军盲啊。

正要开口去教训这军盲的时候，前面幕墙中断的路口处，两个忙碌的身影出现在幕墙的缺口处，开始上蹿下跳，又写又照。不用说，这当口还如此活跃、唯恐天下不乱的，除了记者，就没别人了。

瞧着新鲜，我也把相机举起来，拍下了这张照片。放下相机一看，对面多了一个人——日本警察。警察出现的时候，萨正分析那俩记者呢，前边坐在那儿镇定自若大写特写的，肯定是文字记者；后面那个满身披挂酷似甘露寺里大将贾华的，肯定是摄影记者。

敢在这种炸弹出没的地方乱转，于我这样的局外人是"二百五"，于记者而言，不过是职责所在。

说点儿题外话，记者采访，通常是一个摄影记者和一个文字记者搭档为一组，各有所长，各司其职，相互掩护，"狼狈为奸"。这是老传统了。

从要求上说，文字记者要好笔头，脑子快，鼻子赛狗。您看那种台上没说两句已经撒丫子就跑的，准是文字记者，那是已经逮着新闻点了，赶紧去发稿，他抢的是速度，才不会跟现场蘑菇呢。这一行里最成功的，莫过合众社的一位老大。肯尼迪遇刺的时候，身边只有两个记者，一个这位，一个美联社的老大。但车队只有一部发稿的电报机。结果这位捷足先登，为合众率先报道肯尼迪遇刺立下汗马功劳。这样说似乎他只是眼明手快而已，但假如您知道他发完稿以后接着花俩钟头发了三章《圣经》，被美联社的老大揍得鼻青脸肿依然死抱着电报机不撒手，就不得不承认这人有绝品文字记者的素质。

而一般说玩命的，是指摄影记者，特别是战地记者。这种人需要手疾眼快，胆大心细，甚至为了好照片敢于坑蒙拐骗乃至以命相搏。这些人里面，罗伯特·卡帕可谓王中之王，他一生拍了无数好照片还在其次，让所有老大钦佩的是他在印度支那采访以身殉职之时，被地雷炸上天空的一瞬，最后一个动作竟然是按动快门，留下了他的绝世之作——《罗伯特·卡帕眼中的最后世界》。

值得一提的是，我国也盛产这样为了照片不要命的狂热分子，号称“新华社的光荣传统”。唐老鸭拿拉马丹（就是刚判了绞刑的伊拉克前副总统）照片忽悠共和国卫队的亡命之徒就不用提了，张郇也是这样一位胆大包天的人物。他在索马里敢追着街上的土匪拍照，那里的土匪根本就是生蕃，见你不顺眼当场一枪的主儿，就在索马里的采访中，新华社记者刘江被枪击负伤。老张这纯粹是赌命呢。他赌赢了，匪徒只是砸了他的相机，没开枪。

您说这不是白赌了吗？

这种没条件的情况下，就不采访了，那是美国人。别看美国通讯社一年殉职记者上百，其中多少是真正的美国人？美国记者采访普遍配备防弹衣，对于危险地区尽量不进，还多带有一张印着多国语言的宣传手册，告诉人家我是美国人，请多加协助，宁绑我票别动刀之类的意思。美国记者比较理智是行内的说法。

这种没条件的情况下，硬上，让土匪把相机砸了，照片收了，也许还挨俩大耳贴子，那是日本人。日本记者不怕死，但采访效果如何不好说。1979年战争中，唯一打死的外国记者就是日本的高野功。事后没人认为他死得冤，擅闯激战中的前线，还坐着越南军车，不打他打谁？

这种没条件的情况下，硬上，然后主动让土匪把相机砸了，态度特好，最后还把独家照片带回来的，那就是中国记者了。张郇，就是带着土匪的照片回来的。

您说不是相机都让人家给砸了吗？怎么照片还能带回来？其实戏法很简单，张爷脖子上挂着仨相机，拍完片子马上把手里的相机向脖子后头一甩，换一台拿着，土匪上来立马把这台的照片给拉出来曝光……态度很诚恳，土匪很满意——非洲土匪好像没有进行过这种脑筋急转弯的急智训练。

新华社也很满意。

就是这个张郇，还是前边那规矩的一个破坏者。张郇本来是摄影记者，第一次海湾战争，他的搭档文字记者王继雨被签证给耽搁了，整个科威特前线新华社只有张爷一个人。战况不容人，上头问张爷能不能一肩挑？张爷琢磨琢磨说行，就一肩挑了，一直挑到跟着美军打进科威特城。

结果是组织上骤然发现张爷不但照片拍得好，文字上也是一把好手，当初光让他拍照片纯属耽误人才。这不是萨替张爷吹，张爷半睡半醒（半睡半醒？没错，您想啊，一个人，要采访，要发稿，要照片子，要联系同行，要公关打关系，要跟踪焦点，要开记者会，你说他还有工夫睡觉吗？也就写稿的时候能打个盹儿吧，总比在前线军车上打盹儿强吧？）断断续续写的报道后来往起一合，就是一本书，书名叫做《世纪之战目击记——一个中国记者的海湾战争采访录》，没打广告，那一年在全国的销量榜上位列前茅。这书是写得真漂亮，萨推荐。

跑题了，这俩日本记者显然也就是哪个通讯社的国内二流记者，架一个机位还磨蹭半天，认真有余，水平如何可就不好评价了。不过，看这摄影记者的架势，萨忽然有点儿觉得好笑，这兄弟架起了一个高感度麦克风。这是干吗？那周围也没什么人，不像要现场采访嘛。

难道……难道这兄弟是想着万一那话儿响了，自己就算挂了，留一个《某某太郎耳中的最后声音》也名标青史？感到有点儿汗毛凛凛的。这时候，那警察就上来了，敬个礼，轻轻敲萨的车窗。

难道不让拍照？萨放下相机，咱可没张爷那两下子，要不，让小小魔女抓他个满脸花？发出暗号——自由世界的勇士们……

警察说话了，态度很和气，原来是说我单手握方向盘不安全，让我小心一点儿。原来人家是好心，赶紧把小小魔女按回去，看看僵卧不动的车流，萨索性把车窗摇下来，探头问这位大黑熊一样的警察（莫非穿着防弹衣），炸弹很大吗？

警察点点头，比画了一下，看样子这炸弹比我这车还高……

吓了一跳，接着问，怎么，是不是恐怖事件啊？怕他不明白，顺手比画一个大胡子。

这警察一愣，摇头，说不是，是“不发弹”。

“不发弹”？就是中文“未爆弹”的意思了，难道是自卫队演习的时候把炸弹扔到居民区了？

说来可怜，日本国土狭小，自卫队的合成训练不是放到海上去搞，就是干脆玩电子模拟算了，要在陆地上真刀真枪地练除非上北海道。一来没这么大场地；二来都是响器，不留神打偏了，在日本这种人口稠密的地方绝对是灾难性结果。即便如此，自卫队的炮弹给谁家开了天窗的事儿还是时见报道。

“自卫队都是混蛋啊。”能逮住机会理直气壮地冲着日本警察骂日本兵，萨当然乐得抓住了。

日本警察的脸上露出熘肝尖一样的颜色，咳嗽了一声，说：“不是自卫队的，是战争时期留下的炸弹。”

◎ 日本街头经常发现炸弹。

“战争时期？”和平日久，马放南山，萨一时没反应过来，略一思索，想起前两天刚看到我认识的两个作家在写轰炸日本的美国将军“鬼畜李梅”，忽然醒悟过来，敢情是这俩家伙写得太好，把李将军的魂儿给召回来了。老李的爱好谁不知道？他出来还能不带着带响的东西吗？！

该死，我出门怎么没看看皇历呢？

这颗炸弹，说来真的和李梅有些关系。1945 年 1 月，柯蒂斯·李梅少将被任命为第 21 轰炸机部队司令，拉开了对日本战略轰炸的序幕。神户，作为日本关西地区最重要的港口，是李梅重点轰炸的地区。2 月 4 日，李梅对日本进行大编队 B-29 地毯式轰炸的试点，就是神户，160 吨燃烧弹造成了惊人的破坏，一举奠定了美军对这种“裕仁公路”轰炸的信心。仅仅 3 月 16 日一天，就有 400 架 B-29 超级空中堡垒对神户倾泻了 2300 吨炸弹，使该城大部分市区变成一片废墟。

轰炸的时候有些炸弹并没有当场爆炸。或者，它们是美军出于心理目的投下的定时炸弹，使对手无时无刻地不受到折磨。朝鲜战争中，美国对志愿军铁路系统就投掷过大量定时弹；或者是由于引信故障，或者恰好投在柔软的泥地上未能引爆。因此，战争结束以后，在神户发现几颗臭弹是司空见惯的事情，只不过这颗炸弹隐藏得太深，居然“潜伏”了 60 年，比较让人惊讶。

但这颗哑弹并不是今天发现的，而是前些日子在翻盖一座公寓楼的时候，在地基里发现的。由于这里附近当年有日军一个发动机制造工厂，可能炸弹就是以它为目标的。根据后来的了解，这座公寓楼建于 1951 年，是在原来的建筑废墟上建起的。所以，推测此炸弹是和其他炸弹同时命中了一座建筑，自身没有爆炸而被埋藏于废墟之中，直到这次翻盖。不过，这座公寓楼里的居民经历难得，居然在炸弹上面住了 50 多年。这要是哪位邻居养个老虎，估计早就被送去打官司了，炸弹可比老虎杀伤力大。

听警察说的意思，这边实际上离炸弹还远，只不过地势开阔，万一炮仗响了弹片飞过来没遮拦，不能不把安全区放得大一点儿，炸弹还在前面几百米呢，公路离炸弹最近的地方，只隔着一座大楼。

看看开了 10 分钟，还没走出 200 米，犹豫了一下，对小魔女说，你带着丫头下去，走着比车快。

“那，还去动物园？”

“当然了，你看今天出门的一半得让炸弹吓回去，只要过了这段，动物园肯定人少，这次看大象擦澡不用排队了。”

“好吧，那我们先往前走，从居民区穿过去到老东升饭馆（神户的一个中国馆子，离这儿不远，但是一公里左右肯定不在危险区了）等你。”

她们娘儿俩下了车，小魔忽然想起来，回头说：“要不，你掉头往回走一段，绕路 2 号线走？肯定也堵吧，不过安全。”

“不用，你们先绕过去，我跟着走，顺便瞅瞅炸弹长啥样儿。”

“你……”

小魔女要发飙的时候，小小魔女挣脱了她的拉拽，迈动两条小胖腿，嗷嗷叫着朝警戒线跑去，动作灵活，赛过采访拉宾的唐老鸭。胖警察一愣，硬没拦住！小魔女顾不上和我纠缠，咚地砸了车顶一下，追闺女去了。

这砸车顶什么意思？萨理解类似梁红玉擂鼓战金山，绝对是鼓励！LP 了解我，有这热闹不去凑我就不姓萨了。

其实没这么玄，之所以做这个决定，最主要的原因是因为相信一向谨慎的日本警方不至于玩得太玄。还有一个原因就是掉头的车一大溜，看车流的速度要花几倍的时间才能转回去。出现危险的时候，减少身处险地的时间和避免靠近危险一样重要。

事后证明我的判断完全正确，我们公司的一个同事当时就在掉头的车队里，到下午还没转过去呢。

冷不丁想起来，这日本警方的安全区是按照一个炸弹预备的，美国人手面大，会不会一扔一窝呢？应该让冰冷雨天来排弹，顾剑做现场指导。对，顾剑其人，枪炮炸弹没有他不懂的，做顾问最合适；冰冷雨天呢？两只手写稿比一个编辑部还快，手指头灵活，他排弹我放心。

您说老萨和这俩兄弟有仇？没有，谁叫他们俩这两天写李梅炸日本呢？结果天人感应，弄出这么个玩意儿来吓唬我。等我们看完大象再写不行？

挪着挪着，路左边出现一座大楼，按照警察所说，那应该就是所谓离现场最近的地方了。看到这座二十层的大楼，顿时有些释然。这座大楼钢筋混凝土，而且和公路是按照直角建的，炸弹要威胁到路上，除非把这座大楼连根拔起。

车流之旁的行人，表情不一。年龄大的，多半若无其事；年轻的做出一副天塌下来与我无关的架势，该打手机照样打手机，只是不由自主地加快了脚步。这一点也是日本人的一大特点，有时地铁里面两个人吵起来了，乃至暴跳如雷，就在两人一米之外，其他的乘客照样抱着本书看得认认真真，若无其事，浑然不怕对方一拳挥偏。当然，也很少拉架的，最多给地铁公司打个电话，让他们来处理，这就是热心的了。然而，打架的也真就很少殃及池鱼，不知道是不是自觉不自觉地有“分寸”。

这种“处变不惊”的日本文化有好的一面，至少是很少如我国围观打架造成交通拥塞。然而，也有不好的一面，比如日本著名的“痴汉”——也就是在地铁里作性骚扰的，往往在光天化日之下做出极为不堪的动作；而如果女方害羞不敢叫喊，周围的人也都视而不见，客观上为这种社会问题制造了生长的环境。

本来想在这里下去看个究竟的，但车流也不自觉压缩了前后的空间，显然大家都想快点儿通过危险地带，所以，等我能够把车停下来，发现自己已经对着大楼侧面的小街。一抬头，一道路障映入了眼帘，上面的“不发弹处理”的标示赫然在目。

炸弹，就在“不发弹处理”的标志牌左侧后方。

要说看到这个“不发弹”标志的时候紧张，倒也谈不上，更多的是好奇。这么好玩的事儿，少见啊。赶紧用相机多拍两张，心说车流慢点儿慢点儿，给咱个机会好好照几张……

嘿，常常是你要什么，老天不来什么，这一次，却是“天从人愿”，就在我开到路口的时候，车流嘎噔一下就不动了……标示牌显示，前面有两车追尾，足有10分钟动不了。

想着旁边有一个那话儿，加上小魔女三两次地打电话过来，感觉上可就有点儿不那么好玩了。就在这时候，猛然听见旁边“砰”的一声。

响了？！兄弟正伸着头从车窗往外看，听见这一响一哆嗦，往回收脑袋的动作就不那么利落，咣一下和车门框来了个亲密接触。

也就这时候，才意识到这不过是后面哪辆车大力开关车门呢。这种时候您弄那么大响动干什么？要楼那边正拆炸弹的哪位听见也跟我似的，那可就……

没想到的是，那位路口站岗的老先生也看见了这一幕，居然走了过来，扯着嗓子问我："大丈夫？"

"大丈夫"在日语里的含义和中文风马牛不相及，是"没事儿吧？"的意思。

"大丈夫。"萨赶紧回答。

老头看来是听明白了，还有点儿意犹未尽，接着问："本当に大丈夫？（真的没事吗？）"

看来老头也是腻歪了，找人解腻呢。仔细看看，觉得老头的身份挺有意思。日本当年差点儿让李梅给炸成环形山，到现在街上发现一两个炸弹依然是该国的一种生活方式，所以，他们的自卫队有专门的排弹部门，算是日本最危险的职业之一了。前两年静冈县就出过这样一件事情，排弹的专家技术出众，把几十年都响不了的玩意儿愣给弄响了……不过，这个部门的人在自卫队中地位也很高，他们都佩戴一种特殊的证章。

干吗用这样明显的标志呢？估计要你们家二踢脚放不响，在大街上看到这号专家可以请他们帮忙。这是开玩笑了，实际上是因为和我们军队中的兵种装甲兵、火箭兵等一样，日本的自卫队有一个"不发弹处理兵"的兵种而已，这也是该国特殊的国情决定的。要知道2003年一年，东京就发现过五十次这种鬼畜李梅留下的过期礼物。这个兵种对于日本来说，比坦克兵实用多了。

而老头的身上没有这种证章不说，根本就不是日本自卫队的队员，证章显示，他不过是某个保安公司的成员而已。后来才知道，因为这个建筑工地上发现了炸弹，神户市疏散了该地周围居住的4500家，一万多人口，警戒半径三百多米。当地自卫队人数有限，这外围警戒的事儿，就交给该公司来负责。

原来，和北京的交通协管员是一个意思啊。

萨也腻歪呢，有人可以搭讪自然不会反对，于是摸摸脑袋，回答：“本当に大丈夫。（真的没事。）”干脆再问问：“什么时候可以处理完啊？”

老头大声问：“你说什么？”

敢情耳朵还不好，估计那玩意儿真响了也不紧张，实在是用人得当。萨心中暗自叨咕，把问题又重复了一遍。

老头好像听明白了，却不回答我，冷不丁问了一句：“外国人啊？”

说日语外国人很容易被分辨出来，这种语言太“细腻”。萨点点头。

“哪国人啊？”

“中国人。”

“中国人啊，共产党。”

“我不是。”萨属于退团十几年的白丁，实在不好意思冒充执政党。

老头没听清，接着说：“你们共产党的支部也发现了不发弹。”

什么？这倒没听说过，赶紧问一句：“哪里？北京吗？”

“不是，”老头很奇怪地看了我一眼，“东京的支部，几年以前的事情了，花了几个钟头排除，也是美国轰炸留下的……”

哦，日本共产党啊。敢情老头儿的印象中，天下共产党都是一家的。

虽然老头所说的炸弹是在日本共产党支部地下发现的，但中国也的确有“不发弹”问题。最切齿的便是日本在东北遗弃的数十万发毒气弹了。相对于在日本处理一颗炸弹的投入，日本在对待中国方面，明显欠缺了一点负责任的态度。上面这颗“不发弹”，则是长江中发现的航空炸弹。

“您对美国轰炸日本怎么看？”萨问。李梅这玩意儿把咱堵在路上，听听日本人骂美国佬也很解气的。

“这也是好事儿嘛。”老头说。

“嗯？这……怎么解释？”有这么没觉悟的日本人啊。

“你看，神户，是日本最漂亮的城市了，为什么呢？原来的城区都被轰炸破坏掉了，建筑、道路都是重新修起来的，都是新的，当然漂亮了。京都就不行，好多地方到现在还是破破烂烂的……”

上下打量打量这老头，心说北京拆迁办怎么没把您请去呢？这什么理论啊。说起来，日本抱这样怪异思维的人还真不少。我要搬到伊丹小城的时候，曾经问过日本同事，伊丹这地方怎么样？人家说，好啊，好地方，阪神大地震把伊丹的中心车站都震塌了……萨：那还是好地方？人家说，当然，所以那儿的楼都是新的，又先进又漂亮……

不过，那是天灾，这战争可是人祸，这老头就对炸日本人的美国佬一点儿恨意都没有？

若有所思，问了一句："您老家哪里？"

"四国。"老头漫不经心地回答。

那就不奇怪了，四国岛这地方至今都是深山老林，不是山就是田，当初美国人吃饱了撑的去炸它，这老头对美国人的轰炸如此"没心没肺"大概跟没

◎ 炸弹被吊出

有切身体会大有关系。

说着，车流终于开始移动，于是和老头挥手告别。

转过这个路口，果然如预料的一路畅通，动物园的游人，也比往日少了很多（相对于平时节假日日本类似地方的拥挤而言），连海狮表演都仿佛为我们开专场一般……小小魔女一定觉得这一天是她的节日。

晚上回到家，才看到那颗炸弹被顺利拆除的报道，500 磅航空炸弹，看起来是蛮大的一个玩意儿呢。于是和小魔女慨叹这炸弹没响可惜，如果响了，咱的亲历记可以送哪个报纸当头条了。小魔女的回答是我国经典成语——“唯恐天下不乱。”

小小魔女说了：“节日？老爸说胡话呢，就为看个热闹被妈妈打屁屁，还说再这样就让我给大马猴抓去……要说呢，还是自己家的后院待着自在啊。”

附：街上有炸弹是一种生活方式——日本“不发弹”处理趣谈

在空无一人的大地上，头戴钢盔，手举探雷器，小心翼翼地摸索着前进，边走边探。忽然，探雷器发出嘟嘟的叫声，有情况！日本工兵赶紧紧张地卧倒下来……

这样的场面，很容易让人想起《地雷战》里面偷地雷的鬼子工兵渡边。考虑到事情毕竟发生在60年前的战争时代，我们或许可以对此发出会心的微笑。

然而，如果告诉您这样的惊险场面今天在街上还可以见到，这又是怎样一种感觉呢？

不幸的是，这种事情在今天的日本并非天方夜谭。日本很多地方有严格规定，如果您想盖楼或者挖个下水道什么的，必须首先探雷排雷。费用由政府承担。仅冲绳一县，今年用于这项事务的预算就有一亿七千多万日元。只有经过了这个程序以后，才能够动工。这个程序就像中国香港人搬家要举着烧猪拜拜或者美国军舰下水要砸香槟酒瓶一样不可或缺。

“街上有炸弹”是日本人生活方式的一个组成部分，尽管也有人称其为一个社会问题，但大多数日本人对此安之若素。

假如您到日本旅游，听到出租司机恭敬地表达歉意：“今天街上在排除炸弹，可能会堵车，请您原谅。”这种事情可不算出格。月初，笔者开车去神户，即因为前面在处理炸弹足足被堵车两个小时。仅仅去年一年，冲绳一地，就先后排除了9颗炸弹，重量从5公斤~250公斤不等。2003年5月23日，静冈县御殿场市一名市民家中发生炸弹爆炸，炸死事主，这次损失还算小，就在该市，早些时候还发生过另一起类似的爆炸，伤亡5人……

我想您看到这里会怀疑自己不是到了日本，而是到了巴格达或者阿富汗。

说起来，今天日本这地方治安不错，二战中的武士道徒早已是电影中的人物，亡命之徒已经多半限于口头。现在新闻上更多看到的是某地警察被持刀歹徒如同追兔子一样赶得乱窜，害日本首相紧急开会讨论如何不让他们这样丢人现眼。既然如此，怎么还有如此高频率的炸弹事件呢？难道是恐怖分子把日本当了炸弹的制造工厂？

其实，这些事件大多还是日本没还完的老账，这就是日本著名的第二次世界大战“不发弹”。这些爆炸物品，多半是二战中盟军轰炸日本留下的未爆炸弹和炮弹，也有若干日军储存的弹药。

就像其他国家的军队中有火箭兵防化兵这些兵种一样，为了应付这些隐藏在地下的无形杀手，日本自卫队专门建立了一个该国独有的兵种，称为“不发弹处理兵”。这个兵种有其独特的徽章标志，其主力部队，包括驻南方的第101不发弹处理部队，驻关西的第103不发弹处理部队等，在自卫队中地位和待遇都很高。之所以地位高，是因为这个部队在被称做“不会打仗的民兵”的自卫队中，是真正需要面对危险的高风险部门。按照日本政府的规定，每个“不发弹处理部队”都要安排3名以上排弹专家24小时值班，随时准备投入排弹。

有记者曾经采访过第101不发弹处理部队，却发现这些每日与危险打交道的自卫队员，所谈也不全是危险和恐惧，在他们的形容里面，排除未爆炸弹这个活计，也有很多有趣的地方。比如，前面提到的每有施工就要去探雷，结果呢？敏感的探雷器经常发出警报，结果却绝大部分是废铜烂铁，比如倒扣的旧铁锅、废弃的保险柜等，让排弹专家们虚惊不断；比如，排除出来的炸弹五花八门，从火箭弹到黄磷燃烧弹，从炮弹到地雷，排弹专家们说，开个军事博物馆展品都不用租借了；又比如，有人报告发现了未爆炸弹，而且现场鉴别的确发现了几百发炮弹，让专家们汗毛直竖。经过十几天的精心准备，专家们终于大着胆子开始对这些炮弹进行排除，却发现这些炮弹原来是当年日本兵丢掉的炮弹壳，里面既没有炸药，也没有引信……再比如，大部分的未爆炸弹都是在工地上发现的，因为美军的轰炸当时让日本一片废墟，很多没有爆炸的炸弹就深埋在废墟之下。然而，偶尔也有特殊的例子，比如日本人中多有收藏家，有人兴趣怪异竟收藏这种炸弹作为战争纪念品，带回家瞧瞧外观太差，于是想用凿子将其外表的铁锈除去，一凿子下去就……

阿弥陀佛。

索嘎，这么大个儿?！今儿咱们恐怕是不成功则成仁了。

而日本各地政府也针对炸弹处理设有常设和不常设的相关部门，并建立了一套行之有效的工作流程，应付起这样的事件有条不紊。以大阪为例，去年5月3日，在中央区南本町发现一颗美军在1945年投掷的杀伤炸弹，当即成立由中央区区长深掘为首的“不发弹对应对策本部”和以中央消防署长平岛为首的“不发弹处理现地对应本部”，调动近千人员，疏散了炸弹周围300米内的所有居民，实施交通管制并开通热线电话，派出广告车进行宣传，几个小时以后即将炸弹拆除。

说起来，有人会感到奇怪，我国当年亦曾历经战乱，如今也不时传出某地发现过去炸弹的新闻，却远不像日本这样热闹。日本人对未爆炸弹如此下工夫，是否有小题大做之嫌?

其实，这是因为日本与中国经历的战争情况远远不同。中国虽然也久经战争，但当时中国的工业水平落后，武器装备多依靠进口，数量、威力都有限，其残留武器的危害也相对较低，甚至日军在侵华战争中丢下的未爆炸弹，竟是八路军兵工厂的重要物资来源。近年来发现的危害最大的残存武器，还是日军储存在东北的化学炸弹。题外话，对比日本在本国清除一颗炸弹投入的力量，对处理其残存在中国的这批化学武器，就堪称漫不经心了。中国军队在抗战中普遍对日军绝对优势的火力和重武器又恨又妒。但二战后期，美国为首的盟军曾经大举攻击轰炸日本本土。日军遇到美军的轰炸，就要感叹小巫见大巫了。日军轰炸重庆，通常一次投下的炸弹不过一二十吨，而美军轰炸日本的时候，一次对神户就投下两千多吨燃烧弹。美国轰炸机部队指挥官李梅叫喊着要把日本炸回石器时代。

日本倒没有回到石器时代，但当时的风景宛若环形山，无数的未爆炸弹也就从那时起深藏在了日本的大地上，至今不断地被发现出来。在人口密度极高的日本，“不发弹”也就成为一个重要的社会问题了。

一些日本有识之士是这样看“不发弹”问题的：“街上有炸弹这件事情，是在不断地提醒日本人不要忘记战争的灾难和痛苦吧。”

诚如是说，善哉善哉。

朋友评论

1. 小魔女没吓着吧，孩子的世界就是好。

2. 说到毒气弹，我身边可有不少人能提供头几手的材料呢。为什么？我出生在吉林省敦化市啊，关键字“哈尔巴岭”、“遗弃毒弹”，搜搜去，等回老家采访一番，回来给萨兄的军史文章奉上点儿料。

3. 这小丫头，太可爱了。希望将来能嫁回来，留日本的话，咳！怎么说都让人舍不得啊。

震后出日本记

◎ 到了机场，发现气氛骤然紧张——关西机场哪儿来的这么多人啊？！

那天，带上小小魔女一路赶往大阪关西机场，这次行程本来是两个月前就决定的，15日小小魔幼儿园毕业，16日休息一天，然后到北京看奶奶，等开学再回日本。不料，忽然发生的地震，让这次旅程变得有些紧张起来。看小家伙的意思，真是不知地震为何物。然而，到了机场，却发现气氛骤然紧张——关西机场哪儿来的这么多人啊？！尤其是中国的各航空公

◎ 小小魔不以为意，在烟台机场还结识了一个小帅哥，聊得不亦乐乎。

司检票处前，更是人满为患。

虽然一直看新闻中地震的消息，到底没有亲临第一线，在大阪市内，依旧是舞照跳，马照跑，这机场怎么跟黎巴嫩似的？一问才知道，原来是从东京等地，大批转机撤离的人群已经杀到。据说东京已经一票难求。危机的感觉立刻充斥了空间。

遇到一对在富士通公司工作的夫妇，他们放弃了工作，因为孩子只有七个月，据说，他们居住的地方，辐射强度已经到了平时的六十多倍。靠近福岛的中国工作人员已经纷纷撤离，使馆作了很多努力，但机票仍然很困难。他们是从羽田机场飞大阪、大阪机场飞烟台、烟台机场飞北京，最后北京机场飞上海，才算是回家。据说他们从日本的家里出来，到羽田机场已经有些麻烦——汽油没有了，在加油站排起了长龙（据说中国已经答应援助一些汽油，很多人都期待这批油到达后会缓解一些情况）。有些中国人还想观望，但家里已经不放心了，纷纷电催，所以大多也就做了撤离的决定。东京的市民还算镇静，除了把超市基本抢购一空，撤离的还不多。不过，基本人人都戴起了口罩，有些人出门一套衣服，进门前脱在门外，到家里立即洗澡——用军事用语说，这属于三防洗消，不过三防洗消通常是对坦克、航空母舰这样的大家伙，对人肉的效果萨不太清楚。

那位在富士通工作的女生说，地震的时候，她眼看着窗外两座高楼如同面条一样起舞，状似双曲线，但最终却没有倒，看来日本的建筑还是蛮结实的。

“但是居民楼没倒，这核电站怎么反而倒了呢？”她疑惑地问。

关西机场里面，到处是像他们这样的人群，有中国人、韩国人，也有西亚和欧美人，都把这里当做了中转站，于是大阪市内看不到的危机感，在这里一览无余。

如果把东京比成北京，地震的宫城仙台就相当于沈阳，而福岛类似唐山，大阪像上海，危机的范围如此之大，实在令人胆寒。

不管怎样，小小魔女还是一副淡定的样子。在烟台机场还结识了一个小帅哥，聊得不亦乐乎，到北京更是看什么都兴奋得不得了。

不过，听说北京的碘盐都脱销了，这实在有些匪夷所思：第一，这玩意儿对防辐射没有什么用处；第二，就算不要钱，让您随便吃，能吃多少盐呢？北京老辈儿人说吃盐多了会变燕模虎，就是蝙蝠，这可不是个好主意。

早晨，跟萨娘、小小魔一块儿去科学院食堂吃豆腐脑，忽然注意到这楼有点儿怪异，我问萨娘：干吗把楼设计成这个怪样儿？跟危房似的。

萨娘不能答。

萨忽然想通了，哦，这是提醒科学院的人随时要有忧患意识啊！

萨娘看了萨一眼，慢慢道：“看来还真是从灾区出来的啊。”

朋友评论

1. 小小魔女在在烟台机场还结识了一个小帅哥，聊得不亦乐乎！哈哈！

2. 闻得韩媒讲富士山要苏醒，但愿只是个传说……日本人民一定要挺住啊！萨兄把小魔女也叫回北京团聚吧。上海也有食盐卖光的事件，莫名其妙，估计是卖私盐的想趁乱炒一把，散布假消息，就跟炒大蒜一个意思吧。咱家素来清淡，一年也用不了两包，才不会上当呢。

代跋
我们中国人不讲究报复

我祖父一生颇有传奇色彩，而我对此，直到他去世那年，才稍稍知道。

我祖父祖母都是河北省平乡县人，两家所在的村子相邻不过几里地。1994年我祖父去世前夕，河北老家有两位老人来看，带了厚礼，要求将我祖父运回老家去，将来“老了”可以土葬，“到时候再唱两台戏”。我祖母和他们极是亲热，把一位白发如雪的老者称做“和尚”，让我感到十分奇怪。这个当然不可以，我祖父的病情也不适合移动。两个老人后来终到我祖父床前磕了头才走。

后来听我祖母说此人当年真的是个和尚，我祖父于他有恩。我们河北老家的乡下，民风还是一如当年的淳朴，一如当年的情义深厚。

这叫做“和尚”的，幼年家贫，父母双亡，到庙里当了和尚。穷人，又做了和尚，大约一生只能无所作为了，但此人脑子非常聪明，善于经营，靠着做和尚居然慢慢发迹起来。他发家的办法并不靠装神弄鬼，而是利用和尚庙的优势。和尚庙有什么优势？和尚不吃荤腥，但也是人啊，一天到晚的萝卜豆腐、豆腐萝卜，一年到头出家人也要造反的。因此和尚庙里素菜都做得特别好，比如木耳、黄花、蘑菇、面筋，都比一般市场上做得出色。“和尚”当了五年和尚，经书读了多少并不知道，一手素菜却是出神入化。每到过年，他便做好了素菜，以感谢施主的名义给各个大户人家送。年节下，大户人家都吃得油腻，“和尚”的素菜吃来别有风味，以后不用他送，人家就到庙里来买了。那时没有素菜馆，“和尚”的素菜出了名，他又勤勉而善于周旋，把有权有势的人维持得很好，不知不觉地竟成了当地的一个名物。“和尚”挣了钱索性还俗，娶的媳妇据说相当漂亮，给他生了六个孩子。现在来讲，计划生育严重超标。

老人家说过："个人的命运和国家的命运是紧密相连的。"和尚也不例外。七七事变，抗战军兴，河北沦陷，接着就是"闹八路"。老辈人讲，这八路可不是游而不击，它确实把鬼子揍了几次。鬼子汉奸吃了亏，就到处抓八路。用老乡的说法，那八路都是受过训练的，那么好捉？结果鬼子们就往往把老百姓捉了充数。

"和尚"也在被抓之列。

日本人把他们都送到东北抚顺和本溪矿里做苦工，这种矿的苦工，吃的是掺锯末的窝头，喝的是掌子面渗出的脏水，一天到晚没命地干活，所以天天有人死。日本的苦工矿，只有进没有出，死了人就横一层，竖一层，垒着埋在废矿坑里。

"和尚"是个明白人，他知道这样拖下去只有死路一条。他还有六个孩子，还有老婆呢，怎么甘心死在矿里？他联合了几个老乡，偷了一点儿吃的，顺着废矿坑往外爬，外边有电网，他们用原木顶开电网，终于逃了出来。

逃跑的人中有一个在奉天（沈阳）有亲戚，就带着他们跑去投靠。那个人很仗义，咬着牙在警察鼻子底下藏了他们几天，又把他们带到我祖父的木场子里，他知道我祖父帮着逃出来的人往关内跑。

那时候我祖父在沈阳汇丰银行对面，有个相当大的木场子（1994 年我去看过，还照了相，已经是一片地基，人声鼎沸，不久要兴建高楼的样子），里面有个地窖，经常藏逃出来的劳工。

我祖父对日本人，本来应该并没有不好的印象。

他是 14 岁坐火车顶上闯的关东，受苦一言难尽，我曾祖父早年到达沈阳，在那里开有一片产业，老家饥荒，我祖父便去投靠。哪料想到了那里我曾祖父已破产死去，他只得在"锅伙"混一口饭吃。

"锅伙"是当时闯关东的老乡合伙做饭的地方，也像个同乡会。有穷苦的家乡人来了，"锅伙"总仗义地给个吃饭的地方，还帮着找工作。发迹了，也不忘给"锅伙"凑点儿份子。

我祖父当年回忆，说张作霖时代东北并不是吃不上饭，“锅伙”里面的老乡们把肉冻了，用刨子刨着刷，那是最好吃的东西。当时的东北风情足够另外写一篇，这里就不多说了。

“锅伙”把我祖父介绍给一个叫木鲁木的日本老太太，在她的木场子干活。我祖父虽然年龄小，在那里干活踏实卖力气，加上他读过书，能算账，不久就转到“柜上”工作。那老太太的丈夫死了，她本人惦记着回日本，过了几年，看我祖父能干诚恳，就委托他看场子，自己回国了，在我祖父这是个难得的机遇。再过几年，老太太不想回来，就让我祖父按个价钱把木场子卖了。我祖父是干事业的人，东挪西凑，借到一笔钱要自己买下。木鲁木老太太人很好，在价钱上大大地打了折扣。我祖父后来苦心经营，把木场子渐渐做大，从他心里，对日本人未必没有好感，而所谓家国之恨大抵是比较淡薄的。

他的改变，和我祖母有很大关系。我祖母在河北老家算是才女，我祖父有了自己的产业，按照传统回乡娶亲，就带着她回到沈阳。因为读书的时候先生的影响，我祖母是对日本人很反感的（我祖母的表兄晋梦奇送她去的沈阳，晋后来在邯郸地区领导抗战，人称“晋司令”。他后来被汉奸出卖，在平乡县西河村被包围，自戗殉国。代替晋的张子荣也是我祖母的亲戚，自称“把脑袋别在裤腰带上”的人物，后来做河北高检院长，枪毙刘青山、张子善，他是经手人）。

那时日本人到处抓人，受晋梦奇司令的影响，把我祖母的哥哥和叔叔都抓了去，也要送到本溪做苦力。这些苦力的行踪本来无人知道，一旦被抓就生死无踪。我祖母的哥哥人很聪明，被捕的时候身上有些钱，被日本人抓到，人人要洗澡，其实就是剥夺一切私人物品，他把钱含在口里，没有被搜去。他们被拖着走，每天都有人被打死。关在一个庙里的时候，他把钱塞在墙缝里，裹上一张血书，写明白家乡、根据日本人说话猜测的去向和途中的悲惨。他们走了以后，当地有人发现了钱和血书，河北乡下就是古代的燕赵之地，人都仗义，看了这个就把血书送到我祖母家里，我的曾祖母看了信，一边哭，一边去追，一直赶到石家庄，总算赶上了苦力的队伍，看见了我祖母的叔叔，苦力都是双手背剪着被拉着走，一步也不能停，老太太只能哭着把带来的煮鸡蛋给他往口里塞了吃，就是绑着、走着吃一口。押送的汉奸来了，就用枪把她赶开，到底没有见到我祖母的哥哥。

再后来才知道我祖母的哥哥因为有文化，日本人怀疑他组织逃跑，没到石家庄就把他打死了。曾祖母为了给他收尸，又给管事的汉奸贿赂了一笔钱，才告诉埋葬的地方，天气热，尸体都脱了骨，惨不忍睹。我的曾祖母就写信给我祖父祖母，让他们在沈阳想法把叔叔救出来。我祖父为人仗义，当下不计代价，层层托人，到本溪煤矿去救人。

那段时光，我祖母每天都无法入睡，日夜焦虑，晚上一听到风吹门响，就想是我祖叔逃出来了来敲门，一夜几次地去看，次次失望。最后总算贿赂到了本溪煤矿的管事人头上，他让我祖父到本溪矿里去认人，认到了就带走。我祖父去了，但是遍寻各处，也找不到他。我祖母的叔叔最后埋骨何处，至今无人知道。

但是这一次，目睹井下同胞的惨状，对我祖父刺激很深。井下面那些同胞面目黢黑，难辨老少，只有一双双眼睛都睁得很大，只盼望我祖父要救的是他。我祖父后来说他看着那些眼睛从充满希望到无助的绝望，又看我祖母哥哥留下的血书，几日几夜地难过。他是个硬汉子，不干则已，干就敢担风险，他对我祖母说："救不了死的，我还救不了活的吗？"

就这样，他对"锅伙"上的人秘密地说了，知道有逃跑的人就到我家的木场子去。以后，就有人真的逃来，我祖父把他们藏在木场子的地窖里。然后想办法为他们买车票入关回乡。日本人抓得很厉害，做这种事情是要杀头的，在东北日本人杀人很多，经常把"犯人"就在沈阳旁边的浑河边捆上，凿一个冰窟窿扔进去，其实很多"犯人"不过是小偷小摸，连抗日的影子也沾不上。所谓草菅人命，莫过于此。所以我祖父每天出门，都把账簿、钥匙等交给我祖母，意思是一旦被捕，家里的事情要有人清楚。这些人进来的时候很多都瘦得像骷髅一样。有的吓坏了，回到家乡没几天就生病死去。

"和尚"他们就是这样到的我祖父的木场子。我祖父掩护的，基本都是河北老乡，外地的人，一来不知道有这个藏身的地方，二来也不敢信任。因为风声紧，他们在那里藏了一个月，我祖父才送他们上火车，回老家去。

听我祖母的说法，那时候因为那个地窖活命的人多了，都是我们的河北老乡。后来就有了破绽。这些人都是够仗义，无论是“锅伙”的老乡，还是逃跑的人，没有人出卖我祖父。可是这些人感念我祖父的恩德，很多人回乡后第一件事情就是把车票钱、住的时候花的钱折算了给我祖父寄回来，还常常加了很多。收的信多了，引起日本警察的怀疑，就要捉我祖父去审问。

这个时候我祖父有个日本朋友土井，他太太知道了这个消息就冒着风险通知了我祖父。土井是铁路的职员，已经40多岁了，有三个孩子，因为兵不够，给征到了南洋去，走的时候给日本兵送行有规定，家属只许在路边挥旗欢呼，都不许哭，有敢哭的，军官过来就用大耳光打。这个女的心地善良，告诉我祖父赶紧跑。

我祖父很镇静，箭不容发之间安排我祖母等人先走，他自己在火车站送，日本警察在站上查他，他却从容自若，行若无事。应该往关内跑，我祖母他们也是进关，他自己却先坐了当时的快车“亚细亚号”去哈尔滨，谈了一笔生意，然后从哈尔滨南下进关。日本人没想到他一个生意人这么冷静，竟然没有抓住他。

抗战胜利后我祖父移居北京，我小的时候过年过节常常有人从老家来看他，我那时候不知道是怎么回事，我祖母后来告诉我，这都是那时候救下来的人。知道了这件事的来龙去脉，有一年我看电影《辛德勒名单》，非常激动，借了录像带直奔我祖母处。看完，我急切地问她，我的祖父是不是也是这样的人。

老人关了电视，想了想，说：他不一样，他做的事情没那么大，也没那么感人。你爷爷只是一个很普通的人，他最大的理想是发了财，和几个老朋友回乡里办一所中学校。她絮絮叨叨地念叨起在沈阳时代的日本邻居，提到了木鲁木老太太和土井的事。但我的妻子却是一个日籍的女孩子。

有朋友知道我的立场，便问我，所谓国恨家仇，您怎么又找了个日本人呢？你家里人没意见吗？她对这些又怎么看呢？其实早年我祖母对旧事语焉不详，“和尚”来，提到当年我祖父藏匿劳工的事情，另有晋梦奇司令的夫人，我们称为二姑的，是我祖母好友，有时来访，从而得知当年河北军民抗战的一些旧闻，多只言片语，而我祖母对家人死难于斯之事，始终讳莫如深，我不知道。

但是我所受的教育和周围的环境使我成为一个相当偏激的反日分子。说起来好笑，我们高中班上有个日本学生关东，1986 年闹抵制日货，我们就毫不客气地“出卖”了这个家伙，让他被市民痛打一顿，险些酿成国际事件。1995 年到嘉定讲课，结识我太太，那时她是我们公司医疗部的客户，我讲课时宣称：课程不难，大家必可通过，盖因世界上最聪明的莫过中国人、犹太人，其次欧美人、非洲人，然后大猩猩，然后日本人也。众人哄堂大笑，而不知下面有一小日本也。下课即来找我，遂天南地北地聊起来，她自己讲普通话说得不太好，用的中国名字，我还以为邂逅江南佳丽，入围中而不知也。

而后即告我已调北京，更得接近。一同骑车出榆关，畅游北戴河，夜走津门，我以为得红颜知己也。唯一日，娘不放心，儿子约会时做 Peeking Tom（喜欢偷窥的人），回来讲这女孩子长相有点儿古怪，眉宇间宽阔不似我国人。这才空山大索，诈出真情。果一东瀛扶桑也。两人情愫已生，而种族家国之隔阂油然而生，委决不下。

细细询问，她祖父是交通专家，奉调来华，生我岳父于大连，故我岳父虽为日本人，每每以中国人自居，后来见面第一句话就是汉语，“我是中国人呢”，而两个女儿都留学中国，一个回大阪读博士，一个就在中国工作了，即我后来的太太。因为这种特殊的情况，她对中国和日本的感情，恐怕难说哪个更重。而此人对此十分模糊，对于种族家国一无概念。她的态度相当简单，我知道你反日，我也不反对你这个，要是两个人结了婚，用中国姓，以后和你一块儿反也行。当然中国结婚是不需要换姓的。

难以决断，祖母多谋善断，幼时相依为命，感情不同，故此前去找老太太一诉衷肠。老太太详细问过前后，乃徐徐道来：日本人也没有什么不好。然后举她在沈阳时代的日本邻居，就提到了木鲁木老太太和土井的事。土井还有后续，他一去南洋不返，不知道死于哪个荒岛。战争结束后，遣返日本人，他的妻子儿女就到了营口，我祖父特意去看望，今是昨非，只有一怀清泪。妇道人家全无主意，我祖父帮助她安排抵挡了不少事情，而土井夫人则以祖传的一只瓷瓶相报。那时国民党军警对日本人也十分不客气，土井夫人把瓷瓶藏在一团乱草里，临上船时交给我祖父，作为永远的留念。我祖父回忆当时临到上船，盟军方面宣布每个日本人只允许携带20公斤物品。日本遣返人员多思东洋三岛弹丸之地，回去断无生计，日夜彷徨，内有人在东北经营多年，多有细软，经此最后一击，多有精神崩溃者，一时港口哭声震地，大批日本人在营口投海自尽，在船上，我祖父亲眼见一四十余岁之人，将金戒指吞入口中，从船上跳入大海，救之不及。

对一般日本人的情况，我祖母也多有正面描述，比如日本警察比国民党的尽心敬业。当时街角上都有小亭子，里面有个铁盒，日本警察夜间按时巡逻，到那里就打开铁盒，签字盖章，说明自己巡逻到了。而国民党“光复”以后，警察人少，胆子也小，缩在局里，绝不出来巡逻，即便是报警，也要耗到天亮来。还有木鲁木老太太的丈夫病死沈阳，送葬的时候肃穆而安静，全无中国传统大出殡找几百叫花子来哭的喧闹。我当时哪知道老太太的心思呢？后来她告诉我对我太太印象很好，哪国人无所谓，人好最重要，试图力促这门婚事，所以不对我讲当年的事情。

结果，我和我太太在相识六个月后于北京结婚。按老太太的安排，我们没办婚礼，后来到南方旅游了一次。我的婚姻很幸福，到今天我也很快乐。真正知道这些详情，是在我要到日本的时候。因为我太太要到神户大学续学业，我决定支持她一同前往。那时，我祖母叫了我去，才长谈一番，把当年和日本人的这些恩怨一一道来。说到那夜夜听风吹门响的时光，我的老祖母依然饮泣不禁。末了，对我说，说这些不是为了我恨他们，就是为了我到那边不要吃日本人的亏，他们中间有的人心里狠啊。至于叔兄之仇，两国的恩怨，我祖母倒比我看得开，说那都是过去的事情了，日本人后来受的罪也不少，也挺可怜的。我们中国人不讲究报复。

“我们中国人不讲究报复。”听了我祖母这句话，我方体会老人家的苦心，不禁泪如泉涌。

这就是我们中国的老百姓，我们最普通的中国人的胸怀。

后记

“和尚”在我出国的时候还活着，八十多了，又来过一次北京，这次是打官司告状，他的孙子都长大了，继承了“和尚”聪明灵巧的特点。其实我们老家燕赵之乡不仅仅是出慷慨好义的勇士，而且出很多头脑聪颖的人物。“和尚”的孙子们就是这样，可惜最聪明那个不读书，能造假飞鸽车、假罗马手表，后来聪明大发了，造假人民币，让公安机关抓了去，“和尚”到北京，是来看看能否找到人帮忙减刑。结果，至今不得而知。

图书在版编目（CIP）数据

在日本，我忍不住又笑了：萨苏带你看日本 / 萨苏著.
—长沙：湖南文艺出版社，2011.8
ISBN 978-7-5404-5057-1

Ⅰ.①在…　Ⅱ.①萨…　Ⅲ.①日本—概况—通俗读物
Ⅳ.① K313.09

中国版本图书馆 CIP 数据核字（2011）第 142729 号

上架建议：历史·文化

在日本，我忍不住又笑了：萨苏带你看日本

作　　者： 萨　苏
出 版 人： 刘清华
责任编辑： 丁丽丹　刘诗哲
监　　制： 刘　丹
策划编辑： 王　静
文案编辑： 王　瑜
封面设计： 零三二五艺术设计
版式设计： 李　洁
封面漫画： 温　婷
出版发行： 湖南文艺出版社
（长沙市雨花区东二环一段 508 号　邮编：410014）
网　　址： www.hnwy.net
印　　刷： 北京京都六环印刷厂
经　　销： 新华书店
开　　本： 787 × 1092　1/16
字　　数： 220 千字
印　　张： 19.5
版　　次： 2011 年 8 月第 1 版
印　　次： 2011 年 10 月第 2 次印刷
书　　号： ISBN 978-7-5404-5057-1
定　　价： 35.00 元
（若有质量问题，请致电质量监督电话：010-84409925）